臥龍聖手

와룡성수

청산 新무협 판타지 소설

FANTASTIC ORIENTAL HEROES

와룡성수 1

청산 新무협 장편 소설

초판 1쇄 찍은 날 § 2011년 9월 19일
초판 1쇄 펴낸 날 § 2011년 9월 26일

지은이 § 청 산
펴낸이 § 서경석

편집부장 § 권태완
편집 § 어정원

펴낸곳 § 도서출판 청어람
등록번호 § 제1081-1-89호
등록일자 § 1999. 5. 31
어람번호 § 제2-2150호

주소 § 경기도 부천시 원미구 심곡2동 163-2 서경B/D 3F (우) 420—822
전화 § 032-656-4452 팩스 § 032-656-4453
http://www.chungeoram.com
E-mail § chungeoram@chungeoram.com

ISBN 978-89-251-2624-1 04810
ISBN 978-89-251-2623-4 (세트)

서장	운명의 두 아이	7
제1장	믿을 수 없는 것은 여인의 마음	19
제2장	목숨과 바꾼 백발	53
제3장	반은 살고 반은 죽은 자	81
제4장	괴팍한 의원 약천의왕	125
제5장	목숨을 구하는 것은 의술이 아니라 하늘	153
제6장	목숨을 건 시술	185
제7장	한판 붙자!	217
제8장	밤의 공포 환락유선	247
제9장	요녀들의 문파 환요문	275
제10장	요지선보의 소선자	303

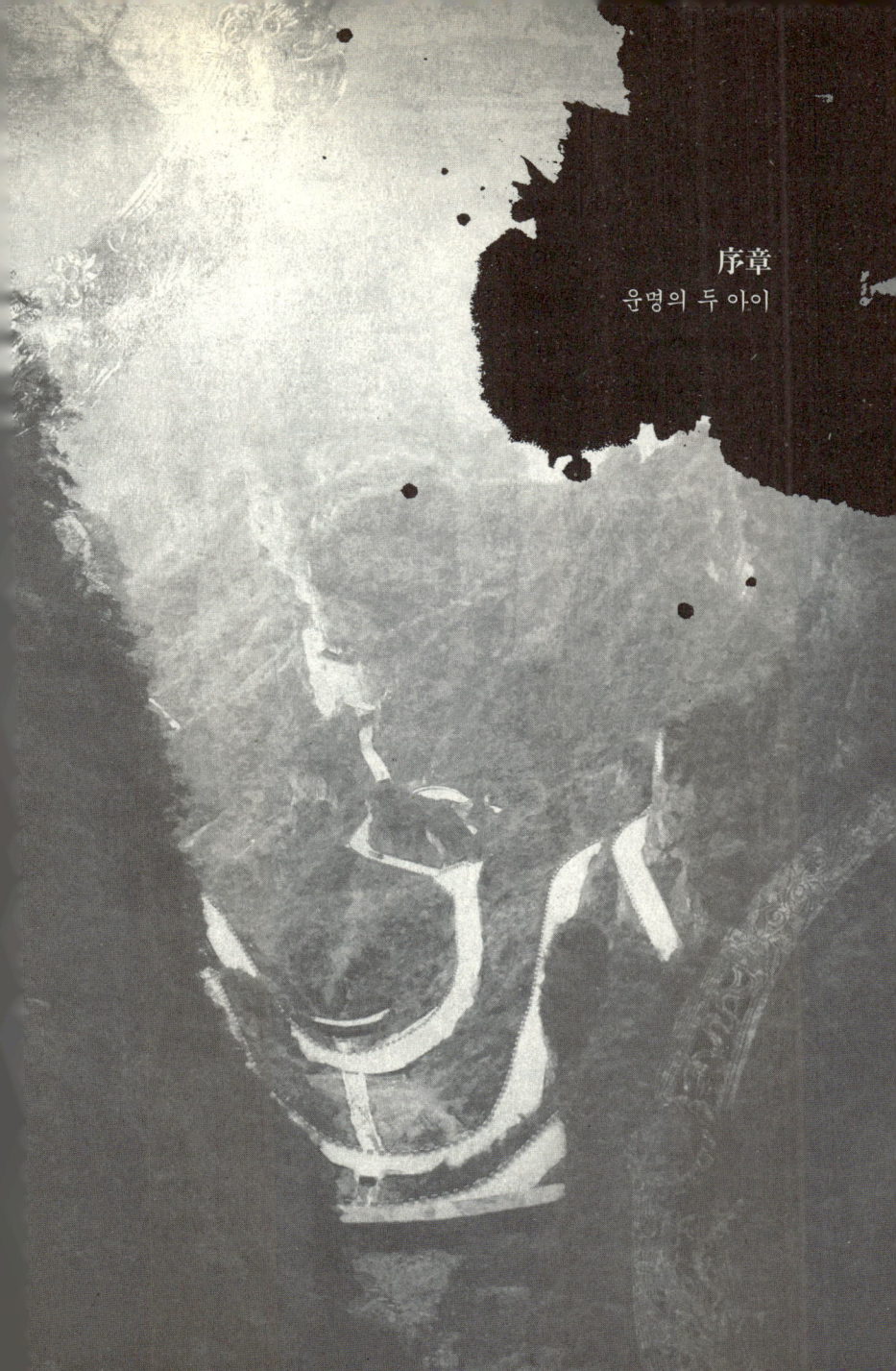

序章
운명의 두 아이

1

쏴아아!

쏟아지는 빗방울이 워낙 세차 한 치 앞도 보이지 않을 정도였다. 마치 그 옛날 세상을 물에 잠기게 한 대홍수의 재현인 듯 검은 하늘은 엄청난 빗줄기를 퍼부었다.

엄청난 폭우로 인해 무저갱(無低坑) 내로 쏟아지는 물줄기는 거대한 폭포수로 변해 있었다. 마치 악마가 세상의 물을 빨아들이는 듯한 공포스러운 광경이었다.

이때 섬세한 인영이 무저갱 가장자리로 날아들었다.

번— 쩍!

새파란 섬전이 지상으로 작렬하는 순간, 세상이 환하게 밝아지면서 허공을 딛고 선 한 여인의 모습이 선명하게 드러났다.

궁장으로 틀어 올린 머리에 붉은 옷을 걸친 여인.

얼굴에 면사를 쓰고 있어 용모를 확인할 수는 없지만 그 위로 드러난 눈매만으로도 세상을 기울일 경국지색임을 짐작케 해주었다.

세찬 비바람 속에서도 여인의 옷은 전혀 젖지 않았다. 지고한 공력의 소유자인지 드센 빗방울은 여인의 몸 한 자 밖에서 모두 튕겨졌다.

그녀는 강보에 싸인 두 아이를 안고 있었다.

허공을 딛고 선 여인은 무저갱의 아득한 공동(空洞)을 내려다보며 가볍게 진저리를 쳤다.

"세상에서 가장 끔찍하고 추악한 무덤… 진정 사람이 접근할 곳이 못 되는구나."

분지 한가운데 수직으로 뚫린 거대한 공동은 마치 지옥의 입구처럼 아가리를 딱 벌리고 있었다. 수직 갱도의 직경은 수백 장에 달하고 그 깊이는 측정할 수 없어 무저갱으로 불린다.

누구도 무저갱의 밑바닥까지 이른 적이 없기에 그 속의 세상은 공포와 두려움 그 자체였다.

본래 무저갱은 세상과 동떨어진 곳에 위치해 있기에 그 존재가 널리 알려지지 않았다.

이런 무저갱이 세상에 널리 알려지게 된 것은 아득한 삼백여 년 전 광천혈마(狂天血魔)로부터 비롯되었다.

극악한 살인마왕인 광천혈마는 무수한 살인을 일삼다가 한 선인(仙人)에 의해 무저갱으로 던져졌다.

이후에도 혈해삼마왕(血海三魔王), 천사지존(天邪至尊), 암흑마제(暗黑魔帝), 구대천마(九大天魔) 등 세상을 피로 물들인 대마왕들이 신비의 선인에게 제압돼 무저갱으로 추락했다.

세상 사람들은 수차례나 세상을 구한 선인을 추앙해 천외무선(天外武仙)이라는 외호를 헌정했다.

무저갱은 삼십 년 전 구대천마가 무저갱으로 던져진 이후 이름이 바뀌었다.

금마총(禁魔塚).

마왕들이 제압된 무덤으로 명명된 것이다.

이때야 비로소 삼백 년 이래 세상을 지켜온 천외무선의 내력이 밝혀졌다.

전설적 선인 귀곡자(鬼谷子)의 후예.

물론 그것이 전부일 뿐 천외무선은 여전히 세상 사람들 앞에 모습을 드러내지 않은 구름 속 신룡이었던 것이다.

금마총에서 피어오르는 지독한 마기는 면사여인의 호신강기를 뚫고 스며들 만큼 강력했다.

"자을천(子乙天)! 너 때문에 내가 이렇듯 사악한 곳까지 오게 되었다!"

여인의 눈에서 원독이 시퍼렇게 뿜어졌다. 한데 이때였다.

"앙… 앙……!"

여인의 품에 안겨 있는 두 아기 중 한 아이가 요란스럽게 울어댔다.

아직 솜털도 제대로 가시지 않은 피부로 미루어 삼칠일을 겨우 넘긴 갓난아기였다. 아기의 미간에 새겨져 있는 붉은 점이 유난히 돋보였다.

붉은 점의 아이는 배가 고픈 듯 본능적으로 여인의 젖가슴 속으로 파고들었다.

"못된 놈!"

여인은 자신의 젖가슴으로 파고드는 아기를 매몰차게 밀어냈다.

"내가 너희의 천한 어미인 줄 아느냐?"

여인은 붉은 점의 아기를 높이 쳐들었다.

"보아라, 배신자 을천(乙天)! 네 핏덩이가 어떻게 되는지! 나를 배신한 대가다!"

여인은 조금도 주저하지 않고 붉은 점의 아기를 끝이 보이지 않은 동공 속으로 내던졌다.

"앙… 앙……!"

아기는 처절하게 울어대며 금마총의 깊은 공동 속으로 추락했다.

"오호홋!"

미친 듯이 웃어댄 여인은 붉은 점이 새겨진 아기를 집어삼킨 칙칙한 공동을 내려다보았다.

"을천, 너의 핏줄은 금마총에 떨어져 마귀들의 밥이 될 것이다! 만에 하나 살아서 밖으로 나온다 해도 세상을 피로 물들일 악마가 되겠지!"

여인은 냉랭한 눈빛을 발하며 또 하나의 아기를 높이 쳐들었다.

"한 놈으로는 부족해. 너도 네 형을 따라가거라!"

여인은 두 번째 아이도 금마총 속으로 내던지려 했다.

"……!"

한데 두 번째 아이는 여인의 엄지손가락을 꽉 움켜쥔 채 떨어지지 않았다.

"이런 질긴 놈을 보았나?"

여인은 아기의 손에서 엄지손가락을 잡아 빼려 했지만 아기의 쥐는 힘이 얼마나 강한지 손가락을 빼낼 수가 없었다.

"아니……?"

여인은 내심 놀라워하며 쳐들었던 아기를 내렸다.

강보의 아기는 아직 초점도 잡히지 않은 눈으로 여인을 향하고 있었다.

아기는 강제로 어미의 품에서 떨어진 상황이지만 울지도 않았다. 벌어진 배냇저고리 사이로 보이는 뽀얀 가슴에는 새겨진 일곱 개의 점이 선명했다.

아기의 천진무구한 모습에 여인은 순간적으로 살심이 흩어졌다. 자신의 손가락을 움켜쥔 아기의 손아귀에서 따뜻한 온기를 느낀 것이다.

하지만 그녀의 가슴에 맺힌 원한이 너무도 컸기에 살심을 누그러뜨릴 수 없었다.

면사여인은 칙칙한 금마총을 잠시 내려다보다가 생각을 바꾸었다.

"그래, 너희 형제를 사이좋게 황천으로 보내는 것도 자비가 되겠군. 너는 금사강에 던져 물고기 밥이 되게 해주겠다. 그것이 네 운명이다."

면사여인은 순식간에 빗속을 뚫고 사라졌다. 초상승 경공 조예인 어기비행술이었다.

쏴아아!

한 아기를 집어삼킨 무저갱은 아직도 배가 고픈 듯 시커먼 아가리를 벌린 채 쏟아지는 빗물을 삼키고 있었다.

2

금사탄(金沙灘).

사천성에서 운남으로 흐르는 금사강이 좁은 여울을 만나 사나운 폭류로 변하는데 이곳이 바로 금사탄이다.

금사탄 곳곳에는 거대한 소용돌이가 형성돼 있어 한번 휩쓸리면 아무리 자맥질에 뛰어난 사람도 헤쳐 나올 수 없고 견고한 배도 부서져 버리고 만다.

콰류류!

지난밤에 내린 엄청난 폭류 때문인지 금사탄의 물줄기는 뇌성과도 같은 굉음을 내며 물보라를 일으키고 있었다.

이때 한 사람이 금사탄이 내려다보이는 벼랑가로 날아들었다. 허공을 타고 꼿꼿한 자세로 날아가는 노인의 모습은 마치 구름을 타고 이동하는 선인처럼 유연했다.

수백 번도 더 기워 입은 학창의 도포를 입은 노인.

새하얀 머리를 나무 비녀로 고정하고 가슴까지 내려오는 풍성한 수염을 기른 노인의 풍모는 그림 속 신선처럼 고고해 보였다. 노인답지 않은 맑은 눈빛과 아이처럼 윤기 흐르는 피부는 세월 흐름마저 건너뛴 것 같았다.

노인은 편안하게 뒷짐을 진 채 새벽하늘을 올려다보았다.

아직 어둑어둑한 여명 무렵이지만 구름 한 점 보이지 않는 푸른빛을 띠고 있었다.

"흐음, 지난밤만 해도 금마총의 마기가 극에 달했는데 지금은 마기가 수그러들었으니 무슨 조화인지 모르겠구나."

일순 노인의 허연 눈썹이 슬쩍 치켜 올라갔다.

"응? 이건 아기의 울음소리가 아닌가?"

노인의 무공은 이미 인간 한계를 넘어섰기에 뇌성과 같은 금사탄의 물소리를 뚫고 들려오는 아기의 울음소리를 정확히 감지할 수 있었다.

노인은 옷자락을 날리며 표표히 벼랑 아래로 내려섰다. 수십 길 높이의 벼랑이지만 노인에게는 아무런 장애도 되지 않았다.

노인은 나뭇가지를 하나 디딘 채 금사탄을 거슬러 올라갔다. 가녀린 나뭇가지를 타고 맹렬한 소용돌이와 급류를 거슬러 오르는 노인의 행보는 가히 신기였다.

"앙… 앙……!"

금사탄의 좁은 여울로 흘러드는 강물 위에서 아기의 분명한 울음소리가 들려왔다.

강보에 싸여 있는 아기는 넝쿨과 나뭇잎이 뒤엉킨 부유물 가장자리에 걸려 용케 수장(水葬)을 면한 것 같았다. 강보의 아기를 실은 부유물은 금사탄으로 흘러들면서 조각조각 부서졌다.

강보의 아기 또한 급류 속으로 휘말렸다.

"아앙……!"

아기는 본능적으로 위기를 감지했는지 천둥 같은 울음을 토해냈다.

콰류류—!

거대한 소용돌이에 휩쓸린 부유물은 산산이 흩어졌고, 강보의 아기 또한 그 속으로 빨려들어 갔다.

이 순간 노인이 날아들며 강보를 낚아챘다.

아기를 안아 든 노인은 수면을 한 번 걷어차고는 금사탄 벼랑 위로 올라섰다.

곧바로 아이의 몸 상태를 확인한 노인은 적이 안도했다.

"다행히 아기는 건강하구나."

노인은 금사탄으로 흘러드는 물줄기를 바라보았다.

"대체 누가 젖먹이 어린아이를 강에 버렸단 말인가?"

그러다 앙앙 울어대는 아기에게 시선을 돌리고는 빙그레 미소를 지었다.

"허허, 녀석, 울음소리 한번 장하구나."

아기는 본능적으로 위험에서 벗어났음을 인지했는지 노인의 품속으로 얼굴을 파묻으며 입술을 벙긋거렸다.

"이런, 네가 배가 고픈 게로구나."

노인은 측은함에 젖어 아이의 머리를 쓰다듬어 주었다.

"오냐, 네게 젖을 먹여줄 아낙을 찾아주겠다."

태양이 막 동녘에서 솟아오르고 있었다.

노인은 아침 햇살로 물들어가는 하늘을 올려보며 천기를 헤아렸다.

"노부의 우화등선이 멀지 않았는데 너를 만난 것을 보니 이것도 인연인가 보구나. 이는 사문을 계승하라는 하늘의 계시로다."

노인은 순식간에 하늘 저편으로 사라졌다.

금마총으로 던져진 비운의 아기.

금사탄에 던져졌지만 극적으로 구해진 아기.

기구한 운명은 두 아기를 이렇게 갈라놓았다.

그리고 어느덧 이십 년이 흘렀다.

第一章

믿을 수 없는 것은 여인의
마음

1

산중의 집은 그윽하고 고요한데
유유한 구름이 아침저녁으로 찾아오네.

산비탈을 타고 울려 퍼지는 시음(詩吟)이 청명하다.

비탈을 따라 한 청년이 호미로 흙을 헤치며 복령(茯笭)을
캐고 있었다. 복령은 소나무 뿌리에 기생하는 버섯으로 약재
와 식용으로 쓰이는 귀한 약초다.

청년은 약초 망태에 절반쯤 복령을 채워 넣고는 솔잎으로
바닥을 덮었다. 아무리 귀한 약재라 해도 필요한 만큼만 캐는
것이 그의 원칙이었다.

"이제 슬슬 내려가 볼까?"

청년은 약초 망태를 어깨에 메고 일어섰다.

겨우 약관에 이른 젊은 나이.

청년은 산중의 촌부라 하기에는 지극히 수려한 미장부였다. 눈썹은 선명했고 콧날은 오뚝했으며 특히 흑백이 또렷한 두 눈은 바다처럼 깊은 지혜를 담고 있었다.

비탈을 따라 걷는 청년의 움직임은 학처럼 우아했다.

바람에 나부끼는 빛바랜 옷은 너무 기워서 본래의 색깔을 모를 정도였지만 얼마나 기품있게 바느질이 되었는지 넝마가 아니라 작품처럼 보였다.

청년은 산비탈을 내려오면서 산열매와 약초를 따서 망태에 담았다.

"오늘은 자령보환단을 제조해 봐야겠군."

문득 그의 검미가 슬쩍 치켜 올라갔다.

"웬 울음소리이지?"

영민한 청력으로 짐승의 고통스러운 신음 소리를 감지한 청년은 덤불을 헤치고 안으로 들어섰다.

커허엉……!

커다란 호랑이가 모로 쓰러진 채 숨을 헐떡이고 있었다. 호랑이는 제대로 먹지 못해 비쩍 말라 있었다. 그런 와중에도 사람을 접하자 극도로 경계하며 사나운 이빨을 드러냈다.

청년은 무서운 호랑이를 대하고도 전혀 두려워하지 않았다.

"인석아, 네 껍질을 벗길 사람은 아니니 안심해."

그는 싱긋 미소를 띠며 호랑이의 목덜미를 토닥여 주었다.

"어디 좀 볼까?"

청년은 호랑이의 몸을 살피다가 외견상 상처 자국이 보이지 않자 속병을 의심했다.

"무엇을 잘못 먹은 것이냐?"

청년이 입을 벌리려 하자 호랑이가 청년의 손을 물어뜯으려 했다.

청년은 호랑의 머리를 가볍게 쥐어박으며 말했다.

"가만있어, 욘석아."

알밤을 맞은 호랑이는 상당한 충격을 받았는지 더는 반항하지 않고 입을 딱 벌렸다.

호랑이 입속을 살핀 청년은 목 안쪽에 박혀 있는 뼛조각을 찾아냈다.

"이런, 목에 뼈가 걸려 있었군."

청년은 호랑이 식도 깊숙이 손을 집어넣었다. 자칫 호랑이의 강철 같은 이빨에 물리면 팔이 잘릴 상황이지만 그의 손길은 거침이 없었다.

청년은 호랑이 목 안에 박혀 있는 뼛조각을 뽑아냈다.

"날짐승의 뼈로군. 날짐승의 뼈는 워낙 날카로워 대충 씹어 삼켰다가는 목에 걸리고 말지."

자신을 괴롭히던 뼈가 제거되자 호랑이는 거친 기침을 토하고는 몸을 일으켜 세웠다.

크르롱……!

자세를 낮춘 호랑이는 입 주변을 씰룩거리며 날카로운 송곳니를 드러냈다. 청년을 직시하는 눈빛에서 호랑이 특유의 흉성이 번득거렸다.

청년은 그런 호랑이를 보며 실소를 흘렸다.

"훗, 이 녀석 보게? 기껏 구해주었더니 날 잡아먹겠다는 거냐?"

잔뜩 굶주려 기력이 다한 호랑이는 청년을 먹잇감으로 여겼다.

크허헝!

쩌렁쩌렁한 포효와 함께 호랑이가 청년을 향해 달려들었다. 호랑이는 황소도 일격에 쓰러뜨린다는 앞발로 청년을 후려쳤다. 날카로운 발톱에 스치기만 해도 몸이 으스러지고 만다.

한데 호랑이의 앞발은 빈 허공만을 할퀴었다.

어느새 호랑이 옆으로 이동한 청년이 가는 나뭇가지를 하나 꺾어 들었다.

"네 녀석이 아직 사람 무서운 줄 모르나 보구나."

일격을 실패한 호랑이는 더욱 흉성을 드러내며 재차 청년을 향해 달려들었다.

짝!

청년은 나뭇가지를 휘둘러 호랑이를 후려쳤다.

"요런 못된 녀석!"

나뭇가지에 얻어맞은 호랑이는 아픈 울음을 토하며 나가동그라졌다.

청년은 호랑이에 걸터앉고 나뭇가지로 호되게 매질했다.

"다시는 사람들한테 달려들지 못하게 혼을 내주겠다."

청년은 다 자란 송아지보다 큰 호랑이를 마치 고양이 다루듯 했다. 호피에 피가 맺히도록 매질을 당한 호랑이가 눈물을 뚝뚝 흘렸다.

청년은 그제야 호랑이 등에서 일어섰다.

"인석아, 무지한 짐승이니 네게 보답은 바라지 않아. 하지만 사람을 해치지는 마. 알겠어?"

청년에게 단단히 혼이 난 호랑이는 꼬랑지를 가랑이 사이에 말아 넣고는 부리나케 달아났다.

"하하하!"

청년은 낭랑한 웃음을 발하고는 나뭇가지를 뒤로 던졌다.

"네가 사람을 무서워해야 사냥꾼도 피해갈 수 있는 거란다. 다 너를 위해서였으니 내 매질을 야속하다 생각지 마라."

그는 약초 망태를 어깨에 걸머메고는 산길을 따라 내려갔다.

청년의 이름은 백인성(白仁星).

백인성은 어렸을 적부터 오대산(五臺山)에서 살아왔으며

사부가 우화등선한 이후 줄곧 혼자 지내고 있었다. 그는 양곡과 생필품을 구하기 위해 가끔 마을로 내려갈 때 외에는 산사람처럼 줄곧 산에서 지내왔다.

비탈을 내려온 백인성은 소나무 숲을 가로질렀다.

완만한 계곡을 타고 흐르는 개울의 물은 맑고 깨끗했다. 백인성은 개울가에 앉아 호미와 낫을 씻었다.

물에 씻은 연장을 챙기던 백인성은 수림 위로 날아오르는 새소리에 흠칫 놀라 고개를 돌렸다.

"……!"

백인성은 의아한 표정으로 고개를 갸웃거렸다.

"이 깊은 산중까지 많은 사람들이 찾아오다니. 이런 일은 처음인데……?"

과연 누군가를 쫓는 사람들의 외침이 소란스럽게 들려왔다. 간헐적으로 폭음 소리가 들려왔고 병장기 부딪치는 금속성이 이어졌다.

백인성은 잠시 미간을 찌푸리다가 손가락으로 육갑을 짚었다. 팔괘 중 수(水)괘가 연속적으로 잡히자 백인성은 씁쓸함을 곱씹었다.

"이것 참, 하필 감(坎)이라니……."

감은 주역 육십사괘 중 하나인 감위수(坎爲水)를 뜻한다.

상하 모두에 물만 가득하니 마치 깊은 구덩이와 같다. 구덩이는 함정이니 일신상의 곤경이나 횡액에 빠져들 운세를 말함이다.

주역 육십사괘 중 가장 나쁜 네 개의 괘를 사대난괘(四大難卦)라 하는데 감위수가 바로 거기에 해당한다.

"사부님께서 운세는 피할 수 없지만 극복할 수 있다 하셨어. 운세가 전부는 아니지."

이때 고통스러운 신음과 함께 흑의여인이 수림 속에서 튀어나왔다.

"흐으윽……!"

개울가에 엎어진 여인은 가슴을 움켜쥐며 울컥 피를 토했다.

여인은 절망 어린 눈빛으로 수림을 돌아보았다.

"이대로는 잡히고 말겠어……."

여인은 몸을 일으키려 했지만 내, 외상이 엄중해 다시 쓰러지고 말았다. 여인은 흐트러진 머리카락이 얼굴을 가리고 있어 모습이 분명치 않았지만 피부가 백설처럼 희었다.

여인은 다시 몸을 일으키기 위해 안간힘을 쓰다가 눈을 휘둥그레 떴다.

'사람……?'

깊은 산중에서 누군가를 만난 것이 믿기지 않을 정도였다. 백인성은 약초 망태를 어깨에 메며 안쓰러운 표정을 띠었다.

"이런, 부상이 심하군."

여인은 지푸라기라도 잡는 심정으로 백인성에게 구원을

청했다.

"도, 도와주세요!"

머리카락을 한쪽으로 쓸어 넘긴 여인은 눈물을 뿌렸다.

"악도들에게 쫓기고 있습니다."

여인은 내상으로 인해 안색이 창백했고 얼굴 한쪽이 피로 얼룩져 있지만 세상에 보기 드문 절색의 소유자였다. 여인치 고는 다소 눈썹이 짙고 선명했는데 그것이 오히려 더 강렬한 인상을 주는 매력으로 느껴졌다.

백인성은 여인의 미모에 내심 감탄을 금치 못했다.

'대단한 미녀로군.'

이때 바싹 다가선 추격자들의 외침이 들려왔다.

"혈흔이 이쪽으로 이어졌다!"

백인성은 추격자들이 접근해 오자 빠르게 생각을 굴렸다.

'이 여인이 왜 쫓기는지 몰라도 다친 사람을 치료하는 게 의원의 본분이지. 일단 여인부터 숨겨야겠다.'

백인성은 손가락을 튕겨 여인의 혼혈을 짚었다.

여인이 혼절하자 백인성은 개울가에 널려 있는 돌을 몇 개 집어다 여인의 몸 주변에 배치했다. 이어 시냇물을 한 움큼 퍼 올려 여인의 몸에 뿌려주었다.

그러자 여인의 모습이 사라지며 개울의 일부로 변했다. 기문둔갑의 하나인 토석수환진(土石水幻陣)을 펼쳐 여인의 모습을 감춘 것이다.

"추격자들을 따돌리려면 혈흔을 만들어야겠군."

백인성은 여인이 토한 피를 손끝으로 집어 개울 하류 쪽을 향해 튕겼다.

한 방울 물로 바위를 관통한다는 절기 탄적공(彈滴功).

수십 장 밖으로 날아간 핏방울은 나무껍질을 스치며 멀리까지 점점이 뿌려졌다.

나름대로 조치를 마친 백인성은 잠시 전에 닦은 연장을 다시 꺼내 개울물로 씻었다.

이때 쉿소리가 요란하게 울려 퍼지며 주변으로 십여 명이 내려섰다.

철그렁철그렁!

전신 가득 병기를 지닌 무사들이었다. 무사들은 등에 도검을 교차해 멨고 저마다 창, 극, 봉, 도끼, 쇠사슬, 활 등으로 단단히 무장했다.

개울가로 내려선 무사들은 신속하게 주변으로 흩어졌다.

"계집은 부상을 입어 멀리 가지 못했다!"

"놓치면 안 된다! 반드시 생포해야 한다!"

백인성은 주변의 소란에는 아랑곳하지 않고 물로 씻은 연장을 수건으로 닦아 약초 망태 속에 챙겨 넣었다.

이때 한 금의청년이 백인성 앞으로 내려섰다.

얼마나 뛰어난 신법의 소유자인지 마치 땅에서 솟아오른 듯 옷자락 하나 펄럭이지 않았다.

금의청년 역시 칼과 검을 등에 교차해 멨고 손에는 창을 쥐었으며 허리춤에는 철륜을 매달고 있었다.

　금의청년은 체구가 당당했고 송충이눈썹과 부리부리한 눈을 지녔다. 나이는 이십대 중반 정도로 보였지만 사람을 굽어보는 눈빛에서 범상치 않은 신위가 느껴졌다.

　금의청년이 백인성을 향해 물었다.

　"이보게, 잠시 전 이리로 뛰어든 계집이 있었는데 혹시 보지 못했는가?"

　백인성은 관상을 통해 상대의 심성을 대번에 판단했다.

　'자부심이 대단한 사람이로군. 섣불리 숨기려 했다가는 의심을 사겠어.'

　백인성은 짤막하게 대답했다.

　"보았소."

　"계집이 어디로 도주했는가?"

　"이렇게 여럿이서 한 여인을 추격하는 이유가 뭐요?"

　금의청년은 비로소 백인성을 세심하게 훑어보고는 희미한 미소를 머금었다.

　"한갓 약초꾼인지 알았는데 기개가 대단해. 본 궁의 제자들을 대하고도 전혀 두려워하지 않는군."

　금의청년은 위압적인 어조로 다그쳤다.

　"계집의 행방을 밝히게."

　"그 여인을 어떻게 할 생각이오?"

그러자 금의청년을 수행해 온 무사들 중 하나가 격분해 도끼를 치켜들었다.

"이런 무엄한 놈을 보았나!"

무사가 도끼로 내려치려 하자 금의청년이 가볍게 소매를 저었다.

"물러서라!"

수행무사가 급히 도끼를 회수하고는 뒤로 물러섰다.

금의청년은 강렬한 눈빛으로 개울 주변을 살폈다.

"사실 자네가 계집을 비호할 생각이면 간단히 거짓말을 하면 될 일이었네."

"생면부지의 여인 때문에 굳이 거짓말까지 하고 싶지는 않소."

"거짓말도 하지 않겠다, 내 물음에는 답변하지 않겠다. 하하, 확실히 평범한 산사람이 아니야."

금의청년은 개울 건너편을 향해 창을 겨누었다.

콰아앙!

창끝에서 뿜어진 강기가 수목을 강타하며 주변 삼 장 이내가 초토화되었다. 실로 위력적인 무공이었다.

금의청년은 백인성을 향해 창을 겨누었다.

"내가 냉혹한 사람은 아니지만 자비로운 사람도 아닐세. 우리가 추격 중인 계집은 지극히 교활하고 사악한 계집이네. 더군다나 본 궁의 보물까지 훔쳐 간 도둑년이니 자네가 비호해야 할 이유가 없네."

"다른 것은 몰라도 도둑질을 했다면 착한 여인은 아닌 것 같군."

"그러하네. 그런 요사한 계집은 반드시 제거해야 하네. 어디로 도주했는가?"

"흐음, 이거 곤란하게 됐군. 아무리 나쁜 여인이라지만 부상이 심하던데……."

백인성이 고분고분하게 대답하지 않자 금의청년의 눈에 은은한 살기가 뿜어졌다.

"자네는 정녕 죽음이 두렵지 않은가?"

"물론 두렵소."

"지금 나와 말장난을 하자는 것이냐?"

참다못한 금의청년이 백인성을 향해 창을 내질렀다.

츄아악!

서슬 퍼런 창날이 백인성의 미간으로 파고들었다. 하지만 백인성은 눈 하나 깜빡이지 않은 채 이를 바라보기만 했다.

창날은 백인성의 미간 반 치 앞을 두고 멈췄다.

금의청년은 얼굴 근육이 심하게 씰룩거렸다.

"놈, 지극히 대담하거나 아니면 무공을 전혀 모르는 문외한이로군."

금의청년이 창을 회수하자 백인성은 짐짓 안도의 표정으로 가슴을 쓸어내렸다.

"후우, 하마터면 죽을 뻔했네."

이때 개울 하류 쪽을 수색하던 무사들이 크게 외쳤다.

"대총령님, 핏자국을 발견했습니다! 이쪽으로 도주한 것 같습니다!"

보고를 받은 금의청년은 창을 들어 어깨에 걸쳤다.

"굳이 너의 거짓말을 듣지 않아도 되겠다."

"여인의 행적을 찾았다니 다행이오."

"네 이름이 무엇이냐?"

"산사람의 이름을 알아서 무엇하겠소?"

금의청년은 백인성을 직시하다가 퉁명스레 내뱉었다.

"그렇군. 산사람의 이름 따위 알 필요가 없지."

백인성이 고개를 끄덕이자 관무전은 한 줄기 바람이 되어 사라졌다.

백인성은 토석수환진에 의해 모습이 감춰져 있는 여인을 힐끗 내려다보았다. 금의청년을 비롯해 수행무사들의 눈에는 여인이 전혀 보이지 않지만 백인성의 눈에는 분명하게 보였다.

'만일 내가 순순히 하류 쪽 방향을 일러주었다면 그자는 의심을 하고 주변을 수색했을 거야. 하지만 저들이 스스로 찾아냈으니 여인이 도주한 것으로 알겠지.'

백인성은 청력을 통해 무사들이 멀리 사라졌음을 확인하고는 토석수환진을 파훼했다.

여인을 안아 든 백인성은 개울 위로 훌쩍 뛰어내렸다.

"낭자가 누구인지 몰라도 나를 만났으니 죽을 운세는 아닌 것 같아."

물 위로 흐르는 잎사귀를 밟고 선 그는 일엽편주처럼 유연하게 수면 위를 미끄러졌다.

2

오대산은 아미산, 보타산, 구화산과 더불어 사대 불교 명산으로 불리는 성지로, 우뚝 솟은 다섯 개 봉우리로 인해 오대(五臺)로 명명되었다.

다섯 봉우리 중 하나인 서대를 쾌월봉이라 하는데, 주변의 봉우리들 역시 층층이 구름으로 덮여 마치 선계처럼 장엄하면서도 수려했다.

백인성이 지내는 초옥은 벼랑 중간 움푹 들어간 지점에 자리해 있었다.

초옥은 아래에서 보면 구름에 가려 전혀 보이지 않고 마당 외곽으로 키 작은 소나무들이 자라 있기에 다른 봉우리에서도 초옥의 존재를 찾아내기가 어려웠다.

초옥으로 들어선 백인성은 흑의여인을 침상에 눕혔다.

여인을 진맥한 그는 가볍게 미간을 찌푸렸다.

"외상은 대단치 않지만 내상이 심하군. 내가 기공에 적중돼 경락이 뒤틀렸어."

추격자가 여인을 도둑이며 요사한 계집이라 했지만 이는
전혀 고려할 사안이 아니었다.

"기껏 치료해 주었는데 아까 호랑이를 구해주었을 때처럼
나를 해치려 하지는 않겠지? 명색이 사람인데 말이야."

여인의 몸을 살핀 백인성은 여인의 가슴 부위에 새겨진 선
명한 주먹 자국을 보고는 고소를 머금었다.

"부상 부위가 하필 가슴이야?"

백인성은 치료에 필요한 침통과 지혈초, 약재를 준비하고
는 여인의 옷을 벗겼다.

앞자락이 열리며 붉은 젖가슴 가리개가 보였다. 강력한 권
공에 당했는지 젖가슴 가리개 일부가 찢겨 희디흰 속살 일부
가 드러나 있었다.

"서둘러 치료를 해야겠군."

백인성은 눈가리개로 자신의 눈을 싸맸다. 아무리 치료를
위해서라지만 여인의 알몸을 보지 않겠다는 의도였다.

여인의 젖가슴 가리개가 풀리며 봉긋한 젖가슴이 여실히
드러났다. 선명한 주먹 자국이 왼쪽 젖무덤 위에 새겨져 있었
지만 눈을 가린 백인성은 이를 전혀 볼 수 없었다.

백인성은 손끝으로만 더듬어 여인의 가슴 부위 요혈을 가
늠했다.

가볍게 숨을 들이켠 그는 천방요결의 금침술을 전개했다.

모두 열두 개의 금침이 여인의 가슴 부위 요혈에 반 촌 깊이로 꽂혔다.

금침술은 요혈의 위치를 정확히 알아야 하기에 눈이 어두운 의원은 제대로 시술하지도 못하는데 백인성은 눈을 가린 상태에서도 금침술을 완벽하게 펼쳤다.

시침을 마친 백인성은 잠시 기다렸다가 금침을 회수했다.

금침술을 마친 그는 환약을 으깨 여인의 젖무덤에 발라주고는 추궁과혈 수법을 전개했다.

아무리 눈을 가렸다지만 여인의 팽팽한 젖가슴을 통해 전해지는 감촉이라 백인성은 절로 얼굴이 붉어졌다.

'인성아, 의술을 베푸는 자가 어찌 사심을 품는단 말이냐?'

백인성은 스스로를 꾸짖고는 추궁과혈에만 집중했다.

금침술과 혈맥을 풀어주는 의술 덕분인지 여인의 젖무덤에 선명하게 새겨진 상흔이 씻기면서 희미한 자국만 남았다.

여인을 다시 진맥한 백인성은 여인의 내상이 다소 호전되었음을 확인할 수 있었다.

"이제 됐어."

백인성은 여인의 앞자락을 여며주고는 혈도를 쳐서 풀어주었다.

"으음……!"

나직이 신음을 흘린 여인은 스르르 눈을 떴다. 그러다 자신이 쫓기던 몸임을 인지하고는 벌떡 일어나 앉았다.

여인은 손에 진기를 운집하며 빠르게 주변을 쓸어보았다.

약재와 서책이 가득한 초옥 내부.

여인은 자신을 추격했던 무리가 보이지 않자 경각심을 해소했다.

"이곳은… 어디지?"

그러다 침상 앞에 앉아 있는 백인성을 보고는 눈을 상큼 치켜떴다.

'가만, 이 사람……?'

여인은 혼절하기 직전 보았던 희미한 기억을 떠올렸다.

"아, 귀공께서 소녀를 구해주셨군요."

예를 표하려던 여인은 앞자락이 벌어지며 젖가슴이 드러나자 화들짝 놀라 가슴을 끌어안았다.

"아……!"

여인의 심정을 헤아린 백인성이 차분하게 설명해 주었다.

"오해하지 마시오. 낭자의 부상을 치료하기 위해 어쩔 수 없이 옷을 벗겨야 했소. 하지만 낭자의 옥신을 보지 않았음을 맹세할 수 있소."

자신의 젖가슴 부위를 살펴본 여인은 눈을 휘둥그레 떴다.

'파심권(破心拳)에 적중된 부상이 치료됐어. 파심권은 천병무궁의 절기라 치료가 쉽지 않았을 텐데…….'

여인은 눈가리개로 시야를 가리고 있는 백인성을 보며 눈을 가늘게 떴다.

'이 사람이 누구인지 몰라도 놀라운 의술을 지녔어. 더군다나 스스로 눈을 가린 상태로 나를 치료했으니 세상에 드문 군자야.'

몸을 돌려 앉은 여인은 젖가슴 가리개를 조이고 앞자락을 여몄다. 연후 머리카락을 가다듬고는 소매로 얼굴을 닦았다. 비록 부상을 당한 몸이라 해도 예쁘게 보이고 싶은 것이 여인의 본능이었다.

다시 몸을 돌려 앉은 여인이 부드럽게 말했다.

"됐습니다. 이제 소녀를 보셔도 됩니다."

백인성은 천천히 눈가리개를 풀었다.

눈이 부셨다. 머리 매무새를 가다듬고 다소곳이 앉아 호의적인 미소를 띠고 있는 여인의 모습은 마치 그림 속에서 튀어나온 선녀처럼 곱고 우아했다.

침상에서 내려선 여인이 공손하게 절을 올렸다.

"소녀 화소소(花蘇蘇)가 은공을 뵈옵니다. 목숨을 구해주신 은혜에 백골난망입니다."

자리에서 일어선 백인성이 포권을 취해 답례했다.

"난 백인성이오. 간단한 치료였을 뿐이니 개의치 마시오."

몸을 일으킨 화소소는 감탄에 젖은 눈빛으로 백인성을 바라보았다.

"공자께서는 참으로 수려한 외모를 지니셨군요. 세속에 물들지 않은 선인의 풍모이십니다."

"당치 않소. 그저 약초나 캐며 지내는 산사람일 뿐이오."

백인성은 화로에서 끓고 있는 찻주전자 쪽으로 걸음을 옮겼다.

"몸은 좀 어떠시오?"

"신묘한 의술 덕분에 씻은 듯 나았습니다."

"충격으로 인해 경락이 일부 훼손되었소. 잠시 안정을 취하면서 탕약을 복용하면 완치될 것이오."

화소소는 깔끔하게 정돈돼 있는 초옥 내부를 두루 살피면서 창가로 향했다.

"이곳은 어디죠?"

"쾌월봉과 인접한 구운봉 중턱이오."

백인성은 탁자에 모락모락 김이 피어오르는 찻잔을 내려놓았다.

"복령차요. 기를 보하는 효험이 있으니 화 낭자에게 도움이 될 거요."

"고맙습니다."

차를 한 모금 마신 화소소는 맛이 다소 쌉쌀했지만 그윽한 향기에 절로 정신이 맑아지는 기분이었다.

"훌륭한 차로군요."

화소소는 실내를 살피다가 넌지시 물었다.

"이곳에서 백 공자 혼자 지내십니까?"

"그렇소. 화 낭자는 대체 어쩌다가 쫓기는 몸이 되었소?"

"이런, 소녀가 먼저 사연을 말씀드렸어야 하는데……."

화소소는 자신이 쫓기게 된 사연을 말해주었다.

"소녀를 쫓던 자들은 천병무궁(千兵武宮)의 악도입니다. 소녀와는 다소 원한이 있는데 저들의 매복에 걸려 그만 부상을 당하게 되었습니다. 꼼짝없이 끌려갈 상황이었는데 백 공자 덕분에 수모를 피할 수 있게 된 것입니다."

"천병무궁……? 세상에 그런 단체도 다 있나?"

백인성이 고개를 갸웃거리자 화소소는 내심 의혹에 젖었다.

'정말 모르는 걸까?'

화소소는 자신의 속내를 숨긴 채 빠른 어조로 말해주었다.

"천병무궁은 천외삼비문에 속해 있는 신비 문파 중 하나입니다. 각종 신병이기를 제작하는 능력이 뛰어나고 무공 절기도 다양하지요."

"그렇군. 추격자들 중에서 대총령인가 하는 사람의 신위가 대단하였소."

"아, 관무전(關武戰)을 만나셨군요. 그자는 천병무궁 대총령으로 손속이 냉혹하고 심성이 잔인한 자입니다. 백 공자께서 그나마 무사하셔서 다행이에요."

"사실 조금 위험할 뻔했소. 한데 그 사람의 말로는 화 낭자가 저들의 보물을 훔쳤다고 하던데……?"

화소소는 순간적으로 당황했지만 이내 표정을 고쳤다.

"당치 않아요. 놈이 소녀를 나쁜 계집으로 몰기 위해 모함을 한 것입니다. 소녀가 그렇게 나쁜 계집은 아닙니다."

"그렇다면 다행이오. 나도 화 낭자가 도둑질이나 하는 여인이라고는 생각하고 싶지 않소."

찻잔을 내린 백인성이 자리에서 일어섰다.

"탕약을 끓여올 테니 잠시 쉬시오."

백인성은 약장에서 몇 가지 약재를 꺼내 들고 초옥 밖으로 나갔다.

몸을 일으킨 화소소는 창문을 통해 백인성을 훔쳐보았다. 백인성은 석벽을 타고 흘러내린 샘물에서 물을 길어 탕약을 준비하고 있었다.

'천외삼비문에 대해 정말 모른다면 무림인은 아니야.'

그러다 관무전을 떠올린 그녀는 다시 의혹에 젖었다.

"관무전이 여간 깐깐한 놈이 아닌데 어떻게 따돌렸을까? 평범한 약초꾼이 아닐 수도 있어.'

화소소는 서가에 빼곡하게 꽂혀 있는 서책을 보고는 서가로 다가섰다.

서가에 소장돼 있는 서적의 대부분은 의서였는데 일부는 대나무로 제작된 죽편이었다.

'종이가 아닌 죽편으로 된 의서라면 고대의 의서로군.'

화소소는 죽편과 서책을 세심하게 살펴보았다.

고대의 황제내경을 비롯해 편작의 창공활생서, 의성 화타의 오금활의보감, 왕숙화의 맥경, 약왕 손사막의 천금요방과 천금익방, 후한 시대의 신농본초경, 신수본초 등등 진귀한 의서와 약서로 가득했다.

방대한 의학서에 화소소는 놀라움을 금치 못했다.

"아, 편작의 창공활생서와 화타의 오금활의보감은 이름만 전해지는 의서인 줄 알았는데 현존할 줄이야."

화소소도 나름대로 의술이나 약학을 배웠기에 고금의 의서에 대해서는 웬만큼 알고 있었다.

황궁의 서고에도 없을 진귀한 의약서가 깊은 산중의 초옥에 일반 서책처럼 꽂혀 있다는 사실에 그녀는 백인성의 내력이 더욱 궁금해졌다.

'대체 이 사람의 내력이 어떠하기에 이렇듯 귀한 의약서를 소장하고 있는 걸까?'

화소소는 반대쪽 벽을 가득 채우고 있는 서가로 다가섰다. 그녀는 서가에 꽂힌 책을 살피고는 눈을 가늘게 떴다.

"이건 의약서가 아니잖아?"

그녀는 가죽끈으로 둘러진 죽편을 열어 내용을 살펴보았다.

서책의 대부분은 죽편이었는데 귀곡신서, 태을둔갑, 손자병법, 오자병법, 육도삼략, 위공자병법, 북두기전, 맹덕신서,

병법이십사편 등등 고대의 병법서와 기서들이 총망라돼 있었다.

"의학서도 하나같이 진귀한 서책들이었는데 이곳에 있는 병법서와 도문의 경전 또한 구하기 힘든 것들이로군."

화소소는 문 쪽을 힐끗 보고는 다른 죽편들도 조금씩 펼쳐 내용을 살펴보았다.

귀곡자의 저술로는 귀곡신서 외에도 음부진경, 천무심경, 천수영문, 상장금구괘, 기문둔갑, 천산지복, 제마축사, 만상법 등등이 진열돼 있었다.

이 모두가 전설로만 전해지는 신서이며 기서였다.

'맙소사! 귀곡선인의 진본 저술이 분명해!'

죽편을 하나 펼쳐 든 화소소는 흐릿한 전서체(篆書體)에 시야가 어지러웠다.

한자의 서체 중 하나인 전서체는 대전(大篆)과 소전(小篆)으로 구분되는데, 대전은 주나라 때 제정돼 춘추전국시대에 사용되었고, 소전은 진나라 때 승상 이사가 대전을 통합 정리한 서체로 한나라 이후에 사용되었다.

귀곡자는 전국시대의 선인이기에 화소소가 보고 있는 죽편의 서체는 대전체의 글자였다. 음부진경의 요결을 몇 대목 읽은 그녀는 이것이 결코 조작된 위서가 아님을 확신할 수 있었다.

귀곡자는 고대 춘추시대부터 전국시대에 걸쳐 수백 년 동안 생존했던 전설적인 선인이다. 춘추시대에 유명한 장의, 소진, 방연, 손빈 같은 제자들을 길러냈으며 훗날 우화등선했기에 도문에서는 귀곡선인으로 추앙을 받는 신비의 존재이다.

전설적 존재인 귀곡자가 남긴 진본.

그렇다면 그녀가 들어온 초옥이 귀곡자의 문하라는 천외무선의 거처일 가능성이 컸다.

생각이 여기에 미치자 화소소는 심장이 멎는 것만 같았다.

'하면 이곳이 바로 사부께서 말씀하셨던 천외선부(天外仙府)란 말인가? 설마 백인성이 무림의 전설이라는 천외무선의 제자……?'

나름대로 추정한 그녀는 충격과 감동에 젖어 환호성이라도 지르고 싶었다.

천외무선(天外武仙)!

삼백 년 이래 다섯 차례나 세상의 살인마들과 마왕들을 제압해 금마총에 가둔 천고의 신인.

천외무선은 전설이자 신화이지만 누구도 그를 대한 적이 없기에 구름 속 신룡과 같은 존재였다.

그에 대해 알려진 바는 귀곡자의 문하라는 것뿐.

물론 귀곡자가 남긴 진본 저술만으로 이곳이 천외무선의 선부임을 단정 지을 수는 없다. 하지만 천외선부가 아니고서어떻게 세상에 전해지지 않은 귀곡자의 신서들이 이렇듯 존재할 수 있겠는가.

화소소는 가슴이 터질 듯한 부푼 기대감에 젖었다.

'아, 이곳이 천외선부라면 천외무선의 절기를 얻을 수 있어. 그런 전설적인 절기를 수중에 넣는다면 천외삼비문을 통합하는 것도 결코 꿈만은 아니야!'

이때 문 열리는 소리가 들려왔다.

"……!"

화소소는 얼른 흥분을 가라앉히고는 서가의 죽편을 정돈해 놓았다.

"산중인데도 서책이 정말 많군요. 여기 죽편들은 고대의 서책 같은데 소녀가 아직 대전체를 배우지 못해 무슨 책인지 모르겠어요."

서가에서 돌아선 화소소는 짐짓 백인성의 반응을 떠보았다.

백인성은 탁자 위에 탕약을 내려놓으며 대수롭지 않은 어투로 응대했다.

"그저 의서와 약서일 뿐이오."

화소소는 묘한 미소를 띠며 백인성에게 다가섰다.

"혹시 세상을 바꿀 만한 신비로운 무서는 아닐까요?"

백인성은 피식 실소를 흘렸다.

"훗, 그런 무서가 이런 산중에 어찌 있겠소? 탕약이 알맞게 식어 있으니 어서 드시오."

"예, 고마워요."

화소소는 목례를 표하고는 탕약을 마셨다.

뜨거운 탕약이 목구멍을 타고 뱃속으로 흘러들자 파심권에 적중됐던 상처 부위의 통증이 씻은 듯 사라졌다.

"아, 정말 신묘한 탕약이군요. 통증이 한결 가셨어요."

"화 낭자는 오행 중 물의 기운을 타고났기에 탕약이 잘 드는 체질이오. 세상의 약재는 양기가 강한 것이 많기에 화 낭자처럼 음기가 강한 수체(水體)를 지닌 사람은 속된 말로 약발이 잘 받소."

"언제 소녀의 체질까지 정확히 파악하셨군요. 백 공자는 여태 소녀가 만난 최고의 의원이십니다."

"하하, 지나친 찬사에 낯이 뜨겁구려."

화소소가 호의적인 미소를 띠며 넌지시 물었다.

"이렇듯 걸출한 의술을 누구에게 배우셨는지 궁금해요. 대체 어떤 고인을 스승님으로 두신 겁니까?"

"내 사부는 세상에 알려지지 않은 산인(山人)이라 화 낭자도 모를 거요."

백인성 앞으로 바싹 다가선 화소소가 요요한 눈빛을 발했다.

"소녀가 한번 알아맞혀 볼까요?"

백인성이 흠칫하는 순간 화소소의 손이 번득였다.

찰나지간 십이대혈이 점혈된 백인성은 기력을 잃고 맥없이 쓰러졌다.

"미안해요, 백 공자. 해칠 의도는 전혀 없으니 안심하세요."

화소소는 백인성을 부축해 의자에 앉혀주었다.

백인성은 기습을 당해 몸이 제압되었지만 그다지 놀라거나 분개하지 않았다.

"혹시 화 낭자를 추격해 온 무리 때문에 이러는 거요? 그들은 멀리 떠났고 내가 화 낭자의 소재를 알려줄 이유가 없으니 이만 혈도를 푸시오."

화소소의 어조가 도도하게 변했다.

"천외무궁의 악도 때문이 아니에요. 나는 백 공자가 무림의 전설적 존재인 천외무선의 제자임을 확신합니다. 서가에 가득한 귀곡선인의 신서가 그것을 입증하죠. 내가 아둔한 계집은 아니니 사실대로 밝히세요."

백인성은 물끄러미 화소소를 바라보았다.

"낭자를 추격했던 관무전의 말이 틀리지 않는군."

"그자가 뭐라고 했죠?"

"당신이 교활하고 사악하니 비호할 가치가 없는 계집이라 하였소."

"흥, 놈이야말로 잔인하고 악도입니다."

화소소는 차갑게 응수하고는 초옥 내부를 쓸어보았다.

"다시 묻겠어요. 이곳이 천외선부가 확실하죠?"

백인성은 나직이 한숨을 내쉬었다.

"화 낭자, 궁벽한 산중에 있는 초옥이 어찌 선부일 수 있겠소? 귀곡자의 저술은 천문에 관심이 있는 사람이라면 누구나 지닐 수 있는 고서일 뿐이오. 화 낭자는 전혀 잘못 생각하였소."

"정말 그럴까요?"

화소소는 서가에서 죽편을 하나 꺼내 들었다.

"귀곡선인이 남긴 열네 편의 신서는 벽합, 반응, 내건, 저희, 비겸, 오합, 췌, 마, 권, 모, 결, 부언, 전환, 그리고 거란입니다. 그중 세상에 알려진 것은 권, 모, 결, 부언 네 편에 불과하지요. 한데 이곳에는 열네 편이 고스란히 보관돼 있군요. 이곳이 천외선부가 아니라면 어떻게 귀곡신서 전편이 완벽하게 갖춰질 수 있겠어요?"

백인성은 다소 놀란 눈빛으로 화소소를 주시했다.

"이제 보니 화 낭자의 식견이 보통이 아니로군. 세상에 전해지지도 않은 책에 대해 어떻게 그리 소상하게 알고 있소?"

"천외무선에 대해 알려진 것은 귀곡선인의 후예라는 것뿐입니다. 그래서 귀곡선인에 대해 조금 공부를 했지요."

"화 낭자, 허황된 전설에 너무 연연하지 마시오."

"내가 원하는 것은 천외무선의 절기입니다. 끝내 부인한다면 내 손으로 찾아낼 수밖에."

화소소는 약장과 서가를 주의 깊게 살피다가 안쪽 벽에 걸려 있는 족자에 시선을 고정시켰다.

족자에는 약왕 손사막의 초상화가 그려져 있었다.

손사막이 저술한 천금요방과 천금익방은 양생과 침구, 약물 등 모든 방면의 의술과 약학을 담고 있어 그는 후세에 약왕으로 불리게 되었다.

화소소는 손사막의 초상이 그려진 족자 앞으로 다가섰다. 족자를 밀치자 태극과 건곤팔괘가 복잡하게 새겨진 원형 판이 드러났다.

화소소의 입가에 회심의 미소가 감돌았다.

"하도낙서가 변환된 태극팔괘가 새겨져 있군요. 이 원형 판은 문을 여닫는 기관 장치가 분명합니다."

백인성을 돌아본 화소소가 도도하게 턱을 치켜들었다.

"이 안에 과연 무엇이 숨겨져 있을까요? 천외무선의 절기가 소장돼 있나요?"

"틀렸소. 그저 태극팔괘의 도형일 뿐이오. 도학에 조금이라도 관심이 있는 사람은 누구나 태극팔괘에 대해 알고 있소. 하다못해 떠돌이 점쟁이도 태극음양과 건곤팔괘 정도는 그릴 수 있을 거요."

"실망이군요. 천외무선의 제자가 이렇듯 거짓말에 능숙하니 말입니다."

화소소는 원형 판으로 다시 고개를 돌렸다. 그녀는 원형 판이 문을 여닫는 기관 장치로 확신했다.

'태극과 건곤팔괘, 육십갑자를 맞혀야 열리도록 고안된 복잡한 기관이로군.'

화소소도 천문과 기문둔갑을 공부했지만 석벽에 설치된 기관 장치는 의외로 복잡해 해독하기가 쉽지 않았다.

'하도낙서의 법칙을 따라야 하는 건가?'

화소소는 나름대로 규칙을 찾아내 건곤팔괘와 육십갑자의 원형 틀을 돌렸다. 하지만 조합이 맞지 않는지 어떤 움직임도 일어나지 않았다.

한 시진 넘게 태극팔괘를 움직이던 화소소는 잔뜩 수치심에 젖어 백인성을 돌아보았다.

"어떻게 열어야 하죠?"

"한번 열려라 하고 외쳐 보시오. 화 낭자 같은 미인이라면 철석도 움직일 거요."

백인성의 농에 화소소의 표정이 싸늘해졌다.

"좋아요. 기관 장치를 작동할 수 없다면 파괴해서라도 반드시 천외선부를 열겠어요!"

단단히 작심한 화소소는 진기를 끌어올려 장심에 주입시켰다. 그녀의 손바닥이 검푸른 빛으로 물들며 김이 모락모락 피어올랐다.

혼신의 진기를 운집한 화소소는 짤막한 기합을 내지르며 태극팔괘를 향해 쌍장을 내질렀다.

한데 이때였다.

갑자기 경락 세 곳이 제압되면서 화소소가 운집한 공력이 순식간에 소멸되었다.

"아……!"

공력이 제압된 화소소는 충격과 두려움에 젖어 눈을 상큼 치켜떴다.

백인성이 화소소 옆으로 다가섰다. 어느새 화소소를 제압해 놓은 점혈을 해소한 것이다.

"화 낭자, 어찌 선부를 함부로 훼손하려는 거요?"

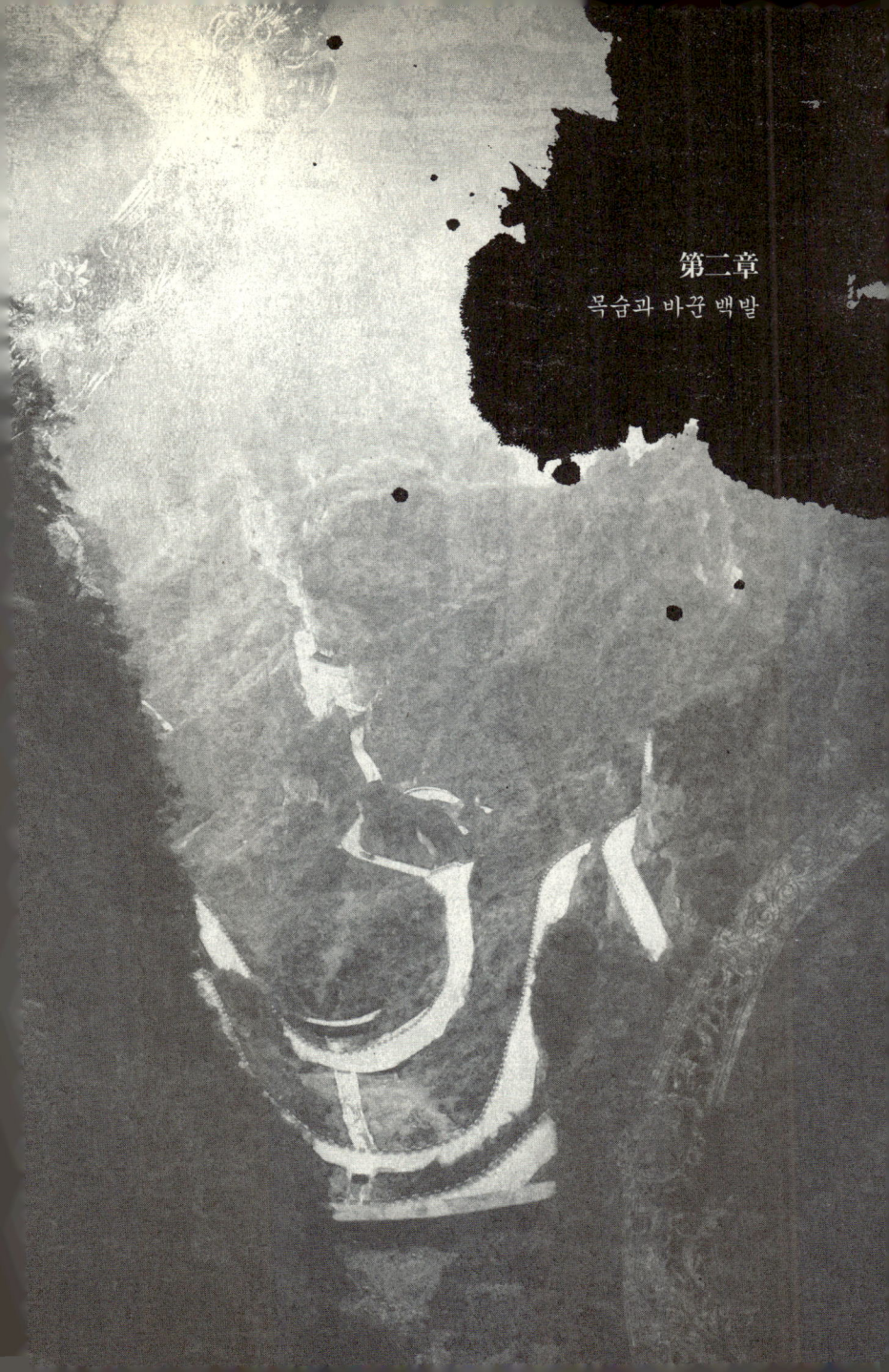

第二章
목숨과 바꾼 백발

臥龍聖手
와룡
성수

1

화소소를 의자에 앉힌 백인성이 엄하게 꾸짖었다.

"화 낭자가 얻을 수 있는 것은 없소. 이제 부상도 회복되었으니 당장 이곳을 떠나시오."

화소소는 믿을 수 없는 듯 눈을 크게 떴다.

"나를… 용서하는 겁니까?"

"의술을 배운 사람으로 어찌 사람을 해칠 수 있겠소? 대신 화 낭자의 기억만 지우겠소."

화소소의 얼굴빛이 창백해졌다.

"예에? 기억을… 지운다고요?"

"그래야 다시는 선부를 침범하지 못할 것 아니요?"

"기억을 잃은 백치로 사느니 차라리 죽는 게 나아요!"

화소소가 앙칼지게 반발하자 백인성이 차분하게 말했다.

"이곳에 있었던 기억만 지울 뿐이니 백치가 되는 것은 아니요."

백인성이 침통을 꺼내자 화소소가 눈물을 글썽거렸다.

"백 공자, 천외무선의 절기는 천하인 모두가 갈망하는 최고의 무림지보(武林之寶)입니다. 소녀가 사문의 숙원을 해소하기 위해서는 천외무선의 절기가 꼭 필요합니다. 제발 절기를 하사해 주십시오. 흑흑……."

화소소가 눈물을 흘리며 호소하자 백인성은 다소 떨떠름한 표정으로 그녀를 보았다.

"정말이지, 절기에 대한 집착이 정말 대단하군."

화소소는 기회를 노려 백인성을 기습할 흑심을 품었지만 몸은 움직일 수 있어도 경락이 제압된 상태라 공력이 제대로 운집되지 않았다.

'대체 어떤 수법으로 경락을 막아놓은 거지?'

설사 공력을 운집할 수 있어도 상대가 천외무선의 제자라면 적수가 될 수 없기에 그녀는 달리 계책을 강구했다.

'아직 세상물정에 어두운 순진한 사람이니 심계로 맞서야겠어.'

화소소는 독한 계략을 가슴에 품고는 애절하게 말했다.

"백 공자, 소녀의 목숨을 구해주신 은혜를 잊고 탐욕을 부린 죄를 용서해 주십시오. 소녀의 기억을 지우겠다면 천외선부를 위해서라도 기꺼이 감수하겠습니다. 다만 소녀의 처지를 측은하게 여겨 귀곡신서를 한 권만 선사해 주십시오."

"귀곡신서는 세상 사람들이 아는 것처럼 절기가 담긴 무서가 아니요."

"그래도 전설적 선인의 가르침이 담겨 있으니 소녀에게 큰 도움이 될 것입니다. 소녀가 기억이 삭제되면 백 공자의 후덕함은 기억하지 못하겠지만 귀곡신서를 열심히 공부해 세상을 위해 사용하겠습니다."

화소소가 연신 눈물을 뿌리며 간곡하게 청하자 백인성은 침통을 탁자 위에 내려놓았다.

"사실 사람의 기억을 지우는 것은 가혹한 처벌이오. 하지만 화 낭자가 속죄하고 수용하겠다니 청을 수용하겠소. 천무심경을 한 권 내줄 테니 깊이 터득해 세상을 위해 사용토록 하시오."

백인성은 죽편이 꽂혀 있는 서가로 향했다.

일순 화소소의 눈에 짙은 살기가 감돌았다.

'천외무선의 절기는 절대 포기할 수 없어!'

그녀는 머리 장신구를 하나 뽑아 들었다. 장신구의 머리 부분을 비튼 그녀는 가는 대롱을 백인성의 찻잔에 기울였다. 투명한 액체 세 방울이 찻잔으로 스며들었다.

화소소는 다시 장신구를 맞추고는 머리에 꽂았다. 워낙 재

빠른 동작이라 백인성은 이를 전혀 눈치채지 못했다.

백인성은 천무심경 필사본을 한 권 찾아 들고 탁자로 돌아왔다.

"받으시오. 내가 옮겨 쓴 필사본이지만 진본과 동일하오."

천무심경을 손에 쥔 화소소는 감격에 젖었다.

"이 은혜 잊지 않겠습니다."

그러다 백인성이 탁자에 놓인 침통을 쥐려 하자 서글픈 표정을 지었다.

"행여 소녀가 백치가 되는 것은 아닐까요?"

"그럴 일은 없을 거요."

"하면 백 공자에 대한 기억은 영원히 지워지는 건가요?"

"그리 될 거요. 화 낭자를 냇가로 옮겼다 놓겠소. 정신을 차리게 되면 부상을 당해 잠시 혼절했다가 깨어난 것으로 알게 될 거요."

"아, 두려워요."

화소소는 자신의 찻잔을 감싸 쥐고는 천천히 쳐들었다.

"배은망덕한 계집에게 관대함을 베풀어주신 은혜에 감사드립니다. 비록 백 공자의 존재는 잊겠지만… 가슴에는 새겨두겠습니다."

화소소가 건배를 청해오자 백인성은 찻잔을 마주쳤다.

"나란 존재는 가슴에도 새겨두지 마시오."

백인성은 차를 비우고는 찻잔을 내려놓았다.

백인성의 빈 찻잔을 확인한 화소소가 회심의 미소를 띠었다.

"차 맛이 어떠세요?"

문득 백인성은 화소소의 표정에서 간특함을 간파했다.

"당신… 또 무슨 나쁜 꾀를 꾸몄소?"

"미안해요, 백 공자."

자리에서 일어선 화소소는 행여 백인성이 무공을 펼칠 것을 우려해 뒤로 한 걸음 물러섰다.

"공자는 놀라운 의술을 지녔지만 계집에 대해서는 너무 모르는군요."

"……!"

화소소를 물끄러미 바라보던 백인성이 자신의 빈 찻잔을 내려다보았다.

"이 찻잔에 무언가를 탔나 보군."

"그래요. 무색무미무취의 물이죠."

일순 백인성이 눈을 휘둥그레 떴다.

"무색무미무취라면… 천중신수?"

"맞습니다."

백인성의 표정이 심각하게 굳어졌다.

"하면 화 낭자가 천수신궁(千水神宮)의 제자……?"

"그래요."

"몇 방울이나 넣었소?"

"세 방울입니다."

일순 백인성의 입가에 공허한 미소가 피어올랐다.

"세 방울이면… 죽을 수밖에 없겠군."

천중신수(天重神水)!

이것은 천외삼비문 중 하나인 천수신궁 최고의 보물이자 세상에서 가장 신비로운 물이다.

천중신수는 독수이자 약수로 맛을 느낄 수 없고 빛깔이 없으며 향기도 없기에 일반 물과 같다.

천중신수 한 방울은 신묘한 약이 될 수 있기에 만병을 낮게 하고 공력을 증진시켜 준다. 하지만 두 방울을 마시게 되면 웬만한 사람은 전신의 피가 끓어올라 칠공으로 피를 쏟으며 죽는다.

그래도 심후한 공력을 지닌 사람이라면 두 방울까지는 희망이 있다. 오히려 천중신수의 강렬한 기운을 공력으로 흡수해 탈태환골을 이룰 수 있다.

그러나 천중신수 세 방울을 복용하게 되면 대라신선이라도 살아남을 수 없다. 피가 역류하면서 심장을 압박하는데 어떤 영약으로도 해독할 수 없기에 심장 파열로 죽고 만다.

백인성은 또 한 번 배신을 당했지만 분노하지 않았다. 오히려 악녀의 독심을 가볍게 상대한 자신의 어리석음을 자책했다.

"내 사부님께서 우화등선에 들기 전에… 내 운수를 점쳐

주신 적이 있소. 사부님께서는 내가 여인 때문에 죽을 거라 하셨는데… 당신이 바로 그 여인일 줄이야."

일순 백인성의 얼굴이 붉게 달아오르더니 코와 입을 통해 피가 흘러나왔다. 이어 눈과 귀를 통해서도 가는 피가 흘러내렸다.

칠공 출혈.

천중신수가 체내로 퍼지면서 피가 역류하기 시작한 것이다.

"욱……!"

백인성이 옆으로 쓰러지자 화소소가 부축해 안았다. 그를 안아 침상에 눕힌 화소소가 물었다.

"백 공자, 천외선부를 여는 방도를 알려주세요. 내가 필요한 것은 천외무선의 절기뿐입니다."

백인성은 화소소를 물끄러미 바라보다가 운수를 말해 주었다.

"화소소… 당신의 상을 보니 천요성(天天星)을 타고났군. 오행상극을 감안하면 훗날 당신을 해칠 사람은 흙(土)의 기운을 지닌 사람이오."

화소소는 자신의 귀를 틀어막았다.

"제 운명에 관한 얘기라면 듣지 않겠어요!"

"화 낭자, 당신을 원망하지 않겠소. 당신의 독심을 파악하지 못한 내 아둔함이 나를 죽인 거니까. 당신을 용서할 테니

천무심경만 갖고 떠나시오. 그것만으로도… 당신은 원하는
모든 것을 이룰 수 있소."

"백 공자, 이제 천외무선의 절기는 소녀가 계승해야 합니
다. 소녀는 선부를 파괴하고 싶지 않아요. 대체 어떻게 하면
열 수 있어요?"

"선부는 절대… 훼손하지 마시오. 이미 방도를 일러주었으
니까."

"……?"

"하지만 선부를 연다고 해도… 당신은 아무것도 가져가지
못할 거요…… 우욱!"

힘겹게 말을 마친 백인성은 세찬 경련을 일으켰다. 피가 역
류하면서 심장에 엄청난 압박이 가해진 것이다.

백인성의 죽음이 임박하자 화소소는 마음이 아팠다. 자신
을 해친 원수임에도 불구하고 최후까지 원망하지 않은 백인
성의 너그러움에 조금은 양심의 가책을 받은 것이다.

"백 공자……."

화소소는 죽어가는 백인성을 부둥켜안았다.

백인성은 심장이 멎으면서 체온이 빠른 속도로 식어갔다.
맥을 짚어본 화소소는 백인성의 죽음을 실감했다. 숨도 쉬지
않고 맥도 뛰지 않으니 죽은 것이 확실했다.

화소소는 백인성을 침상에 눕혔다.

"백 공자, 천외삼비문은 백 년 전 분열된 삼 파가 서로 반목

하고 있습니다. 천외삼비문의 통합은 사문의 숙원이에요. 이제 천외무선의 절기를 얻게 되었으니 천외삼비문은 천수신궁이 주도해 통합될 겁니다. 소녀의 이런 심정을 부디 헤아려 행여 꿈에서라도 나타나지 말아주세요."

화소소는 잠시 애도를 표하고는 태극팔괘로 그려진 원형 판 앞으로 다가섰다. 그녀는 도형을 살피며 백인성의 얘기를 되새겼다.

"내게 선부를 열 방도를 알려주었다고 했지?"

천요성의 태생과 오행상극 중 토.

"맞아. 천요성의 요(夭)는 어리다는 뜻이니 십천간 중 갑(甲)을 의미해."

천수신궁의 제자로 하도낙서에 정통한 그녀답게 백인성의 남긴 암시를 제대로 이해했다.

화소소는 외곽의 원형 판을 천천히 돌렸다.

"토(土)는 십이지지 중 자(子)와 축(丑)을 말함인데 육십갑자 중에 갑자는 있어도 갑축은 없지."

외곽의 원형 판 중에서 갑자를 상단으로 고정시킨 화소소는 건곤팔괘를 구궁의 순서대로 맞추었다.

순간 석벽이 진동하더니 한쪽으로 밀렸다.

그그궁……!

화소소의 얼굴이 흥분과 기대감으로 한껏 상기되었다.

"아, 천외선부가 열렸어!"

열린 석문 안쪽으로 커다란 동부가 보였다. 동부 상단에는 외부와 연결된 작은 구멍들이 비스듬히 뚫려 있어 공기는 음습하지 않았고 내부도 아주 어둡지 않았다.

화소소는 두근거리는 심장을 억누르며 동부 안으로 들어섰다.

'내가 천외무선의 절기를 얻게 되다니!'

그녀는 이것이 정녕 꿈이 아니기를 빌고 또 빌었다.

동부의 깊이는 삼 장 남짓이었기에 한눈에도 내부를 모두 살필 수 있었다.

한데 동부 안에는 어떤 기물도 보이지 않았으며 화소소가 그토록 손에 쥐려 하던 죽편이나 서책 한 권도 없었다. 동부 안쪽으로 돌로 만들어진 좌대만 보일 뿐 그녀가 갈망하던 절기는 존재하지 않았다.

텅 빈 동부를 둘러본 화소소는 당혹스러웠다.

"이럴 리가 없는데? 달리 비밀 서고가 있는 게 분명해!"

초옥으로 돌아와 유등을 밝혀 든 화소소는 동부 안을 샅샅이 수색했다. 하지만 별도의 기관 장치나 비밀스러운 서고는 전혀 발견되지 않았다.

크게 낙담한 화소소는 바닥에 털썩 주저앉았다.

"아, 내가 잘못 판단한 것일까? 이곳이 천외선부가 아니란 말인가?"

생각이 여기에 이르자 그녀는 참담함을 금할 수 없었다.

자신의 목숨을 구해준 백인성을 죽이면서까지 얻고자 했던 천외무선의 절기가 아니었던가? 한데 아무것도 찾아내지 못했으니 공연히 잔악한 살인만 저지른 셈이다.

일순 그녀는 바닥에 새겨져 있는 일정한 깊이의 흔적을 보게 되었다.

"……?"

바닥뿐만 아니라 벽과 천장에도 무수한 도형이 새겨져 있었다. 특별한 형상이 아니었기에 화소소는 처음 그것을 돌의 문양으로만 생각했는데 자세히 살펴보니 인공적으로 새겨진 도형이었다.

화소소는 문득 백인성이 남긴 한마디를 떠올렸다.

"아무것도 가져가지 못할 거요."

그 의미를 이제야 이해할 수 있었다.

"그래, 천외무선의 절기가 동부 바닥과 벽에 새겨져 있기에 내가 가져갈 수 없다고 말한 거였어."

화소소는 또 한 번 낙심하고 말았다.

"무슨 의미인지도 모르는데… 그렇다고 이 동부를 통째로 뜯어갈 수도 없고……."

욕심이 워낙 컸기에 상실감도 컸다. 백인성을 죽이면서까지 탐욕을 냈던 절기인데 막상 눈앞에 두고도 취할 수 없기에 미칠 것만 했다.

화소소는 깊이 고심하다가 마음을 새로이 먹었다.

"아니야. 이대로 포기할 수는 없어."

동부를 나선 그녀는 서탁을 뒤져 몇 장의 양피지와 붓을 찾아 들고 다시 동부 안으로 들어섰다.

"가져갈 수 없다면 베껴서라도 가져갈 수밖에."

화소소는 동부의 바닥과 삼면의 석벽, 그리고 천장에 새겨진 도형을 양피지 다섯 장에 나눠서 그렸다. 서화에 능한 그녀였지만 도형이 워낙 복잡하고 난해해 전체를 양피지에 모두 담기에는 한계가 있었다.

결국 그녀는 중요 도형만을 그려 넣고는 동부를 나섰다.

워낙 아쉬움이 컸기에 그녀는 서가에서 귀곡선인의 진본 저술과 귀곡신서를 모두 챙겨 커다란 꾸러미를 만들었다.

초옥을 나서는 동안 그녀는 침상에 눕혀져 있는 백인성의 시신에는 눈길도 주지 않았다. 백인성이 갑자기 되살아나 자신을 부여잡을 것이 두려웠기 때문이다.

마당을 나선 화소소는 초옥을 돌아보았다.

백인성에 대한 죄책감은 평생 씻을 수 없을 것 같았다. 하지만 그녀는 나약한 여인이 아니었기에 모질게 입술을 깨물었다.

"백 공자, 나는 죽어 지옥으로 떨어질 테고 공자는 천당에 있을 테니 우리는 죽어서도 다시 만날 일이 없을 겁니다."

시간이 제법 흘렀기에 백인성이 제압해 놓은 경락은 이미 타통된 상태였다.

화소소는 깊이 숨을 들이켜고는 가파른 벼랑 아래로 몸을 날렸다. 그녀는 자신의 품속에서 싸늘한 시체로 죽어간 백인성을 떠올리다가 세차게 고개를 흔들었다.

"후회해도 소용없어. 그는 이미 이 세상 사람이 아니니까."

2

백인성의 나이 열세 살 때였다.

사부인 천외무선이 아무 꽃이라도 좋으니 찾아오라는 지시를 내렸다.

오대산은 대륙의 북방이라 구월만 넘어도 산기슭까지 무서리가 내려 꽃을 구하기가 쉽지 않았다. 백인성은 골짜기를 두루 헤매서야 겨우 한 송이 들꽃을 찾아낼 수 있었다.

"에고, 이것뿐인가?"

백인성은 볼품없는 들꽃이라 마음에 들지 않았지만 다른 꽃을 찾을 수가 없었다. 하나밖에 없는 꽃이라 뿌리째 캐서 가져가려 했지만 바위 틈 속에 깊이 뿌리를 내리고 있어 뽑아낼 수가 없었다.

"이거 날도 어두워져서 안 되겠다."

백인성은 결국 줄기를 꺾어서 초옥으로 가져갔다.

"죄송해요, 사부님. 이 꽃밖에 찾지 못했어요."

백인성이 다 시들어가는 들꽃을 건네자 천외무선은 자상한 미소를 띠었다.

"어려움 속에서도 포기하지 않았으니 네 의지와 정성이 갸륵하구나."

"사부님의 지시라 따르기는 했지만 왜 갑자기 꽃을 따오라고 하신지 모르겠습니다."

"허허, 그 이유가 궁금하냐?"

천외무선은 제자가 따온 들꽃을 살피며 앞날을 짚어주었다.

"꽃잎이 일곱 개가 남아 있으니 향후 너는 칠 년을 더 수련해야겠구나. 만일 네가 이 꽃의 뿌리까지 캐왔다면 큰 어려움이 없었을 터인데 급한 마음에 줄기를 잘라왔으니 네 일신에 중대한 화가 닥칠 것 같다."

백인성은 눈을 휘둥그레 떴다.

"화라고요?"

"그래, 너는 태생이 목(木)이라 수(水)와 연관이 깊다. 훗날 너를 해칠 사람은 여인이지만 수생목(水生木)의 이치이니 너를 살릴 사람 또한 여인이 되겠구나."

백인성은 언뜻 이해가 되지 않아 고개를 갸웃거렸다.

"무슨 말씀을 하시는지 잘 모르겠어요."

"허허, 때가 되면 사부가 말한 얘기가 이해될 것이다."

천외무선은 어린 제자의 손을 이끌고 초옥 안쪽의 선부로 들어섰다.

"인성아, 이 사부는 곧 우화등선을 하게 된다."

백인성은 가슴이 덜컥 내려앉았다.

"예에? 우화등선이라 하시면… 이 세상을 떠나시는 겁니까?"

"그러하다. 노부의 나이 삼백 세가 훨씬 넘었으니 그래도 오래 산 것이 아니더냐?"

"사부님께서는 오래 세월 불에 익힌 음식을 멀리하고 복령과 생식으로만 살아오시지 않았습니까? 도경에 보면 선인들은 천 년도 넘게 산다고 했는데 어찌 삼백 년이 긴 세월이겠어요?"

"육신의 한계를 어쩌겠느냐?"

"사부님, 제자가 장백산으로 가서 산삼이라도 캐오겠습니다. 제발 어린 제자를 두고 떠나지 마세요."

백인성이 사부를 소매를 부여잡으며 울먹이자 천외무선이 나직이 꾸짖었다.

"인성아, 귀곡 문하의 제자로서 어찌 생사에 연연하는 것이냐? 이 사부는 너보다 어린 나이 때 선사께서 우화등선하셨지만 눈물을 흘리지 않았다."

사부의 질책에 백인성은 겨우 울음을 멈추었다.

"하면 훗날에 사부님을 다시 뵈올 수 있을까요?"

"다행히 네게 선골이 있으니 부단히 수행해 현도(玄圖)에 오르면 다시 만날 수도 있겠지."

현도란 태상노군이 다스리는 선계를 말함이며 우화등선한 선인들만 오를 수 있는 세상이다.

천외무선은 길게 늘어진 흰 눈썹을 가볍게 추켜올리며 잠시 감회에 젖었다.

"사실 노부는 속세의 일에 너무도 많이 개입하였다. 사문의 문규에 따라 수행에 힘써야 하지만 사마(邪魔)들의 만행을 두고 볼 수가 없어 세상으로 나서고 말았다. 그로 인해 저들의 사악한 기운이 노부의 육신으로 스며들어 도력을 침해당했다만 후회는 없구나."

"선도를 추구하는 선인들은 속세를 멀리 한다 들었는데 어찌 세상사에 관여하신 거죠?"

"허허, 노부의 성격인 것을 어쩌겠느냐? 너 또한 개인적 수행에만 몰입하지는 못할 운수다. 네가 노부의 가르침 중에서 의술에 남다른 재주를 보였으니 때가 되면 의술로써 세상을 구제토록 해라."

천외무선은 좌대에 올라앉았다.

"인성아, 이 사부는 오랜 세월 세상의 마왕들을 제압해 무저갱에 가두었다."

"무저갱이요?"

"그래, 지금은 금마총으로 불리는 곳이지. 한데 세상을 정화하기 위해 마왕들을 한곳에 가두다 보니 한 가지 문제점이 생겼다. 마기가 응집되면서 저들의 마력이 극에 이른 것이다. 천수를 헤아리니 십 년 이내에 마의 기운이 어둠을 깨고 나올 것 같구나. 마중지마(魔中之魔)를 극마라 하는데 세상 누구도 극마를 감당하지 못할 테니 그것이 걱정되는구나."

백인성은 잠시 눈을 깜빡이다가 물었다.

"제자가 사부님을 대신해 저들의 극마지기를 제압할 수 있을까요?"

"네 의지는 가상하다만 극마를 감당하기 위해서는 무극지경에 이르러야 하는데 지금 너의 도력으로는 쉽지 않을 것이다."

"사부님의 가르침을 부지런히 수련하겠습니다."

천외무성의 입가에 잔잔한 미소가 감돌았다.

"오냐, 진정한 도가 어찌 산중에만 있겠느냐? 천 년을 수행한 선인도 덕을 쌓지 못한다면 어찌 선인이라 할 수 있겠느냐? 의를 외면하고 덕을 멀리한다면 설사 선인이 된다고 해도 현도에는 오르지 못할 것이다."

백인성이 잠시 주저하다가 조심스럽게 말했다.

"사부님, 한 가지 궁금한 게 있습니다."

"말해보아라."

"세상으로 내려가 보면 아이들마다 형제자매와 부모가 있더군요. 물론 제게는 사부님이 계시지만⋯ 제 부모가 누구인지 궁금했습니다."

천외무선은 물끄러미 제자를 바라보다가 수염을 내리쓸었다.

"그래, 한갓 미물도 제 어미를 그리워하는데 사람으로서 어찌 혈족에 대한 그리움이 없겠느냐? 하지만 애석하게도 이 사부도 너의 부모가 누구인지 알지 못한다."

늙은 선인은 씁쓸함에 젖었다.

"노부는 십삼 년 전 마기가 충천한 금마총을 조사하기 위해 금사강을 건너던 중이었다. 한데 금사탄에서 천둥 같은 아기 울음소리가 들리더구나. 그래서 상류로 올라가 보았더니 강보에 싸인 아이가 급류에 휘말리는 중이었다. 그 아기가 바로 너다."

자신의 내력을 처음으로 들은 백인성은 본능적인 설렘에 젖었다.

"하면 제가 버려진 건가요?"

"흐음, 네가 버려진 것인지, 아니면 너의 부모가 화를 당해 너를 피신시킨 것인지는 알 수가 없구나."

천외무선의 흰 눈썹이 가볍게 흔들렸다.

"당시 너를 구해 괘를 짚어보니 삶과 죽음이 혼재된 괴이한 괘가 나왔다. 노부의 점괘가 틀리지 않는다면 너와 운세를 나누어 가진 쌍둥이 형제가 있을 듯하구나."

백인성은 눈을 휘둥그레 떴다.

"제게… 형제가 있다고요?"

"그럴 가능성이 크다. 너는 목체(木體)를 타고 났는데 네 몸에 강한 화기가 배어 있으니 아마 네 형제는 화체(火體)의 소유자일 것이다. 하지만 불행하게도 화극목(火克木)이니 네 형제를 만나게 되면 오히려 네가 위험해진다."

형제를 만나면 위험하다.

백인성이 이해할 수 없는 표정을 짓자 천외무선이 화제를 돌렸다.

"인성아, 네 이름이 왜 백인성인지 아느냐?"

"모르겠습니다."

"훗날 너는 흰색(白)과 깊이 연관될 것이다. 하기에 백으로 너의 성(姓)을 삼았다. 인(仁)은 네가 목의 체질을 타고났기에 그리 명명한 것이지."

"목(木)이 인의예지신 중 인이라고 배웠는데 제 이름에 그런 의미가 있었군요."

"맞다. 그리고 네 이름의 성(星)은 이해하겠느냐?"

백인성은 자신의 앞자락을 열어보았다. 가슴 한쪽에 북두칠성의 형태로 일곱 개의 점이 새겨져 있었다.

"제 가슴의 일곱 개의 점 때문인가요?"

"맞다. 네 신분을 밝혀줄 어떤 신물도 없기에 노부도 네 내력을 밝히는 데는 한계에 부딪칠 수밖에 없었다. 그 점은 정말 미안하구나."

천외무선은 어린 제자를 바라보다가 천천히 손을 뻗었다.

"인성아, 이 사부가 네게 마지막으로 줄 수 있는 것은 태극
진기(太極眞氣)뿐이다. 훗날 너를 살릴 기운이니 반드시 간직
하고 있어야 한다."

천외무선의 장심을 통해 붉고 푸른 두 가지 기운이 흘러나
왔다. 두 가지 기운이 천천히 회전하면서 원형을 이루자 태극
의 오묘한 형상이 만들어졌다.

천지간의 음양이 합치된 태극진기.

태극진기가 뇌정혈을 통해 스며들자 백인성은 온몸이 얼
어붙을 것 같은 한기와 장기가 타버릴 것 같은 열기에 휩싸였
다. 몹시 고통스러웠지만 사부의 진기를 전수받는 상황이라
신음조차 낼 수 없었다.

평생의 진원지기인 태극진기를 발출해서인지 천외무선의
모습이 갑작스럽게 늙어 보였다.

잠시 후 태극진기 주입을 마친 천외무선이 소매를 젖자 백
인성은 하나의 깃털이 되어 선부 밖으로 날아갔다.

"인성아, 현도에서 너를 지켜볼 것이다."

선부 밖으로 내려진 백인성이 달려갔다.

"사부님!"

하지만 선부의 문은 굳게 닫혀 버렸다.

백인성이 선부의 문을 두드리며 간곡하게 외쳤다.

"사부님, 마지막 배례라도 올리게 해주십시오!"

그러자 백인성의 머릿속으로 천외무선의 음성이 들려왔다.

[생사란 그저 작은 갈림길이로다. 노부가 삼백 년 넘게 살아왔지만 속세와 맺은 인연은 너 하나뿐이다. 이곳에 태극도(太極圖)를 남겨놓으니 귀곡 문하로서 계승토록 해라. 너의 하산은 칠 년 후가 될 것이다.]

마음으로 전한다는 심어전성(心語傳聲).

백인성은 사부의 우화등선을 방해할 수 없기에 문밖에서 절을 올렸다.

"사부님, 어린 핏덩이를 키워주신 은혜에 감사드립니다. 귀곡의 문하로서 부끄럽지 않게 살겠어요."

다음날 선부의 문을 열었을 때 백인성이 본 것은 사부의 빛바랜 백결 장삼뿐이었다.

3

천중신수는 어떤 영약으로도 해독이 불가하다. 그러나 천중신수도 세상의 한 물질일 뿐 절대적인 것은 아니다.

쿠웅!

멈춰 있던 심장이 힘차게 고동치자 숨이 끊겨 있던 백인성의 몸이 세차게 요동쳤다.

세상의 극음과 극양이 조화를 이룬 태극진기.

천중신수에 담긴 극양의 기운은 절세고수의 오장육부라도 녹일 정도이지만 백인성의 몸에는 천외무선이 주입시켜 준 태극진기가 깃들어 있었다.

신비로운 태극진기 덕분에 백인성은 천중신수를 세 방울이나 복용하고서도 되살아날 수 있었다.

슈우우!

짙은 기류가 백인성의 몸에서 피어올랐다. 백인성의 얼굴이 절반은 붉고 절반은 푸르게 변색되었다.

이어 붉고 푸른 기운이 서서히 교차하면서 얼굴이 보랏빛으로 물들었다. 태극진기가 융합되면서 천중신수의 독기를 몰아내는 중이었다.

우득우득!

백인성의 삼백육십 개 뼈마디와 근육이 어긋났다. 그의 몸이 기형적으로 뒤틀렸다가 다시 본래의 형태로 돌아오기를 반복했다.

이른바 환골탈태.

금강불괴지신에 이르기 위해 반드시 거쳐야 할 초극의 단계.

환골탈태를 거치면 웬만한 독에도 중독되지 않고 몸이 쪼개지지 않는 한 죽지 않으니 절반은 불사의 신체라 할 수 있다.

죽음의 상황에서 부활해 환골탈태에 이르게 되었으니 백인성으로서는 오히려 전화위복이었다,

천중신수의 독기가 점차 해소되면서 백인성의 얼굴에 화색이 감돌았다. 피부에서는 윤기가 흘렀고 기이한 서기마저 감돌았다.

하지만 천중신수는 세상에서 가장 강렬한 독수이다 보니 태극진기로도 완전히 해독되지 않았다. 천중신수의 독기가 머리를 통해 빠져나가면서 백인성의 머리카락이 하얗게 탈색된 것이다.

은빛이 감도는 백발.

생명을 대신한 백발이기에 추하기보다 오히려 신비로웠다.

"후우……!"

긴 한숨에 이어 백인성이 눈을 떴다.

번— 쩍!

눈에서 강렬한 신광이 뿜어지면서 초옥 천장이 관통되었다. 백인성이 다시 눈을 감았다 뜨자 신광이 안으로 갈무리되었다. 반박귀진의 현상이었다.

몸을 일으켜 앉은 백인성은 잠시 후에야 자신이 다시 살아났음을 실감할 수 있었다.

"아, 내가 죽지 않았구나."

진기를 운기하지 않았는데도 그는 전신 가득 충만한 기운을 느낄 수 있었다. 침상에서 내려서자 구름을 밟고 선 듯 몸이 가벼웠다.

"사부님께서 전수해 주신 태극진기가 내 진원지기와 조화를 이루었어. 천중신수가 나를 죽였지만 사부님께서 나를 다시 살린 것이다."

그러다 벽에 걸린 동경을 통해 자신의 모습을 보고 그는 깜짝 놀랐다.

"내 머리카락이……?"

동경 앞에 선 백인성은 하얗게 센 머리카락을 매만졌다.

"사부님께서는 정말 신인이시다. 내게 이런 일이 생길 줄 아시고 이미 이십 년 전에 내 성을 백(白)으로 정하신 거야. 아득한 선천수(先天數)를 헤아리는 사부님의 능력이 정말 존경스럽군."

그러다 서가를 살펴본 백인성은 태사조인 귀곡자의 저술이 송두리째 없어졌음을 확인했다.

백인성은 화소소의 소행이 몹시 괘씸했다.

"화소소, 당신 정말 탐욕스럽군. 만일 의학 서책이나 다른 기서를 가져갔다면 굳이 되찾으려 하지 않았을 테지만 사문의 보물인 귀곡신서만큼은 내줄 수가 없지."

백인성은 선부로 들어섰다.

천외무선의 삼백 년 심득이 담긴 태극도.

백인성은 태극도가 조금도 훼손되지 않았다는 사실에 적이 안도했다.

"그래도 태극도가 훼손되지 않아 다행이다. 화소소, 만일 당신이 선부를 파괴했다면 천수신궁은 온전치 못했을 거야."

그는 빈 좌대를 향해 정중하게 절을 올렸다.

"사부님, 제자가 불민하여 태사조님의 진본 경전을 지키지 못해 정말 송구합니다. 하지만 귀곡문의 후예로서 반드시 사문의 보물을 되찾아오겠습니다."

선부를 나선 백인성은 십여 가지 약병과 침통을 챙겨 초옥을 나섰다.

한동안 초옥을 떠나 있어야 하기에 그는 마당 주변에 진법을 펼쳐 놓았다.

진세에 의해 자욱하게 피어오른 운무가 벼랑 중간에 형성되었다. 기문둔갑에 정통한 사람이나 신안의 소유자가 아니면 내부를 꿰뚫어 볼 수 없기에 초옥을 침범당할 우려는 없었다.

벼랑가에 선 백인성은 절색의 미모 뒤에 감춰져 있는 화소소의 추악한 심성을 떠올리며 세상을 달리 보게 되었다.

"백인성, 다시는 세상의 가식에 속지 마라!"

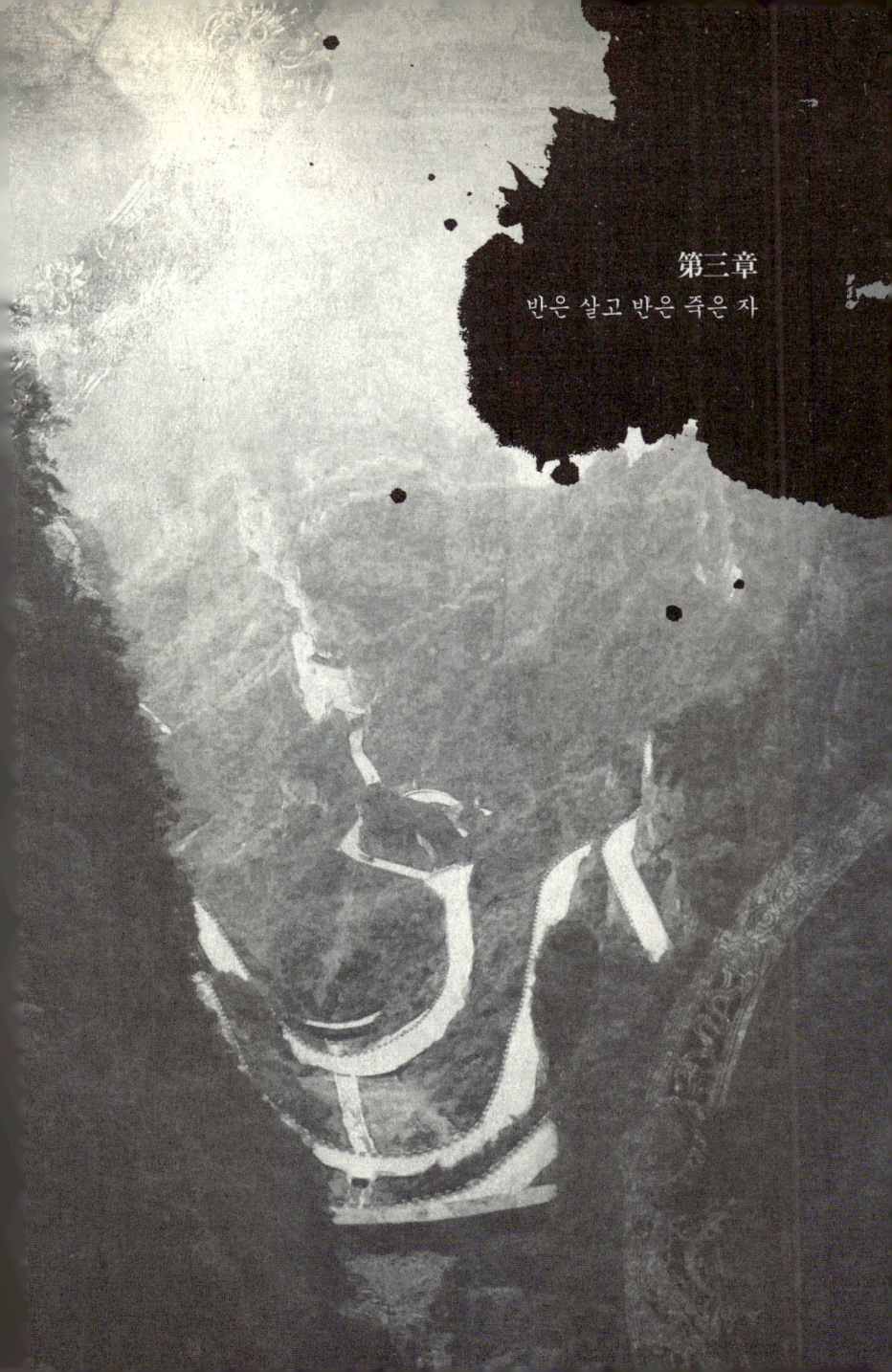

第三章
반은 살고 반은 죽은 자

1

오대산을 내려온 백인성은 정양을 거쳐 혼주에 이르렀다. 혼주를 지나면 태원(太原)에 이르게 되는데 그곳이 산서성의 성도이다.

백인성은 관도를 따라 천천히 걸음을 옮기고 있었다.

자연스럽게 축지행공을 펼치고 있기에 그는 한 걸음을 내디딜 때마다 오류 장씩 이동했다. 그러다 인기척이 느껴지면 축지행공을 해소해 평범한 사람의 행보를 유지했다.

그는 줄곧 오대산 근경에서만 지내왔기에 세상 밖으로 나오기는 이번이 처음이었다.

바깥세상을 경험하게 되어 약간의 설렘이 있었지만 사문

의 보물인 귀곡선인의 진본을 회수해야 하는 책임감 때문인지 마냥 즐겁지만은 않았다.

사문의 보물을 되찾기 위해서는 천수신궁의 소재를 알아내는 것이 급선무였다.

"일단 세상사에 밝은 사람을 먼저 찾아야겠군."

상념에서 깨어난 백인성은 관도를 쓸어보았다.

혼주는 태원과 인접한 성시답게 사람들의 왕래가 잦아 관도를 오가는 수레며 마차가 쉴 새 없이 이어지고 있었다.

백인성은 문득 어린 동생을 업고 옆으로 지나치는 십여 살 난 아이를 보게 되었다.

"형, 어서 가자. 할머니가 맛있는 경단을 만들어 놓으셨을 거야."

"그래, 알았으니 조금만 참아."

형이라고 해야 서너 살밖에 많지 않은 아이였지만 그래도 어린 동생을 업고 다독이는 모습이 어른스러웠다.

어린 형제를 물끄러미 바라본 백인성의 입가에 절로 미소가 감돌았다.

"형제간의 우애가 보기 좋군."

형제.

백인성은 사부가 우화등선에 앞서 자신에게 전한 출생 내력을 떠올렸다.

'사부님은 내게 쌍둥이 형제가 있을 수 있다고 했는데…….'

사부는 그의 형제가 불의 기운을 지녔기에 나무의 기운을 타고난 자신을 태울 수 있다고 경고했다. 하지만 형제를 만날 수 있다면 자신에게 미칠 위험 따위는 생각하고 싶지 않았다.

부모가 누구인지 모르기에 이 넓은 세상에서 형제를 만난다면 그것만으로 감동이 아니겠는가.

"그래도 내게 아무도 없다는 것보다는 희망적이야. 사문의 보물을 모두 회수하면 내 내력에 대해 알아보자."

하지만 생사조차 분명치 않은 형제를 어떻게 찾을 수 있을지 그도 다소 막막하기만 했다.

문득 완만한 언덕 너머에서 들려오는 아이의 다급한 외침에 백인성은 검미를 슬쩍 치켜 올렸다.

"살려 주세요―! 저는 아니라고요!"

언덕을 넘어 달려오는 사람은 열 살 정도로 보이는 어린아이였다.

아이의 남루한 복장으로 미루어 촌민의 자식으로 짐작되었다. 한데 아이의 얼굴과 목, 드러난 팔에는 붉은 열꽃이 피어 있었고 일부는 살이 문드러져 검은 반점으로 얼룩져 있었다.

아이의 뒤를 이어 두 명의 관병이 언덕 뒤에서 모습을 드러냈다.

"저놈 잡아라!"

"이놈아, 거기 서지 못해!"

아이가 사력을 다해 도주해서인지 관병들은 연신 숨을 헐떡였다. 그러다 아이가 멀어지자 관병 하나가 창을 내던졌다.

"이놈, 서라고 했다!"

붉은 수술이 달린 창은 허공을 가르며 아이를 향해 날아들었다. 날카로운 바람 소리에 깜짝 놀란 아이가 돌아보고는 입을 딱 벌렸다.

"아압!"

관병이 진짜로 아이를 죽이려는 의도는 없었겠지만 공교롭게도 창은 아이를 향해 내리꽂히고 있었다. 아이는 사색이 되었고, 이를 보는 관병들 역시 우거지상이 되었다.

"이런, 망할!"

퍼억!

둔탁한 폭음이 들려오자 관병들은 차마 볼 수가 없어 외면했다. 한데 비명 소리가 들려오지 않았다.

슬며시 돌아본 관병들은 눈을 상큼 치켜떴다. 창은 바닥에 꽂혀 있고 아이는 한 청년에게 안겨 있는 것이 아닌가.

백인성은 아이를 안아 다독이며 놀란 가슴을 진정시켜 주었다.

"안심해라. 이제 괜찮다."

관병들은 아이가 무사하다는 사실에 마음을 놓다가 자신이 추포해야 할 대상임을 떠올리고는 득달같이 달려왔다.

"이 고얀 녀석!"

"누구 죽는 꼴을 보려는 것이냐?"

백인성은 드물게 분노의 빛을 띠었다.

"보아하니 관에서 나온 사람들 같은데 어찌 어린아이를 죽이려 하는 거요?"

창을 던진 관병이 떨떠름한 표정으로 말을 받았다.

"허엄, 죽이려는 생각은 없었소. 어린놈이 금제를 넘어 달아나기에……."

동료를 비호하기 위해 옆의 관병이 아이를 향해 눈을 부라렸다.

"이놈, 당장 돌아가자!"

관병들의 사나운 기세에 아이는 눈물을 뚝뚝 흘렸다.

"잉잉, 제발 살려주세요. 저는 아프지 않아요!"

"닥쳐라, 이놈!"

관병들은 무명 두건을 꺼내 코와 입을 가렸다. 관병 하나가 백인성을 향해 소리쳤다.

"아이는 역병에 걸렸소! 어서 내려놓고 물러서시오!"

"역병……?"

백인성은 안고 있는 아이를 세심하게 살폈다.

검은 반점에서 역한 악취가 풍기는 고름이 흘러나왔고, 얼굴과 몸에도 열꽃이 가득했다. 눈동자 또한 누렇게 변색돼 있어 병증이 완연했다.

관병들은 거리를 유지한 채로 떠들어댔다.

"꼬마는 청수진 출신이오. 청수진에 역병이 돌아 부락을 소개하고 병자들을 검진 중인데 꼬마가 도주한 것이오."

"문사도 역병이 옮을 수 있으니 꼬마를 어서 내려놓으시오."

하지만 백인성은 관병들의 주의를 귓등으로 흘려들었다.

"어디 좀 볼까?"

아이를 내려놓은 백인성은 혀와 눈을 살피고는 맥을 짚었다.

아이는 울먹이면서 호소했다.

"공자님, 전 괜찮아요. 역병이 걸리지 않았어요."

역병은 전염성이 강해 접촉하는 것만으로 병을 옮길 수 있기에 관병들은 잔뜩 인상을 찌그렸다.

"이자도 벌써 옮은 거 아닐까?"

"함께 청수진으로 끌고 가야 하는 거 아냐?"

아이를 검진한 백인성이 밝은 표정으로 아이를 머리를 쓰다듬어 주었다.

"안심해라. 역병이 아니야."

눈물범벅이 되어 있던 아이가 환한 표정으로 물었다.

"예에? 역병이 아니라고요?"

"그래, 확실하다."

"공자님은… 의원이세요?"

"의술을 배웠으니 의원이라 할 수 있지."

의원이라는 말에 아이는 백인성의 소매를 잡아끌었다.

"아이고, 의원님! 우리 부락 좀 구해주세요! 관청에서 내려온 관의가 역병으로 진단하는 바람에 모두가 죽게 되었어요!"

"흐음, 오진 때문에 여러 사람이 고초를 겪나보구나."

백인성은 역병으로 판명될 경우의 파급력을 익히 알기에 아이의 애원을 거부하지 않았다.

"알겠다. 가자."

백인성이 아이와 함께 걸음을 옮기자 관병들이 막아섰다.

"멈추시오!"

관병 하나가 험악하게 눈을 부라렸다.

"역병에 걸린 사람이 어디 한둘인 줄 아슈? 꼬마 놈 말만 믿고 접근했다가는 의원도 역병이 옮을 거요."

"역병이 아니니 안심하시오."

"역병이 아니면 뭐란 말이오? 꼬마 놈 낯짝을 보면 모르겠소?"

"역병이 아니라 중독 현상이오."

백인성이 단언하자 관병들은 입을 딱 벌렸다.

"주… 중독?"

2

화르륵!

마을 곳곳이 타오르고 있었다. 이미 여러 채가 불길에 주저 앉았고, 동네 한복판에서는 산더미처럼 수북한 옷가지며 가재도구가 불길에 휩싸이고 있었다.

부락민은 옷가지와 생필품을 조금이라도 건지려 애를 썼지만 관병들은 이를 압수해 불길 속으로 던져 넣었다.

"이놈들, 괴질을 옮길 수 있으니 몸만 빠져나가라고 하지 않았더냐?"

부락민들은 여기저기 주저앉아 통곡했다.

"아이고, 조상 대대로 이곳 청수진에서 살아왔는데 어디로 가란 말입니까?"

"선조들의 묘소를 두고 떠날 수는 없습니다! 차라리 이곳에서 죽겠습니다요!"

극도로 상심한 노인네가 불길 속으로 뛰어들려 하자 주변 사람들이 이를 만류하며 위로했다.

역병의 감염을 막기 위해 관병들과 이들을 지휘하는 포교는 두건으로 코와 입을 두르고 있었다.

관병들은 관에서 파견 나온 관의(官醫)의 지시에 따라 마을 곳곳에서 마른 쑥과 연전초를 태우고 있었다. 연전초는 역병의 확산을 막아주는 약초였다.

역병은 순식간에 엄청난 사망자와 병자를 만들어내기에

관청이 가장 경계하는 질병 중 하나이다. 역병이 돌 경우 부락민들을 강제로 소개하는 것은 관청의 오랜 지침이다.

그러나 갑작스럽게 터전을 잃고 쫓겨 나가야 하는 부락민들에게는 청천벽력일 수밖에 없다.

아이와 함께 부락 어귀로 들어선 백인성은 자욱한 연기와 불길에 미간을 찡그렸다.

"아예 부락을 통째로 태울 작정인가?"

부락 한쪽으로 거적에 절반쯤 덮인 시신들이 즐비하게 늘어져 있었다. 대부분 질병에 취약한 노인들과 아이들이었고, 더러 아낙들과 장정들도 섞여 있었다.

백인성을 안내한 아이가 시체더미로 달려갔다.

시체더미 속에서 부모의 시신을 찾아낸 아이가 애타게 부르짖었다.

"어머니! 아버지!"

백인성이 다가서자 아이는 무릎을 꿇으며 애원했다.

"의원님, 제발 아버지, 어머니를 살려주세요."

백인성은 무거운 한숨을 내쉬었다.

"아이야, 이미 죽은 사람은 살릴 수가 없단다."

"아니에요. 부모님은 아직 돌아가시지 않았어요. 잠시 전까지도 숨을 쉬셨다고요!"

아이가 워낙 울며불며 애원하자 백인성은 거적을 들추고 아이의 부모인 촌부와 아낙의 시신을 살폈다.

부부의 몸에서 고약한 악취가 풍겨 나왔다. 아직 시신이 부패되지 않은 상태임을 감안하면 악취가 지나치게 독했다.

'역시 중독 증세야. 아주 고약한 독에 당했군.'

촌부와 아낙을 진맥한 백인성은 그들이 아직 죽지 않았다는 사실에 깜짝 놀랐다.

'이런, 아직 숨이 있어. 한데 시신처럼 방치했단 말인가?'

이때 포교와 관의가 다가서며 백인성을 대동했던 관병들을 질책했다.

"이놈들, 잡인을 들이지 말라 했거늘 어찌 된 것이냐?"

관병은 포교의 눈치를 살피다가 자신없는 어조로 보고를 올렸다.

"포교 나리, 이 의원 말로는 역병이 아니라고……."

"뭐라? 역병이 아니라고?"

포교는 날카로운 눈빛으로 백인성을 쓸어보았다.

"아직 새파란 애송이 같은데 벌써 머리가 셌군. 자네가 의원이라고?"

"의술을 조금 배웠으니 의원이라 할 수 있습니다."

"한데 역병이 아니란 말인가?"

"그렇습니다. 역병이 아님을 장담할 수 있습니다."

"이거야 원."

포교는 난감한 표정으로 관의를 돌아보았다. 백인성의 나이가 젊기는 해도 용모가 속되지 않고 말투도 차분해 함부로 무시할 수가 없었다.

관의가 얼굴을 가린 두건을 내리며 냉랭하게 물었다.

"이곳 청수진에 갑자기 괴질이 돌아 여러 사람이 죽었네. 역병의 증세가 아니라면 대체 뭐란 말인가?"

"역병과 유사하지만 괴질의 증세가 아니라 중독 증세로 짐작됩니다."

"중독이라고?"

"예, 시신과 병자들의 몸에서 심한 악취가 풍기는 것으로 미루어 시독(屍毒)의 일종이 아닌가 싶군요."

"시독? 시독이라면 부패한 시체에서 발생하는 독이 아닌가?"

"맞습니다. 아이를 진맥해 보니 괴질의 증세가 아니었습니다. 얼굴과 몸의 반점에서 악취가 심한 것은 역병의 고름 때문이 아니라 시독의 독기 때문이지요. 다른 시신들도 마찬가지입니다."

일순 관의의 눈가 근육이 씰룩거렸다.

관의는 관부에 소속된 벼슬아치이기에 민간 의원보다 권위가 높고 자부심이 대단했다. 한데 내력도 모르는 새파란 의원이 자신이 내린 진단을 뒤덮는 소견을 말하자 자존심이 크게 상했다.

"내가 시독과 역병도 구분하지 못하겠는가? 역병이 분명하니 자네는 나서지 말게!"

관의가 턱짓을 해 보이자 관병들이 백인성을 창대로 밀어 냈다.

"젊은 의원은 이만 나가슈."

"의협심도 좋지만 공연히 역병 옮겠소."

백인성은 제자리를 지키며 자신있게 외쳤다.

"포교 나리, 게다가 저 아이의 부모는 아직 죽지 않았으니 내가 회생시킬 수 있습니다."

이미 죽은 자로 분류돼 있는 시신을 회생시키겠다는 공언에 포교는 깜짝 놀랐다.

"기다려라!"

백인성에게 다가선 포교가 엄한 표정으로 물었다.

"정말 저들 부부가 죽지 않았단 말인가?"

"중독 증세가 심해 고열로 일시 혼절했을 뿐 아직 숨이 끊어지지 않았습니다."

"자네가 그리 자신한다면 한번 살려보게."

포교는 백인성에게 기회를 주면서 한마디 덧붙였다.

"만일 회생시키지 못하면 자네는 나라의 일을 방해한 대가로 엄중한 처벌을 면치 못할 것이네. 알겠는가?"

관병들이 비켜서자 백인성은 촌부와 아낙에게 다가앉았다.

부락민들은 모두 숨을 죽인 채 백인성의 시술을 지켜보면서 백인성이 옳았기를 마음속으로 믿었다. 아이의 부부가 회생한다면 역병이 아니라는 백인성의 진단이 맞기에 부락이 폐쇄되는 참화는 피할 수 있기 때문이다.

백인성은 침통을 꺼내 촌부와 아낙의 혈도에 시침을 하고는 약병을 꺼내 환약을 한 알씩 먹여주었다. 죽었던 부부가 잠시 경련을 일으켰지만 의식을 회복하지는 못했다.

그러자 관의의 입가에 싸늘한 조소가 감돌았다.

"흥, 의원으로서 산 자와 죽는 자도 구분하지 못한단 말인가? 장 포교, 이런 돌팔이의 말을 정말 믿는 거요?"

백인성은 침을 뽑아 침통에 담았다.

"장독이 경맥까지 스며들었기에 회생이 늦는 겁니다."

백인성은 촌부와 아낙을 잠시 진맥하고는 인중과 미심혈을 지압해 주었다. 부부의 코에서 검은 액체가 흘러나왔다.

백인성은 촌부와 아낙의 심장을 강하게 압박했다. 그러자 부부가 긴 한숨과 함께 깨어났다.

"흐으윽……!"

증독 증세가 심해 아직 운신을 제대로 못했지만 눈동자는 분명했다.

아이가 부모의 손을 쥐고 흔들었다.

"어머니, 아버지! 저 완아예요!"

"오, 완아야, 넌… 무사했구나."

"흑흑, 이제 사신 겁니다!"

부모가 회생하자 아이는 감동의 울음을 터뜨렸고, 부락민들은 감탄과 흥분을 금치 못했다.

"오, 구 씨 부부가 살아났어!"

"젊은 의원은 진정 신의이다!"

부락민들은 멀쩡한 옷가지와 가재도구가 잿더미로 화해가는 광경을 보고 분통을 터뜨렸다.

"역병도 아닌데 이게 무슨 난리란 말인가?"

"에구, 그야말로 마른하늘에 날벼락일세!"

부락민들의 분위기가 험악해지자 포교는 심각한 표정으로 관의를 돌아보았다.

"손 의원, 대체 이게 어찌 된 일입니까?"

관의는 자신이 중대한 착오를 범했음을 인식했지만 자신의 명예와 신상이 걸린 문제라 여전히 오진을 인정하지 않았다.

"저자가 기사회생의 영약이라도 지녔나 보오. 내가 보기에는 역병이 확실하오."

포교는 잠시 고심하다가 백인성에게 물었다.

"자네 이름이 뭔가?"

"백인성이라 합니다."

"누구한테 의술을 배웠는가?"

"내 스승님은 초야에 사신 분이라 말씀드려도 모를 겁니다."

"죽은 사람을 살렸으니 자네가 신선한테 의술을 배웠나 보군. 역병이 아니라 시독이라고 했는데 그 원인이 뭔가?"

"아마도 물 때문일 가능성이 큽니다."

"물이라고?"

포교가 부락민들에게 물었다.

"백 의원이 물 때문이라 진단했는데 너희는 물을 어디서 길어다 먹느냐?"

중년 촌부가 조심스럽게 대답했다.

"마을에 우물이 두 곳 있었는데 몇 달 전부터 냄새가 심해 냇물을 길어다 먹었습니다요. 냇물에서도 조금 냄새가 났지만 끓여 먹으면 괜찮다 싶어 줄곧 먹어왔습죠."

백인성은 상황을 대번에 짐작했다.

"아마도 상류 쪽에 무슨 오염원이 있는 것 같습니다. 그래서 우물이 오염되고 냇물에도 독기가 스며들었을 겁니다."

그러자 부락민들이 힘을 얻어 저마다 떠들어댔다.

"사실 지난해부터 괴변이 발생했습죠. 산중으로 사냥을 나간 사람들이 여러 명 실종되기도 했었습니다요."

"사실 이곳 청수진은 물이 맑은 곳인데 근래 들어 산중 곳곳에서 썩은 샘물이 여러 곳 생겨났습니다요."

"최근에는 뒷산에서 귀신을 보았다는 사람도 있어… 아예 뒷산 벼랑으로는 접근도 못합니다요."

포교가 부락민들을 호되게 나무랐다.

"그런 일이 있었는데 왜 관청에 고변하지 않은 것이냐?"

중년 촌부가 두려움에 젖어 변명을 늘어놓았다.

"관청에 고하기는 했지만… 뒷산 벼랑이 워낙 험준한 탓에 오르기도 쉽지 않아 관헌들은 그저 주변만 살펴보고 돌아갔습니다요."

사실 산골 부락까지 꼼꼼하게 챙기는 관헌은 없다. 오히려 별것도 아닌 일에 자신들을 귀찮게 했다며 부락민들을 윽박지르는 것이 현 세태였다.

백인성은 부락민들이 평생의 터전을 잃고 외지로 쫓겨나는 것을 원치 않았다. 이왕 나선 김에 부락민들이 살 수 있도록 확실한 조치를 해주고 싶었다.

"포교 나리, 오늘 중으로 오염의 근원을 살펴보고 오겠습니다. 그때까지만 부락민 소개를 늦춰주십시오."

포교는 비로소 백인성이 평범한 의원이 아님을 인지했다. 그의 말투가 다소 공손해졌다.

"이거 내가 큰 실수를 했군. 떠돌이 의원으로만 알았는데 숨은 협사였구려."

"당치 않습니다. 병을 고치려면 그 연유를 알아야 하기에 시독의 발원지를 알아보려는 겁니다."

"하면 날랜 관병 넷을 붙여줄 테니 함께 조사해 보시오."

"나 혼자면 충분합니다."

백인성은 부락민에게 지형에 대해 몇 가지를 묻고는 뒷산으로 향했다. 그저 몇 걸음 내디뎠을 뿐인데 백인성의 모습은 순식간에 수림 속으로 사라졌다.

포교는 약간의 무공을 배웠던 터라 백인성의 신묘한 신법에 감탄을 금치 못했다.

"허어, 내가 신인(神人)을 만났구나!"

3

숲은 지나치게 빽빽하고 넝쿨과 덤불이 우거져 있어 헤집고 들어가기도 쉽지 않았다. 바닥에는 낙엽이 수북하게 쌓여 있는데 햇볕이 들지 않은 곳에서 장독의 기운이 다소 발견되었다.

"이 정도 장독으로는 우물과 냇물이 오염될 수 없지. 물을 오염시킨 시독의 발원지는 따로 있는 게 분명해."

백인성은 부공술(浮空術)을 전개해 수림 위를 날아갔다.

부락민들이 말한 대로 수림 뒤로는 가파른 벼랑이 병풍처럼 둘러져 있었다. 발 디딜 곳도 마땅치 않기에 일반인들이 오르기에는 불가한 절지였다.

백인성은 벼랑 상단을 살피다가 거무죽죽하게 변색된 부위를 찾아낼 수 있었다.

"시독이 흘러내린 흔적이군."

시독의 흔적을 찾아낸 백인성은 의아함에 젖었다.

"시독은 자연 상태에서는 묘지에서나 발견될 극독인데 벼랑 위쪽은 그저 산지다. 그렇다면 인위적으로 제조된 시독임에 분명해. 대체 누가 무슨 의도로 이런 극독을 제조한 것일까?'

백인성은 벼랑 아래로 다가섰다.

높이는 이십 장 정도.

웬만한 일류 고수라도 오르기 힘든 높이였지만 백인성은 도문의 절기인 승극도허를 구사해 어렵지 않게 오를 수 있었다.

벼랑 위로는 무성한 원시림 펼쳐져 있었다.

백인성은 찬찬히 수림 사이를 살폈다.

수림 사이로 사람이 다닌 흔적이 여러 곳 눈에 띄었고, 고약한 시독의 악취가 코를 찔렀다.

"사람의 흔적으로 보아 귀신의 소행은 아니야. 뭔가 사악한 일을 꾸미고 있나 보구나."

백인성은 수림 사이로 난 좁은 산길을 따라 올라갔다. 그러다 주변의 매복을 감지한 그는 걸음을 멈추었다.

이때 수림 좌우에서 음산한 음성이 들려왔다.

"크흣, 이게 웬 조화냐? 사냥꾼도 아닌 놈이 어떻게 여기까지 이르렀지?"

"이놈 보게? 시독을 맡았을 텐데 멀쩡하네?"

코를 찌르는 악취와 함께 네 명이 내려서며 백인성을 에워쌌다.

너저분한 장포를 걸친 자들은 역겨울 만큼 추악했다. 시체처럼 창백한 얼굴 여기저기서 진물이 흘러내렸고, 입술까지 비집고 나온 송곳니가 섬뜩했다.

세 명은 낫을 쥐었고 정면의 한 명만 톱을 쥐고 있었다.

톱을 쥔 괴인이 백인성을 쓸어보고는 톱날을 혀로 핥았다.

"이놈, 맛있게 생겼어."

백인성은 괴인들의 흉악한 모습에 눈살을 찌푸렸다.

"당신들은 이런 곳에서 뭐하는 거요?"

톱을 쥔 괴인은 자신들을 보고도 상대가 전혀 두려워하지 않자 고개를 갸웃거렸다.

"네놈은 우리가 두렵지 않느냐?"

"두렵지는 않지만 조금은 역겹소."

"케헤헤, 이거 재미있는 놈일세?"

톱을 쥔 자가 눈을 끔뻑하자 낫을 쥔 괴인 하나가 다짜고짜 백인성의 등판을 향해 낫을 내려찍었다.

"이 새끼가 뉘 앞이라고 거들먹거려?"

그러나 백인성은 낫에 그어지고도 멀쩡했다. 순간적으로 이동했다가 제자리로 돌아왔기에 괴인들 눈에는 낫에 베이고도 멀쩡한 것처럼 착시를 일으킨 것이다.

이는 도문의 전설적인 신법인 이형환위(移形換位)였지만 괴인들은 전혀 알아채지 못했다.

톱을 쥔 괴인의 입가 근육이 씰룩거렸다.

"이놈이 어디서 사술을……?"

"당신들은 대체 누구요?"

"네놈이 무슨 상관이냐?"

"당신들이 청수진으로 흘려드는 시독을 제조했소?"

"네놈 정체부터 밝혀라."

"난 백인성이라는 사람이오."

괴인은 인상을 찡그리며 눈알을 굴렸다.

"백인성? 전혀 못 들어본 이름인데……?"

"내 이름은 중요치 않소. 무슨 연유로 시독을 제조했는지 밝히시오."

"내가 왜 네놈한테 그것을 밝혀야 한단 말이냐?"

백인성은 조금은 장난스런 미소를 띠었다.

"순순히 밝히지 않으면 조금 아플 수 있기 때문이오."

"이런 찢어 죽일 놈을 보았나?"

톱을 쥔 괴인은 주변 동료들에게 눈짓을 보냈다.

"죽여라!"

전면에서 톱이 내리꽂혔고, 세 자루 낫이 백인성의 좌우 측면과 배후로 파고들었다.

백인성은 가볍게 소매를 저었다.

"아이쿠!"

"크억!"

괴성과 함께 함께 괴인들이 나가동그라졌다.

백인성은 천중신수에 중독돼 잠시 숨이 끊어졌다가 사부의 태극진기 덕분으로 회생하면서 엄청난 내공을 지니게 되었다. 하기에 그의 가벼운 소맷자락도 위력이 대단했다.

한데 괴인들은 고개를 흔들어 정신을 차리고는 이내 일어섰다. 별반 부상을 당하지 않은 모습이었다.

"크크, 어린놈이 제법이다마는 그 정도에 쓰러질 우리가 아니지."

"이제 우리 차례다!"

백인성은 내심 의아함을 금치 못했다.

'이것 봐라? 한갓 졸개로 보이는 자들인데도 몸뚱이가 제법 단단해. 이들의 흉측한 몰골을 감안한다면 강시공과 같은 외문기공을 수련했나 보군.'

네 명의 괴인은 괴성을 지르며 재차 달려들었다. 자신들의 단단한 몸을 굳게 믿어서인지 오직 공격 일변도의 수법이었다.

백인성은 두 손을 가슴 앞에 교차시켰다.

"교(交)!"

한 자루 톱과 세 자루 낫은 괴인들의 몸으로 파고들었다.

"크아악!"

"크윽, 이게 웬 조화냐?"

톱과 낫에 서로 찔린 괴인들은 비명을 질러댔다.

외문기공을 수련해 병기가 깊이 파고들지 않았지만 서로

의 경락에 병기를 꽂은 상태라 괴인들은 꼼짝할 수 없는 몸이
되었다.

"내가 조금 아플 거라고 하지 않았소?"

톱을 쥔 괴인이 이를 부득부득 갈며 악을 써댔다.

"어린 새끼! 네놈의 살을 씹어 먹고야 말겠다!"

"하하, 내가 채식을 많이 해 조금 싱거울 거요."

백인성은 유들유들하게 응수하고는 다시 물었다.

"한데 무슨 연유로 시독을 제조한 거요? 강시공을 수련하
기 위함이라 해도 물이 오염될 만한 많은 시독은 필요치 않을
텐데?"

"이놈아, 자신 있으면 생사동을 찾아가 봐라. 동주님께서
네놈의 몸을 예쁘게 썰어주며 상세하게 설명해 주실 거다."

"아, 동주라는 사람이 있었군. 진작 말해주었으면 이런 고
생은 면했을 거 아니요?"

백인성은 수림 안쪽으로 걸음을 옮겼다. 등 뒤에서 괴인들
의 욕설과 저주가 들려왔지만 그는 귓등으로도 듣지 않았다.

벼랑 아래로 검은 연기가 뭉클뭉클 피어오르는 동굴이 보
였다. 동굴에서 검은 물이 흘러나오고 있는데 악취가 지독했
다.

"시독이로군."

백인성은 약병에서 환약을 하나 꺼내 으깨서 코 밑에 발랐

다. 웬만한 독으로는 쓰러지지 않는 그였지만 장시간 시독을 맡으면 혼미해질 수 있기에 해독 향으로 독기를 차단해야 했다.

이때 동굴 안에서 십여 명의 흑의인이 튀어나왔다.

흑의인들은 앞서 백인성을 막아섰던 괴인들과 유사한 복장으로 하나같이 추악했다. 저마다 낫과 톱을 쥔 괴인들은 백인성 주변을 포위했다.

이어 동굴 안에서 방울 소리가 흘러나오며 강시들이 깡충깡충 뛰어나왔다.

여덟 구의 강시가 동굴 입구 좌우로 포진했다. 피부 절반이 문드러져 허연 뼈가 드러난 강시들의 모습은 괴인들보다 더 흉측해 꿈에 볼까 두려울 정도였다.

백인성은 비로소 청수진이 시독에 오염된 연유를 짐작할 수 있었다. 강시에게 약물을 주입시켜 철골과 같은 몸으로 변환시키는 데는 시독이 필수였다.

'저것이 바로 강시라는 마물이구나. 제작 과정이 아주 까다롭다고 알고 있는데 누가 저런 마물들을 제작한 거지?'

그는 요령 소리가 들려오는 동굴을 주시했다.

딸랑딸랑!

요령을 흔들며 동굴에서 나선 자는 인간이라기보다 시체에 가까웠다. 머리카락은 거의 빠져 몇 올 남지 않았고 피부는 관을 깨고 나온 시체처럼 회색빛이었다.

여간해서 놀라지 않은 백인성이었지만 괴인의 흉악한 모습에는 절로 몸서리가 쳐졌다.

요령을 쥔 괴인은 무시무시한 녹색 인광을 뿜어냈다.

"네놈은 누구냐?"

"그저 떠돌이 의원일 뿐이오."

"의원 나부랭이가 왜 노부의 거처를 침범한 것이냐?"

"산자락에 있는 청수진 사람들이 시독 때문에 엄청난 고초를 겪고 있기에 오염원을 찾으러 온 것이오."

"네놈이 쓸데없는 짓을 하고 있구나."

"아무것도 찾아내지 못했다면 쓸데없는 짓이겠지만 이렇게 시독의 내력을 알게 되었으니 의미있는 조사였소."

요령을 쥔 괴인은 인광이 번득이는 눈으로 백인성을 직시했다.

"크흣, 그깟 무지렁이들 몇 놈 죽은 게 무슨 큰일이라고 조사를 나섰느냐?"

"사람의 목숨은 누구나 소중한 법이오. 이깟 강시들 때문에 사람이 죽고 중독되었으니 당신은 큰 잘못을 하였소."

"크크, 감히 노부에게 먹물 냄새를 자랑하려 들다니. 네놈은 정녕 노부가 누구인지 모르느냐?"

"미안하오. 당신을 무시해서가 아니라 내가 강호 식견이 일천해 아는 사람이 거의 없소."

"네놈 이름이 뭐냐?"

"백인성이오."

"백인성이라……. 노부도 전혀 들어본 적이 없구나."

괴인은 의도적으로 백인성을 무시하고는 오만한 어조로 자신의 신분을 밝혔다.

"노부는 반생반사(半生半死)다. 노부의 손에 뒈지면 황천에 가서도 저승사자들이 조금은 봐줄 것이다."

"반생반사? 하하, 재미있는 별호요. 반생반사라……. 반은 살았고 반은 죽었다는 뜻인데 어디가 산 곳이고 어디가 죽은 곳이오?"

백인성의 조롱 섞인 응수에 괴인의 눈에서 더욱 짙은 녹광이 뿜어졌다.

"빠드득, 이놈이 감히 칠대악인(七大惡人)을 졸로 아는 것이냐?"

괴인이 긴 손톱으로 허공을 할퀴었다.

역겨운 악취와 함께 악마의 발톱과 같은 거대한 강기가 발출되었다. 산악이 무너지는 듯한 엄청난 기세.

'엇?'

백인성은 감히 방심하지 못하고 이형환위로 피신했다.

콰아앙!

요란한 폭음과 함께 바닥이 일 장 깊이로 파였다. 스치기만 해도 전신이 찢어지고 말 무시무시한 공세였다.

백인성은 괴인에 대해 새삼 다시 인식했다.

'엄청나군. 한데 칠대악인이라면 이런 자들이 일곱 명이나 있단 말인가?'

그러했다. 괴인은 용모만 흉악한 게 아니라 악명과 무공으로 천하를 진동시킨 절세급 고수였다.

반은 살고 반은 죽었다는 반생반사.

그는 수십 년 이래 세상의 혼란을 조장해 온 칠대악인 중 일인이다.

칠대악인은 당대 최강의 무단인 제왕성(帝王城)과 맞서다 패해 대악인곡(大惡人谷)으로 도피했지만 이후에도 가끔씩 세상으로 나와 한바탕 혼란을 일으키곤 했다.

반생반사는 강시를 제조하기 위해 무덤을 파헤치고 시신을 훼손하는 극악한 만행으로 악명이 자자했다. 그러나 강시공을 터득한 그는 철골과 같은 육신을 지녔기에 당금 천하에서 그를 상대할 수 있는 자는 손에 꼽을 정도였다.

반생반사는 자신의 자부하던 사신마조(死神魔爪)를 피해낸 백인성의 신법에 내심 놀라움을 금치 못했다.

'이놈 봐라? 설마 이형환위를……?'

그는 정색하며 스스로 부인했다.

'말도 안 돼. 겨우 마빡에 피가 마른 놈이 어떻게 초상승 절기인 이형환위를 구사한단 말인가? 그저 빠른 보법을 펼쳤을 뿐이다.'

이때 앞서 백인성을 저지했던 네 명의 괴인이 달려와 포위

망에 합류했다. 그들은 서로의 몸에 톱과 낫을 꽂는 바람에 요혈이 제압되었다가 겨우 해제된 것이다.

반생반사가 그들 넷을 문책했다.

"네놈들은 대체 경비를 어떻게 선 것이더냐?"

톱을 쥔 괴인이 목을 움츠렸다.

"송구합니다, 동주님. 어린놈이 괴상한 사술을 전개하는 바람에 저지하지 못하고……."

"쓸모없는 놈!"

반생반사는 다섯 치가 되는 긴 손톱을 뻗었다.

손가락에 철조(鐵爪)를 박은 것처럼 단단해 보이는 손톱에서 조공이 발출되자 괴인은 대번에 머리가 으스러져 절명했다.

백인성은 끔찍한 광경에 절로 분노가 치솟았다.

"그래도 당신의 수하인데 어찌 함부로 사람을 죽이는 거요?"

"이놈아, 내 수하를 내가 죽이는데 네가 웬 참견이냐?"

"그 사람이 당신 수하이기는 해도 그의 목숨까지 당신 것은 아니오."

"이놈아, 남 걱정 말고 네 목숨이나 걱정해라."

반생반사는 괴인들을 향해 지시를 내렸다.

"당장 놈을 토막 내라!"

"예, 동주님!"

괴인들은 짐승의 포효와 같은 괴성을 지르며 낫과 톱을 휘둘렀다. 인정사정없는 난도질이었다.

몸을 솟구친 백인성은 나뭇가지를 하나 꺾어 쥐었다.

"말로는 설복시킬 수 없는 악도들이군."

백인성은 나뭇가지의 잔가지를 정리해 목검으로 삼았다. 괴인들 속으로 내려선 그는 빠른 속도로 이동하며 검법을 전개했다.

파파팟!

목검에서 뿜어진 검화가 폭우처럼 쏟아지며 괴인들의 경혈로 파고들었다. 경혈은 경락을 타고 진기가 흐르는 중요한 혈도이기에 적중되면 상당한 고통과 더불어 몸이 마비된다.

백인성은 순간적으로 사라졌다가 수 장 밖에서 모습을 보이기에 괴인들로서는 도저히 백인성의 신법을 따라잡을 수가 없었다.

"캐액!"

"끄윽!"

스무 명의 괴인이 순식간에 나자빠지자 반생반사의 표정은 험악하게 일그러졌다.

'틀림없어! 놈은 이형환위를 구사하고 있다!'

그런 초고수라면 사파에서도 일류급인 자신의 수하들이 삽시간에 쓰러진 것도 충분히 이해가 되었다.

괴인들의 경혈을 찍어 모두 쓰러뜨린 백인성이 반생반사

와 마주 섰다.

"졸개들이 흉측하기는 해도 너무 허약하군."

"건방 떨지 마라. 이런 조무래기들은 노부가 명하면 수천 명도 단숨에 집결시킬 수 있다."

"머릿수가 중요한 것은 아니지 않소?"

"맞다. 강한 놈 몇이면 충분하지."

반생반사는 눈의 인광을 번들거리다가 요령을 흔들며 주문을 외웠다.

딸랑딸랑!

석상처럼 서 있던 강시들이 번쩍 눈을 뜨며 깨어났다. 이미 죽은 자들이기에 동공은 없고 섬뜩한 흰자위만 보였다.

반생반사는 요령을 흔들며 사납게 외쳤다.

"놈을 찢어 죽여라!"

네 구의 강시가 두 손을 앞으로 쳐들고는 깡충깡충 뛰며 백인성을 향해 달려들었다. 생각보다 움직임이 빨랐고 입과 손에서 검은 연기가 피어올랐다.

역한 비린내에 백인성은 인상을 찡그렸다.

"일반 강시가 아니라 독(毒)강시로군."

"크크, 네놈이 강시에 대해 조금은 알고 있구나. 맞다. 노부가 제조한 강시는 일반 강시보다 열 배는 강한 독강시들이다."

백인성은 유연한 보법을 펼쳐 독강시들의 공격을 피해내

며 물었다.

"이런 마물은 왜 만든 거요?"

"왜이겠느냐? 너처럼 설쳐대는 놈을 죽이기 위해서이지."

퉁명스레 내뱉은 반생반사가 말을 이었다.

"네놈을 통해 독강시의 위력을 시험해 보겠다. 제왕성주도 네놈처럼 찢어버려야 하니까. 독강시야말로 누구도 당해낼 수 없는 극강의 병기이다."

"내 눈에는 병기가 아니라 마물일 뿐이오. 세상에서 마땅히 사라져야 할 마물!"

백인성이 단호하게 내뱉자 반생반사는 가소롭다는 듯 냉소를 쳤다.

"독강시는 신병으로도 파괴되지 않는 무적인데 고작 나뭇가지로 어쩌겠다는 거냐?"

"그래봤자 움직이는 시체일 뿐이지."

백인성은 태극현천검법을 전개해 강시 세 구의 공세를 차단하고는 왼 주먹을 힘껏 뻗었다.

주먹 형상의 거대한 섬광이 폭발적인 기세로 분출되었다.

퍼엉!

일진 폭음과 함께 전면의 강시가 무려 오 장이나 튕겨져 나자빠졌다. 강시의 가슴 부위에 주먹 자국이 선명했다. 강시는 상당한 충격을 받았는지 입에서 검은 연기를 피워내며 부들부들 떨었다.

반생반사는 자신이 자부하던 독강기가 단 일격에 나가동
그라지자 눈에서 불똥이 튀었다.

'으으, 무슨 이런 괴물 같은 놈이 다 있단 말인가? 동신철
골의 독강시를 날려 버리다니!'

반생반사는 신경질적으로 요령을 흔들었다.

"일어나라! 어서 일어나!"

끼기긱!

가슴 일부가 으스러진 독강시가 꾸역꾸역 몸을 일으켰다.

반생반사는 요령을 흔들어 여덟 구의 독강시를 한꺼번에
조종했다.

"공격하라!"

백인성은 독강시가 자신의 태극신권(太極神拳)에 적중되고
도 파괴되지 않았다는 사실에 적이 놀랐다.

'이렇듯 동신철골이란 말인가?'

여덟 구의 독강시가 동시에 달려들자 백인성은 생각을 달
리했다.

'힘만으로 격파하려면 쉽지 않겠어.'

두 구의 독강기가 먼저 백인성의 좌우로 바싹 접근했다. 독
강기는 독연을 뿜어내며 두 손을 바람개비처럼 휘둘렀다.

일순 백인성의 신형이 흐려지면서 유령처럼 스러졌다.

어느새 우측 독강시의 머리 위로 이동한 백인성이 독강시
의 등을 걷어찼다.

각법에 등을 강타당한 독강기가 앞으로 밀리면서 좌측 독강시의 머리를 찍었다. 머리가 강타당한 좌측 독강시는 반사적으로 손을 뻗어 우측 독강시의 가슴을 뻐개 버렸다.

퍼— 퍽!

두 구의 독강시는 서로를 박살 내고는 꼿꼿하게 쓰러졌다.

이를 본 반생반사가 거품을 뿜으며 재차 요령을 흔들었다.

"놈을 죽여라— 죽여!"

아직도 남은 독강시는 여섯 구.

이미 목숨이 끊어진 시체이기에 그것을 파괴하는 데 조금도 주저할 이유가 없었다.

백인성은 목검에 태극진기를 주입해 빙글 회전했다.

"태극일섬추!"

번— 쩍!

아찔한 광휘와 함께 목검을 통해 발출된 검기가 독강시 두 구의 머리통을 박살 냈다.

애써 제작한 강시가 절반으로 줄어들자 반생반사는 극도로 분노했다.

"으아아!"

직접 뛰어든 반생반사는 독문 절기인 사신마조를 전개했다.

촤아악!

악마의 손톱 같은 거대한 조공이 하늘을 가렸다. 분노가 담겨서인지 좀 전보다 두 배는 강력했다.

이형환위를 펼쳐 피해낸 백인성은 독강시 두 구의 등을 발로 걷어찼다. 두 구의 독강시는 독연을 뿜으며 반생반사를 향해 달려들었다.

"이런, 제기!"

독강시를 아끼자니 자신의 위험하기에 반생반사는 그대로 사신마조를 후려쳤다.

퍼— 펑!

과연 사신마조의 위력은 엄청났다. 독강시 두 구는 상반신이 박살 나면서 나가동그라졌다.

이제 남은 독강시는 두 구뿐.

백인성은 독강시에 대한 부담을 한결 덜 수 있었다.

"하하, 당신의 수하를 또 죽였구려. 이번에는 오히려 찬사를 보내고 싶소. 세상을 해칠 마물을 스스로 파괴했으니 말이오."

백인성의 조롱에 반생반사는 이를 부득부득 갈았다.

"으아아아!"

반생반사는 무시무시한 독기를 발하며 미친 듯이 손톱을 휘둘렀다. 사신마조가 사위를 휩쓸면서 자욱한 흙먼지가 피어올랐다.

백인성은 독강시 두 구를 또다시 사신마조 공세 속으로 밀어 넣었다. 강력한 사신마조에 두 구의 독강시가 으스러졌다.

이로써 여덟 구의 독강시는 모두 파괴되었다.

허공으로 솟구치는 반생반사는 재차 사신마조를 발출했다.

"이놈, 쥐새끼처럼 피하지 말고 받아랏!"

산악이라도 쥐어뜯을 거대한 손이 갈퀴처럼 지상으로 내리꽂혔다.

백인성은 독강시가 모두 파괴되었기에 반생반사와의 격돌에만 집중할 수 있었다.

'어디 정면 승부를 펼쳐볼까?'

반생반사와 같은 초고수와의 대결은 처음이라 그도 조금은 호승심이 일었다. 호기가 치솟은 그는 목검에 태극진기를 주입시켜 사신마조와 정면으로 부딪쳤다.

콰아앙!

어마어마한 굉음이 터지며 지진이라도 일어난 듯 지반이 요동쳤다. 십수 장 밖의 수림은 강력한 폭풍에 휩쓸린 듯 무너졌고 바닥에는 작은 분화구와 같은 구덩이가 파였다.

백인성은 강한 반탄력에 밀려 뒤로 미끄러졌다. 손에 쥔 목검은 박살 나 겨우 손잡이 부분만 남았다.

'실로 파괴적인 조공이로군.'

반생반사의 피해는 조금 더 컸다. 사신마조가 파훼되면서 그의 긴 손톱이 으스러졌다. 어깨서부터 가슴까지 옷자락이 베었는데 만일 그가 강시공을 수련한 몸이 아니었다면 중상을 피하지 못했을 것이다.

반생반사는 격돌의 결과를 인정할 수가 없었다.

'이럴 수는 없어! 내가 어떻게 이런 어린놈한테 패할 수 있단 말인가?'

박살 난 목검을 내던진 백인성은 사신마조에 살짝 그어진 앞자락을 살피고는 표정이 굳어졌다.

"차라리 내 얼굴을 할퀴지, 왜 귀한 옷을 훼손한 거요?"

반생반사를 놀리기 위한 농담이 아니었다.

그가 입고 있는 백결장삼은 사부가 남겨준 유일한 유품이기에 그에게는 세상에서 가장 소중한 옷이었다.

그러나 잔뜩 분개하는 반생반사의 귀에 그런 한가한 소리가 들릴 리 만무했다.

"네놈을 갈기갈기 찢어줄 텐데 그까짓 옷이 문제냐?"

반생반사는 혼신의 공력을 끌어올려 쌍장에 운집했다. 그의 몸에서 검은 기운이 모락모락 피어올랐다.

"어린 새끼, 오늘 네놈을 죽이지 못하면 내 성을 갈겠다!"

백인성이 싱긋 미소를 띠며 말을 받았다.

"반생반사의 성을 갈면 어떻게 되는 거요? 완생 아니면 즉사인가?"

그의 유들유들한 대꾸가 반생반사의 분노에 불을 붙였다.

"카아아!"

짐승의 포효처럼 기합성을 외친 반생반사는 강시흑사강을

뿜어냈다.

콰류류!

역겨운 악취를 동반한 강기가 폭풍처럼 대지를 휩쓸었다. 하늘빛마저 가린 거대한 검은 기류가 주변 십 장 이내를 어둑어둑하게 뒤덮었다.

엄청난 공세에 백인성도 다소 긴장했다.

'섣불리 생각하면 안 되겠군.'

태극진기를 운기한 그는 두터운 강기의 벽을 형성했다. 붉고 푸른 기운이 서서히 회전하면서 오묘한 태극의 형상을 만들어냈다.

콰아앙!

어마어마한 굉음에 천지가 요동쳤다.

단단한 지반이 파도처럼 너울거렸고, 강기의 파편이 사위로 비산하면서 주변을 초토화시켰다. 충돌의 여파로 우렛소리가 퍼져가는 가운데 외마디 비명이 허공으로 메아리쳤다.

"캐애액!"

태극진기와 충돌한 반생반사는 칠 장이나 뒤로 밀리면서 동굴 벽에 처박혔다. 그가 동신철골의 몸이기에 망정이지 그렇지 않았다면 석벽을 뚫고 박히는 순간, 뼈가 으스러지고 장기가 파열되는 죽음을 면치 못했을 것이다.

반생반사의 참패.

이는 세상을 진동시킬 대사건이 아닐 수 없었다.

백인성은 충돌의 여파로 들끓는 기혈을 진정시켰다. 독기의 침해를 받았는지 안색이 다소 창백했다.

'강시공의 위력이 엄청나군. 사부님이 전수해 주신 태극진기가 없었다면 나 역시 부상을 피할 수 없었을 거다.'

백인성은 석벽에 박혀 있는 반생반사에게 다가섰다.

"죽지는 않겠군."

"크으, 이놈……!"

반생반사는 원독의 눈빛으로 백인성을 쏘아보았다. 석벽에 박혀 있는 몸을 빼내려 했지만 워낙 단단히 박혀 있는 데다 내상마저 심각해 꼼짝할 수가 없었다.

"머리 흰 귀신아! 언제고 네놈을 갈기갈기 찢어 살점을 씹겠다!"

"그럴 날이 있을지 모르겠군."

백인성은 동굴 안으로 걸음을 옮겼다.

"잠시 후 꺼내줄 테니 고통스럽더라도 기다리시오."

동굴 내부는 상당히 넓었다.

한쪽에 쌓인 관에는 부패한 시체가 십여 구나 들어 있었다. 강시를 제작할 의도로 무덤에서 파낸 시신들로 보였다.

십여 개의 솥에서 약물이 끓고 있는데 강시 제작에 사용되는 독수였다. 이런 독수가 섞여 시독이 제조된다.

"일단 시독부터 제거해야겠군."

백인성은 약상자에 가득한 독물과 약재를 살폈다. 나름대로 특성들을 파악한 그는 독물이 부글부글 끓고 있는 솥에 약재를 조금씩 던져 주었다.

이독제독.

독을 함유한 약재를 이용해 독수를 중화시킨 것이다.

"이제 다시는 시독이 사라졌으니 강시도 제작하지 못하겠지."

백인성은 무슨 생각인지 동굴 내부를 두루 살피고는 물과 식량까지 헤아렸다. 다시 동굴에서 나온 백인성은 바닥에 쓰러져 있는 괴인들을 모두 동굴 안으로 처넣었다.

이어 반생반사 앞에 선 백인성이 물었다.

"몸은 좀 어떻소?"

"네놈이 지금 노부를 우롱하는 것이냐? 더 이상 노부를 모욕하지 말고 어서 죽여라!"

"당치 않소. 의원으로서 어찌 사람을 해칠 수 있겠소?"

"이놈아, 노부를 죽이지 않으면 후회할 것이다!"

"반생반사 선배, 그렇듯 대단한 무공을 지녔으면서 어찌 강시와 같은 마물을 제작한 거요? 그런 노력으로 무공을 수련했다면 더 강해졌을 거요."

반생반사가 원독 서린 눈빛을 발하며 소리쳤다.

"닥쳐라, 이놈! 살아 있을 때 실컷 나불대라!"

"참, 한 가지 물어볼 게 있소. 아는 대로 말해주면 선배의 내상도 치료해 주겠소."

백인성은 약병에서 요상약을 한 알 꺼내 들었다.

"선배는 혹시 천수신궁에 대해 들어보았소?"

"당연히 들어보았다."

"혹시 천수신궁의 소재에 대해 알고 있소?"

"네놈이 왜 천외삼비문 중 가장 신비롭다는 천수신궁을 찾아가려는 것이냐?"

"내가 볼일이 좀 있어서요."

반생반사는 녹색 눈빛을 번들거리다가 목소리를 낮추었다.

"네놈이 정 천수신궁의 소재를 알고 싶다면 대악인곡(大惡人谷)을 찾아가 봐라."

"대악인곡……?"

"그렇다. 대악인곡은 섬서성 진령 산중에 있다. 반선반귀(半仙半鬼) 대형은 세상에 모르는 것이 없으니 천수신궁의 소재도 알고 있을 것이다."

"반선반귀……? 희한한 이름이군. 대체 어떤 사람이오?"

"칠대악인 중 으뜸으로 당대 최고의 현자이다. 아마 대형만이 천수신궁의 소재를 알고 있을 것이다."

백인성은 막막한 상황에서 약간의 실마리를 찾았다는 생각에 기분이 좋아졌다.

"일단 그를 만나봐야겠군. 덕분에 큰 도움이 되었소."

백인성이 석벽을 향해 강기를 발출하자 반생반사는 그 충격으로 튕겨져 나왔다.

"크윽……!"

바닥으로 엎어진 반생반사가 피를 토하자 백인성은 환약을 꺼내 반생반사에게 먹여주었다. 하지만 반생반사는 전혀 고마워하지 않았다.

"이 수모와 원한은 잊지 않겠다!"

"그리 생각지 마시오. 마음을 올바르게 먹어야 빠른 시일 내에 햇빛을 다시 볼 수 있을 거요."

백인성은 반생반사를 동굴 안에 밀어 넣었다. 연후 주변의 돌과 나무를 가져다가 동굴 입구에 진세를 펼쳐 놓았다.

"이 진법은 금악정명진(禁惡正明陣)이라는 것이오. 당신들이 사악함을 버린다면 능히 진세를 빠져나올 수 있지만 끝내 뉘우치지 못한다면 그 안에서 평생 갇혀 살아야 하오. 동부 안을 살펴보니 최대한 아끼면 굶어 죽지는 않을 것이오. 물론 오랜 세월이 지나면 배가 꽤나 고프겠지만."

동굴 안에서 반생반사의 악에 받친 저주가 흘러나왔다.

"머리 허연 귀신아! 네놈을 결코 용서치 않을 것이다!"

"당신의 대형인 반선반귀가 천수신궁의 소재를 알고 있기나 기대하시오. 그러면 금악정명진을 조금 빨리 열 수 있는 방도를 일러줄 테니 선배가 굶어 죽기 전에 풀려날 수 있을 거요. 그럼."

백인성이 떠나가자 반생반사가 이를 부득 갈았다.

"이놈아, 제발 대악인곡을 찾아가라! 내 형제들이 네놈을 산 채로 썰어 내 복수를 해줄 것이다!"

청수진으로 돌아온 백인성은 해독약을 조제해 부락민들의 중독을 해독시켜 주었다.

"더 이상 시독이 흘러나오지 않을 테니 수일 내로 냇물이 맑아질 겁니다. 그리고 우물에도 해독약을 뿌려놓았으니 내일 정도면 마실 수 있습니다."

중독을 해소시켜 주고 오염원마저 제거해 준 백인성의 자비로운 조치에 부락민들은 감격의 눈물을 뿌리며 절을 했다.

"아이고, 감사합니다요, 의원님."

"덕분에 조상의 묘소를 지킬 수 있게 되었습니다요."

지켜보던 포교가 백인성에게 공손히 예를 올렸다.

"백 의원께서 하늘이 내린 신인이심을 이제야 알겠소. 같이 관청으로 가십시다. 포정사께 아뢰어 후한 사례를 받도록 청하겠소."

"사례는 당치 않습니다. 의원으로서 당연히 해야 할 일은 했을 뿐입니다."

그러자 한쪽에서 침통하게 서 있는 관의가 다가와 털썩 무릎을 꿇었다.

"당세의 의성을 몰라뵈었습니다. 부디 무례를 범한 저를 꾸짖어주십시오."

백인성은 관의를 부축해 일으켰다.

"이것도 인연이니 해독과 역병을 치료할 처방을 몇 가지 알려드리지요. 양민들을 널리 구제하는 데 사용하십시오."

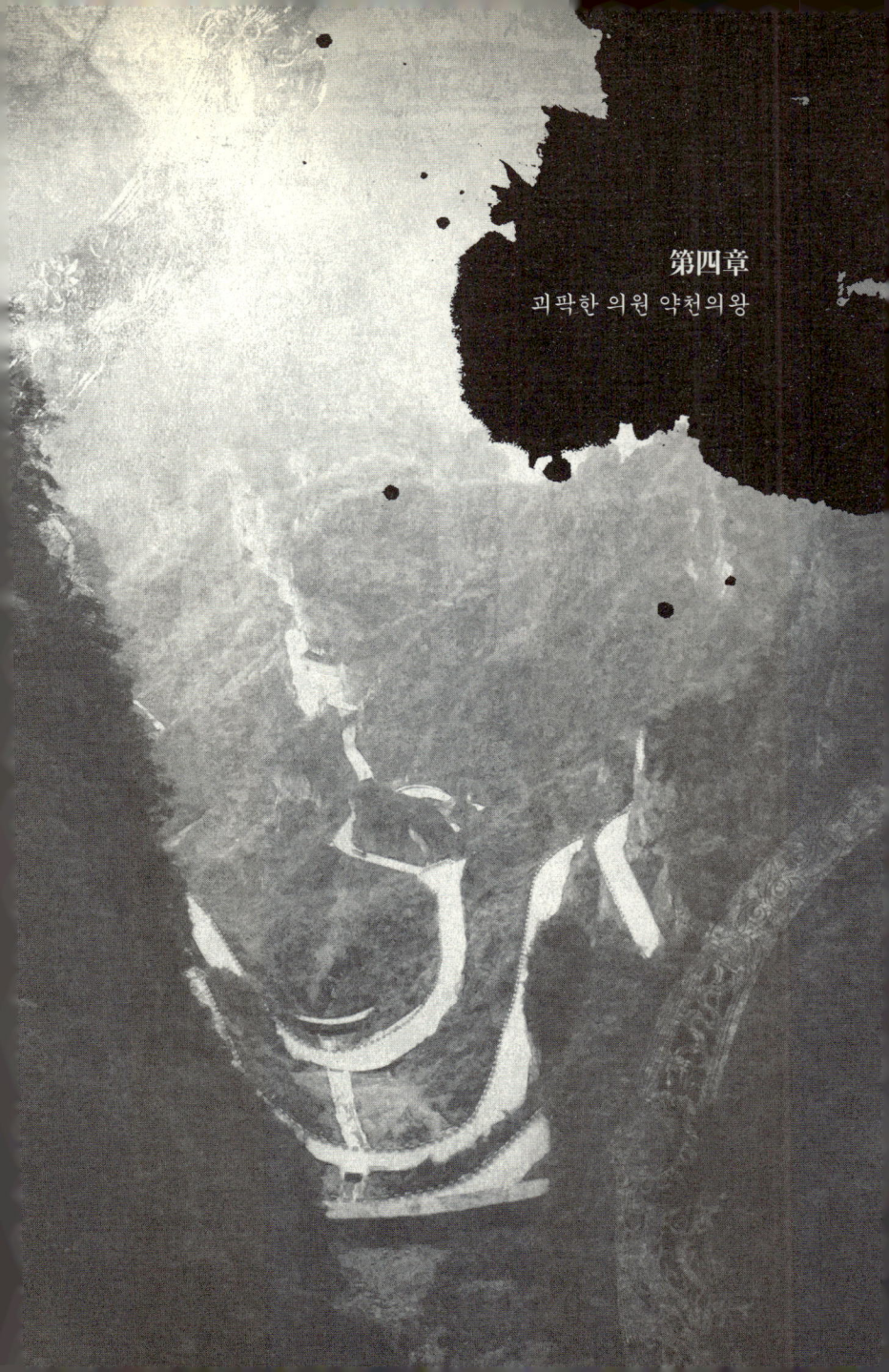

第四章
괴팍한 의원 약천의왕

1

"아무래도 제왕성 놈들에게 한 방 먹여야 할 것 같네."

"크훗, 형님의 나쁜 꾀가 또 발동한 거요?"

"사람의 머리란 쓰라고 있는 것일세."

"그래, 복안은 있소?"

"이미 추진해 놓았네. 한데 사람이 죽으면 곤란하니 자네에게 치료를 부탁하려고 보자고 한 것이네."

"한 치 건너 죽이나 두 치 건너 죽이나 마찬가지인데 형님답지 않게 왜 그리 살인을 꺼리는 거요?"

"내가 그래도 명색이 선도를 배운 사람이 아니던가? 내가 선인에 경지에 오르지 못했지만 그래도 선도를 수행했던 나를 지키겠다는 마지막 자존심일세."

"알겠소. 한데 소제가 공짜로 움직이는 사람이 아님을 잘
아실 텐데?"

"물론이네. 자네는 사람을 구해 명성을 얻을 것이며 왕부의
약고에서 화혈옥정고(化血玉精膏)를 손에 넣게 될 것이네."

"화혈옥정고? 소제가 그렇게 찾아 헤매던 화혈옥정고가 정
말 태원왕부 내에 있단 말이오? 대체 어떻게 알아낸 거요?"

"허헛, 내가 누구인가? 하늘과 땅에서 일어난 일 중에서 내
가 모르는 것은 거의 없네."

"알겠소. 화혈옥정고를 얻을 수 있다면 소제가 어찌 형님
의 부탁을 마다하겠소? 자, 그런 의미에서 한잔합시다."

두 사람은 잔을 마주치고는 기분 좋게 술잔을 비웠다.

사악한 대화를 아주 자연스럽게 주고받는 두 사람은 극도
로 상반된 용모를 지녔다.

깔끔한 학창의 도포에 관모를 썼고 손에 청란의 깃털을 쥔
노인은 가히 신선의 풍모였다. 노인은 가슴까지 내려오는 풍
성한 수염을 길렀는데 피부에 윤기가 감돌았다.

반면 탁자를 사이에 두고 마주 앉아 있는 괴인은 혐오스러
울 만큼 추레했다. 제대로 다듬지 않은 봉두난발에 눈의 위치
가 다른 짝눈이며 얼굴빛도 거무튀튀했다.

괴인은 주머니가 가득 달린 풍성한 도포를 걸치고 있는데
키가 작아서인지 의자에 앉은 상태에서도 도포 자락이 바닥

에 닿았다.

신선 풍모의 노인이 점잖게 수염을 내리쓸며 물었다.

"웬만하면 자네도 우리와 합류하는 게 어떻겠는가?"

"일없수다. 소제는 그저 홀로 다니는 것이 편하오. 이제 와서 공연히 악인으로 취급돼 쫓겨 다닐 이유가 없지 않소?"

"자네야말로 진정한 악당이 아닌가? 의술을 빌미 삼아 사람의 배를 수없이 가른 만행을 저질렀는데 용케 제왕성의 살명부에 오르지 않고 있으니 정말 대단하네."

추레한 용모의 괴인은 게걸스럽게 생선 요리를 씹었다.

"크흣, 형님이 소제를 부러워하다니 별일이오."

"부러워하는 게 아니라 제왕성의 처사가 한심해서 하는 말일세. 평생 살인한 적이 없는 나 같은 사람을 살명부의 첫 줄에 올려놓았으니 얼마나 어처구니없는 일인가?"

"당치 않소. 아주 당연한 처사요."

"왜?"

"소제는 작은 악당이지만 형님은 백도 놈들 모두가 죽이고 싶어하는 대악(大惡)이 아니요?"

신선풍의 노인은 대추를 우물거리며 말을 받았다.

"내가 대악이면 자네 같은 사람은 소악이 아니라 극악(極惡)이네. 한데 제왕성 놈들은 그것을 몰라?"

"케헤헤, 소제가 사람을 죽여 봤자 몇 명에 불과하지만 형님은 그 나쁜 꾀로 수백, 수천 명도 죽일 수 있지 않소? 형님이야말로 악중악(惡中惡)이니 소제가 어찌 비교될 수 있겠소?"

술잔을 비운 추레한 괴인이 의자에서 내려섰다. 워낙 다리가 짧아서인지 앉았을 때나 서 있을 때나 별반 차이가 없어 보였다.

"맛없는 술 잘 마셨소. 그럼 다음에 또 뵙겠소."

추레한 노인은 짧은 다리로 뒤뚱뒤뚱 걷다가 순식간에 사라졌다.

신선의 용모를 지닌 노인은 수염을 내리쓸다가 가는 미소를 머금었다.

"자, 그럼 상황을 즐겨볼까?"

2

"와아아!"

몰이꾼들의 엄청난 함성 소리에 놀란 짐승들이 태행산 수림 속으로 뛰어들고 있었다.

짐승들을 사냥터로 몰아넣는 몰이꾼들은 갑주와 투구 차림의 군병들이었다. 군병들은 태원왕부(太原王府) 소속으로 군주의 사냥에 동원된 것이다.

예로부터 군왕이나 왕족들의 사냥은 단순한 놀이가 아니라 군병들의 훈련도 겸했기에 일천 군병의 일사불란한 움직임은 호쾌한 구경거리였다.

군병들의 사냥감 몰이는 수림까지로 국한되었다. 사냥감을 너무 몰아붙이면 자칫 짐승들이 발광할 수 있기 때문이다.

이제부터는 군주의 몫이었다.

두두두—!

듬성듬성 자란 나무 사이로 한 무리의 기마대가 달리고 있었다.

앞선 세 명과 약간 떨어져서 말을 모는 사람들은 칼과 검을 찬 무사들이었다. 무사들의 가슴에는 성(城)이라는 글자가 수놓아져 제왕성 무사들임을 알 수 있다.

앞선 세 사람 중 한 명은 전포를 걸친 중년인으로 짙은 구레나룻이 강한 인상을 주었다.

태원왕부의 친위무장인 장함(張咸).

그는 활을 멨지만 주 임무는 군주의 사냥을 안전하게 보좌하는 것이었다.

또 한 사람은 백삼의 중년인인데 가슴에 제왕성의 표식이 수놓아져 있었다. 그는 사냥에는 관심이 없는 듯 활을 메지 않았다. 주변 수림을 살피는 그의 예리한 눈빛에는 팽팽한 긴장감이 서려 있었다.

제왕성 산서지부장 양자기(梁元機).

별호는 호천검필(豪天劍筆)로 뛰어난 검객인 동시에 식견이 풍부하고 필체가 유려했다.

제왕성에서 군이 양자기를 산서지부장에 파견한 것은 태원왕부와 원활한 교류를 유지하기 위함이었다. 태원왕부의 고위급들은 대부분 학식이 풍부하고 기예가 출중하기에 무공만 뛰어난 무골(武骨)로는 왕부와 친분을 맺기 어렵다고 판단한 것이다.

양자기는 산서지부장으로 부임한 이래 태원왕부와 돈독한 친교를 맺어왔기에 왕족들의 행차에는 산서지부의 정예들이 경호대로 차출되는 게 일반적이었다.

양자기가 이번에 직접 나선 것은 군주의 경호를 담당하기 위함이었다.

선두의 기수는 화려한 수가 놓아진 사냥복을 걸친 여인이었다. 여인은 푸른 띠를 이마에 질끈 둘렀고 손에는 정교한 문양이 새겨진 화궁(畵弓)을 쥐고 있었다.

타고난 혈통 때문인지 입가의 미소는 도도했고 시원스러운 눈매는 자신감으로 충만해 있었다.

청향군주(淸香郡主) 주비연(朱飛燕).

태원왕부의 고귀한 왕녀이지만 기질이 강해 어려서부터 무공을 배웠으며 사냥에도 능했다.

군병들에게 쫓겨 온 사냥감들이 대거 몰려가자 친위무장 장함이 주비연에게 권했다.

"마마, 사냥감이 풍부합니다. 어서 쏘십시오."

하지만 주비연은 떼를 지어 몰려가는 토끼나 사슴, 여우에는 관심을 보이지 않았다.

"난 시시한 사냥은 싫어."

그러다 커다란 멧돼지가 잡목들을 헤치며 달아나자 주비연은 눈빛을 반짝였다.

"그래, 저놈이 좋겠어."

주비연은 말을 채찍질해 멧돼지를 쫓아갔다. 멧돼지는 위험을 느꼈는지 비교적 나무가 빽빽한 수림 안쪽으로 도주했다.

"흥, 놓치지 않겠어!"

주비연은 활시위에 화살을 메기고는 능숙한 기마술을 전개해 수림 깊숙이 말을 몰아갔다.

나무 사이가 좁다 보니 제왕성 무사들의 근접 경호가 쉽지 않았다.

양자기는 뒤따르는 무사들에게 지시를 내렸다.

"경공으로 뒤따르되 군주의 사냥에 방해가 되지 않도록 앞서 나서지는 마라."

"예, 지부장님."

제왕성 무사들은 일제히 마상에서 뛰어올라 신법을 구사했다. 부챗살처럼 산개대형을 형성한 그들은 나뭇가지를 밟고 뛰며 주비연과 일정한 거리를 두고 뒤따랐다.

주비연은 멧돼지가 사정권에 들어오자 화살을 쏘았다.

피잉!

허공을 가른 화살은 멧돼지의 옆구리에 꽂혔다. 하지만 워낙 가죽이 두꺼운지 멧돼지는 화살 한 대로 쓰러지지 않았다.

멧돼지가 덤불을 헤집고 비탈을 향해 뛰어오르자 주비연이 훌쩍 몸을 날렸다. 유연한 신법을 구사한 주비연은 멧돼지에 앞서 구릉 중턱으로 내려섰다.

화살을 맞아 부상을 당한 멧돼지는 앞이 가로막히자 거친 콧김을 뿜어내며 저돌적으로 달려들었다.

두두두—!

주비연은 활시위를 팽팽하게 당긴 채 멧돼지가 바싹 다가서기를 기다렸다. 사실 멧돼지와 같은 야수를 정면에서 사냥하기란 위험이 따르지만 주비연은 이런 긴장감 속에서 더 짜릿한 흥분을 느꼈다.

그러나 이를 지켜보는 장함이나 양자기는 손바닥이 축축하게 젖을 만큼 불안하기만 했다. 주비연의 화살이 자칫 빗나갈 경우 멧돼지에게 받히는 부상을 당할 수 있기 때문이다.

장함이 다급하게 외쳤다.

"마마, 어서 쏘십시오!"

멧돼지가 십 보 앞까지 접근하자 주비연이 비로소 활시위를 놓았다. 화살은 빛살처럼 허공을 가로지르며 정확하게 멧돼지의 미간 사이로 파고들었다.

쾌애액!

급소를 강타당한 멧돼지는 처절한 괴성을 울부짖으며 펄쩍 뛰어올랐다가 그대로 고꾸라졌다. 명중이었다.

장함과 양자기는 비로소 안도할 수 있었다.

"후우, 다행이로군."

"궁술보다는 군주 마마의 담력이 더 대단하오."

멧돼지를 사냥한 주비연은 뿌듯한 자부심에 젖어 도도한 미소를 머금었다.

"이제 호랑이 사냥을 해볼까?"

한데 이때였다.

주변의 나무와 바위가 어른거리며 위장포가 벗겨졌다.

쐐애액―!

세 자루 칼이 동시에 주비연을 향해 날아들었다.

눈을 제외한 전신을 검은 천으로 둘러싼 자들로 눈빛이 지극히 무심했다.

"아앗?"

깜짝 놀란 주비연은 반사적으로 화궁을 휘두르며 뒤로 미끄러졌다.

파파팍!

검은 복면인들의 쾌속한 살식이 전개되자 주비연이 쥐고 있던 화궁이 대번에 동강 났다. 그나마 주비연이 출중한 무공을 지닌 덕분에 자객들의 기습을 막아낼 수 있었다.

"허억, 자객?"

장함과 양자기가 동시에 몸을 솟구쳐 주비연을 향해 날아갔다.

"물러서십시오, 마마!"

세 명의 자객이 신속하게 갈라졌다. 자객 둘은 장함과 양자기의 지원을 차단했고 한 명은 계속 주비연을 노렸다.

주비연은 검을 말안장에 꽂아둔 상태라 마땅한 병기가 없었다. 활은 이미 동강 났기에 등에 멘 전통의 화살 몇 개가 전부였다.

"웬 놈이냐?"

주비연은 전통에서 화살을 꺼내 암기처럼 발사했다. 시간을 벌기 위한 나름대로의 임기응변이었다. 하지만 자객은 화살 따위는 아랑곳하지 않은 채 계속해서 주비연을 따라붙었다.

쐐애액!

서늘한 칼날이 주비연의 목을 향해 날아들었다.

이 순간 산개대형으로 주비연을 뒤따르던 제왕성 호위무사들이 몸을 던져 자객의 칼을 가로막았다.

퍼퍽!

자객의 칼에 주비연 대신 호위무사 둘의 목이 베어졌다.

"군주님을 지켜라!"

호위무사들이 속속 내려서며 주비연을 에워쌌다. 호위무사들은 인간 방벽을 형성해 주비연을 보호했다. 호위무사들의 삼엄한 경호에 주비연은 비로소 안도할 수 있었다.

게다가 자객을 떨쳐낸 양자기까지 주비연 옆으로 내려서며 합류했다.

"안심하십시오, 군주."

그는 전면의 무사들에게 공격을 지시했다.

"자객을 제거하라!"

"예, 지부장님."

제왕성 무사들이 자객을 향해 달려들었다.

두 자객은 서로 교차하면서 환영을 일으켜 제왕성 무사들을 상대했다. 자객들의 살인 수법은 간결하면서도 쾌속해 칼이 번득일 때마다 무사들이 나가동그라졌다.

자객과 맞서 싸우던 장함이 허공으로 폭죽을 쏘아 올렸다.

퍼엉……!

군병들에게 지원을 요청하는 신호였다. 일천 군병이 당도하면 청향군주의 안위는 안심할 수 있다.

자객들의 눈에 초조함이 언뜻 비쳐 나왔다.

이때 자객 하나가 허리춤에 어린아이 손바닥 크기의 철륜을 뽑아 들었다. 철륜은 얼마나 얇게 제작되었는지 반대편이 투영돼 보일 정도였다.

자객의 손에서 철륜이 발출되었다.

철륜은 급격한 호선을 그리며 날아들었다. 한데 아무런 파공성도 발하지 않기에 호위무사들은 철륜의 비월이 진짜인지 착시인지 구분하기 힘들었다.

호위무사들이 검으로 후려치려 하자 철륜은 마치 눈이 달린 것처럼 검을 피해 사행(蛇行)했다. 실로 눈으로 보고도 믿을 수 없는 괴사였다.

호위무사들 사이를 헤집은 철륜이 주비연을 향해 날아들었다.

"아아……!"

주비연은 절망하고 말았다. 엄청난 속도로 회전하는 철륜은 죽음의 촉수처럼 주비연의 심장을 겨냥해 파고들었다.

양자기는 소리도 없이 날아드는 투명한 철륜을 보자 눈을 부릅떴다.

"허억, 무음탈혼표(無音奪魂飄)?"

대번에 살인병기의 무서움을 간파한 양자기는 주비연을 지키기 위해 자신의 몸을 던졌다.

퍼억!

철륜은 양자기의 가슴뼈를 뚫고 파고들었다.

하지만 그것으로 위험이 끝난 것은 아니었다. 철륜은 양자기의 몸을 관통하고도 여전히 맹렬하게 회전하며 기어코 주비연의 몸속으로 파고들었다.

"아악!"

주비연은 붉은 피를 뿜으며 삼 장 밖으로 나가둥그라졌다.

주비연이 쓰러지자 자객들은 척살에 성공했음을 확신했다. 신속하게 물러선 자객들은 연막탄을 터뜨려 시야를 어지럽히고는 각기 흩어져 도주했다.

호위대를 관장하는 수석영주가 다급하게 외쳤다.

"추격하라!"

호위무사들 절반이 추격에 나섰고 나머지 무사들은 현장 주변을 에워싸 이차 척살에 대비했다.

수석영주는 침통한 모습으로 양자기의 맥을 짚었다.

"지부장님! 지부장님!"

양자기는 눈을 부릅뜬 채로 죽어 있었다. 철륜이 가슴을 통째로 으스러뜨리고 관통하면서 즉사한 것이다. 최후까지 청향군주를 지키려 한 장렬한 희생이었다.

제왕성 무사들은 비통함을 금치 못했지만 주비연이 척살을 당한 상태라 눈물도 흘릴 수가 없었다.

주비연 옆에 털썩 꿇어앉은 장함은 턱을 덜덜 떨었다.

태원왕의 금지옥엽인 청향군주의 척살.

친위무장으로서 척살을 저지하지 못했으니 그 자신은 물론이며 그의 가문조차 보존키 어려운 대역죄인이 되고 만 것이다.

"마마… 마마……!"

장함은 떨리는 손으로 주비연의 맥을 짚었다. 아직 맥은 뛰고 있었지만 워낙 희미해 언제 끊어질지 모르는 위급한 상황이었다.

장함은 왕녀의 옥체에 손을 대는 불경함을 감수한 채 앞자락을 살짝 헤쳐 보았다.

철륜은 주비연의 몸속 깊이 박혀 보이지 않는데 불행 중 다행으로 심장은 훼손되지 않았다.

주비연이 목에 걸고 있던 군주의 금옥신패 덕분이었다. 철륜이 금옥신패를 쪼개면서 심장을 비껴 나간 덕분에 즉사를 면할 수 있었던 것이다.

장함은 일단 주비연의 숨이 붙어 있다는 사실에 천지신명에게 감사를 올렸다.

"어서 의원을 데려오게! 어서!"

주비연이 실린 마차는 군병들의 삼엄한 경호를 받으며 청향원으로 향했다.

주비연의 부상이 워낙 위중했기에 청향원 소속 여의(女醫)는 주비연의 출혈을 막는 것 외에는 달리 조치할 수가 없었다.

현장에 남아 있는 제왕성 무사들은 참담한 심정을 금할 수 없었다. 그들은 비로소 양자기의 시신을 수습하며 분통한 눈물을 흘렸다.

양자기 외에도 다섯 명의 무사가 죽었고 일곱 명이 부상을 당했으니 제왕성으로서는 커다란 치욕이 아닐 수 없었다.

이때 누군가 뒤뚱거리는 걸음으로 현장으로 들어섰다.

"크흣, 웬 피비린내가 진동하나 했더니 여러 놈이 뒈졌구나."

제왕성 무사들이 노인을 막아섰다.

"웬 자냐?"

"어떻게 침입한 것이냐?"

노인은 짝눈에 봉두난발로 혐오스러울 만큼 추레했다. 게다가 다리가 짧아 도포 자락이 바닥까지 질질 끌렸다. 도포에는 주머니가 잔뜩 달려 있는데 주머니마다 약병이 가득했다.

추레한 노인은 약초를 우물거리며 퉁명스레 내뱉었다.

"보아하니 제왕성 조무래기들 같은데 왜 이리 오만한 것이냐? 제갈현이 너희들에게 그따위로 가르친 것이냐?"

제갈현은 제왕성의 문상(文相)이라는 높은 지위에 있으며 천하인의 존경을 받는 당세의 현자이다. 그런 존재의 이름을 직접적으로 거론하자 제왕성 무사들은 갑자기 위축되었다.

"무슨 일이냐?"

수석영주가 무사들 앞으로 나섰다.

"이곳은 군병들에 의해 통제돼 있을 텐데 어떻게 들어왔소?"

"크훗, 그깟 허수아비 수백 명이 있으면 뭐하느냐? 자객이 출현해 한바탕 소동이 벌어졌기에 대체 어떤 놈이 죽었는지 보려고 찾아온 것이다."

수석영주는 추레한 노인을 훑어보다가 특이한 복색을 확인하고는 눈을 치켜떴다.

"혹시… 약천의왕 노선배님이십니까?"

상대가 자신을 알아보자 노인은 한껏 거드름을 피웠다.

"크흣, 그래도 네가 눈깔은 제대로 박혀 있구나. 오냐, 노부가 바로 약천의왕이다."

의괴(醫怪) 약천의왕(藥天醫王).

무림에서 가장 골치 아픈 네 명의 괴인을 사괴(四怪)라 하는데 약천의왕이 바로 사괴 중 일인인 의괴이다.

약천의왕이라는 별호에서 볼 수 있듯이 그는 약술과 의술에 두루 뛰어나다. 하지만 죽어가는 사람을 보아도 공짜로는 절대 고쳐주지 않으니 인의(仁醫)와는 거리가 멀었다.

게다가 그의 요구는 아주 과다하기에 귀한 보물이나 재물이 없으면 처방전 하나 받을 수 없다. 그는 수많은 사람을 구할 수 있는 진귀한 약을 백 개도 넘는 주머니에 넣고 다니지만 지독하게 인색하고 냉혹하기에 천하인의 원성을 사고도 남는다.

그러나 워낙 뛰어난 의술과 약술을 지닌 명의이다 보니 누구도 박대할 수 없기에 그의 자부심은 대단했다.

약천의왕은 십수 명에 달하는 사상자들을 힐끗 보고는 비아냥거렸다.

"제왕성도 별거 아니로군. 대체 어쩌다가 여러 놈이 죽고 다친 것이냐?"

수석영주는 약천의왕의 뛰어난 의술이 필요한 상황이기에 자존심을 굽히고 부탁했다.

"의왕 노선배님, 이분은 산서성을 관장하는 양자기 지부장이십니다. 자객들의 기습을 받아 그만 암기에 당했습니다. 제발 구해주십시오."

약천의왕은 양자기를 한번 훑어보고는 차갑게 내뱉었다.

"이미 뒈졌다."

"노선배님께서는 죽은 사람도 살릴 수 있다고 들었습니다."

"그거야 어떻게 죽었느냐에 따라 다르지. 이자는 가슴이 으스러져 회생이 불가하다."

크게 낙담한 수석영주는 부상당한 무사들을 가리켰다.

"그럼 이들을 치료해 주십시오. 부상이 심합니다."

"노부가 왜?"

"예에……?"

"노부는 여태 공짜로 의술을 베푼 적이 없다. 치료를 원한다면 당연히 돈을 내야 한다."

"물론 드리겠습니다. 노선배님께서 의술을 베풀어주시면 본 단에서 후하게 보상할 겁니다."

"또한 노부는 아무나 치료해 주지 않는다. 시시한 놈은 상대하지 않고 하찮은 병이나 부상 따위는 거들떠보지도 않는 게 노부의 원칙이다."

수석영주는 약천의왕의 매정함에 속이 끓었지만 수하들을 구하는 것이 급하기에 다시 사정했다.

"세 명은 부상이 심합니다."

"허어, 노부가 말하지 않았더냐? 시시한 놈은 치료하지 않는다고 말이다. 정 노부의 치료를 받으려면 한 놈당 황금 백 냥을 내라."

엄청난 요구에 수석영주는 입을 딱 벌렸다.

"황금… 백 냥이란 말씀입니까?"

"그것도 제왕성 소속이라 깎아준 거다. 설마하니 제왕성에서 그만한 돈이 없겠느냐?"

"황금 백 냥은 너무 과합니다."

"이놈아, 값은 노부가 매기는 거다."

아무리 거금이라도 사람의 목숨이 걸린 일이기에 수석영주가 조건을 받아들였다.

"알겠습니다. 치료를 부탁드립니다."

약천의왕은 탐탁찮은 표정으로 손을 내밀었다.

"선금이다."

"노선배님……?"

"세상에 믿을 수 없는 부류가 둘 있다. 하나는 뒷간이 급한 놈이고 다른 하나는 살려만 준다면 얼마든지 보상하겠다고 애걸하는 자들이지. 한데 막상 살려주면 값부터 깎으려고 하거든. 그래서 노부는 선금을 원칙으로 삼는다."

"당장 그만한 거금이 어디 있겠습니까? 하지만 제왕성의 명예를 걸고 반드시 갚아드리겠습니다."

"외상은 두 배다."

약천의왕의 탐욕에 수석영주는 그만 할 말을 잃었다.

황금 백 냥의 치료비도 엄청난 거금인데 두 배를 요구하자 그로서도 결정이 쉽지 않았다.

한데 이때였다. 한 청년이 군병들과 함께 다가섰다.

"의원으로서 어떻게 그리 돈을 밝히는 겁니까?"

백 번도 넘게 기운 백결 장포의 청년은 다름 아닌 백인성이었다.

청수진을 떠나온 그는 섬서성 대악인곡으로 향하기 위해 태행산을 지나게 되었다. 한데 청향군주의 척살 사건이 발발했기에 태행산 일대는 수많은 군병들이 삼엄한 검문을 펼치고 있었다.

군병들은 백인성이 의원임을 밝히자 제왕성 무사들의 치료를 위해 반강제적으로 데려온 것이다.

약천의왕은 백인성을 힐끗 보고는 가소롭다는 듯 내뱉었다.

"네놈은 뭔데 나서는 거냐?"

"의원도 사람이니 치료비를 요구할 수 있지요. 그래서 지켜보고 있었는데 요구가 너무 과해 나서게 된 겁니다."

"너도 의원이냐?"

"그렇습니다."

"이름이 뭐냐?"

"백인성입니다."

약천의왕은 눈을 가늘게 뜨며 백인성을 쓸어보다가 나부끼는 백발에 시선을 고정시켰다.

"어린놈이 벌써부터 머리가 셌군. 본래부터 희지는 않았을 테고, 아마도 약을 잘못 먹었나 보군. 내 망진(望診)이 틀리지 않는다면 중독을 해독하는 과정에서 그리됐을 것이다. 맞느냐?"

약천의왕이 대번에 백발의 내력을 간파하자 백인성은 내심 놀라움을 금치 못했다.

'성격이 괴팍하고 탐욕스러워서 그렇지, 의술의 경지는 대단하구나.'

백인성의 표정을 통해 자신의 추정을 확신한 약천의왕이 오만스럽게 떠들어댔다.

"네 백발은 노부의 처방전 하나로 간단히 회복될 수 있다. 자신의 몸조차 제대로 간수하지 못하는 놈이 무슨 의원이라는 것이냐?"

"백발도 내 운명이다 싶어 치료하지 않을 뿐입니다."

"크흣, 돌팔이 주제에 말은 번듯하군."

약천의왕은 턱짓으로 부상당한 무사들을 가리켰다.

"노부는 관심없으니 네가 저들을 치료해 돈이나 몇 푼 챙겨라. 한데 돌팔이가 제대로 치료나 할 수 있을지 모르겠군."

백인성은 약천의왕은 비아냥거림을 귓등으로 흘려들었다.

그는 가장 부상이 심한 무사부터 치료했다. 무사는 어깨에서부터 가슴까지 자상을 당했는데 허연 뼈가 드러날 만큼 상처가 깊었다.

"그래도 뼈가 크게 다치지 않아 다행이오."

백인성은 허리춤의 꾸러미를 펼쳐 의료 도구를 꺼냈다. 그는 낚시 바늘처럼 휘어진 의료용 바늘로 무사의 상처를 꿰매주었다. 상처가 깊다 보니 먼저 내부를 꿰매고 다시 외부를 꿰매야 하는 고도의 의술이 요구되었다.

약천의왕은 백인성의 봉합을 힐끗 보고는 한쪽 눈을 가늘게 떴다.

'이놈 봐라? 나이도 어린 녀석인데 손놀림이 제법이군.'

하지만 그는 자신 외에 어떤 의원도 인정하지 않을 만큼 자부심이 강했기에 백인성의 의술을 애써 무시했다.

"그럼 돌팔이에게 싸구려 치료나 받아라."

약천의왕이 돌아서자 수석영주는 급히 다가섰다.

"노선배님, 부디 청향군주를 치료해 주십시오."

"청향군주?"

"태원왕 전하의 금지옥엽이십니다. 이번에 사냥을 나섰다가 자객들의 기습을 받아 중대한 부상을 당하셨습니다."

"아직 살아 있느냐?"

"그렇기는 한데… 무음탈혼표에 적중돼 상세가 아주 위중합니다."

"무음탈혼표라고?"

약천의왕이 의아한 표정을 띠며 물었다.

"무음탈혼표에 적중됐다면 즉사할 수밖에 없는데 어떻게 아직 살아 있는 것이냐?"

"양 지부장께서 앞서 몸을 던져 무음탈혼표를 막아낸 덕분입니다."

"흐음, 그렇다 해도 무음탈혼표가 몸에 박혔다면 장기가 모두 뒤틀렸을 것이다."

"예, 군주의 전속 의원도 그리 말했습니다."

"크홋, 재수가 좋구나."

"하면 군주를 회생시킬 수 있으십니까?"

"당연하지. 너희는 노부에게 감사해야 한다. 노부의 신술로 청향군주를 구해 제왕성의 명예를 회복시켜 주겠다."

약천의왕이 자신하자 수석영주는 흥분으로 얼굴이 붉게 물들었다.

"그리만 해주신다면 성주님께서도 노선배님의 공을 높이 치하하실 겁니다."

"크홋, 노부는 말로 때우는 것을 아주 싫어한다. 어쨌거나 군왕의 딸을 구하면 보상은 톡톡히 받을 수 있겠구나."

약천의왕은 무사들을 치료하고 있는 백인성을 훔쳐보았다.

백인성은 세 번째 중상자를 시술 중에 있었다. 신속한 지혈에 이은 봉합 솜씨가 아주 깔끔했다.

'어린놈이 그래도 의술 하나는 제대로 배웠군. 그래봤자 내 발끝에도 미치지 못하겠지만.'

약천의왕은 의도적으로 백인성을 무시하고는 현장을 떠났다.

수석영주는 그나마 약천의왕이 적시에 당도한 것을 다행

으로 생각했다.

'약천의왕이라면 무림 최고의 신의이니 군주를 회생시킬 수 있을 것이다.'

급한 중상자를 응급 처치한 백인성은 경상자들도 치료해 주었다. 그러다 천으로 왼손을 감싼 채 한쪽에 서 있는 무사를 보고는 물었다.

"손은 괜찮은 거요?"

"손가락 두 개가 잘렸을 뿐이오. 다른 동료들부터 치료해 주시오."

"부모로부터 물려받은 육신을 어찌 그리 소홀하게 여기는 거요? 혹시 잘린 손가락은 지니고 있소?"

"근처 어디에 있을 테지만 왜……?"

"어서 찾아보시오. 시간이 오래 지체되지 않았으니 접합이 가능할 거요."

제왕성 무사들은 모두 놀라움을 금치 못했다.

잘린 손가락 접합.

그들로서는 듣도 보도 못한 의술이었다. 찢기거나 떨어져 나간 상처를 봉합하는 의술은 익히 보았지만 뼈가 잘린 손가락을 어떻게 붙인단 말인가?

수석영주는 나름대로 백인성을 신뢰했기에 무사의 잘린 손가락을 찾아오도록 지시를 내렸다. 무사들이 수풀을 뒤져 두 개의 손가락을 찾아서 가져왔다.

이미 피가 모두 빠져나간 손가락은 쭈글쭈글해져 있었다.

"가능할 것 같소."

백인성은 잘린 손가락뼈에 바늘을 꽂아 먼저 뼈부터 접합
했다. 이어 근육을 당겨 이어주고 마지막으로 살을 봉합하는
시술을 펼쳤다.

수석영주와 무사들은 난생처음 대하는 신기한 시술에 연
신 탄성을 발했다.

시술을 마친 백인성은 무사의 손가락에 약을 발라주고 부
목을 대서 싸매주었다.

"예전처럼 유연하게 손가락을 놀릴 수는 없겠지만 그래도
손가락이 잘린 흉한 모습은 피할 수 있을 거요. 상처가 아물
면 용한 의원을 찾아서 뼈에 덧댄 바늘을 제거토록 하시오."

손가락 접합 시술을 받은 무사는 감격에 젖어 눈물을 글썽
거렸다.

"정말 고맙습니다. 세상에 이런 신술을 지닌 의원이 계신
줄 처음 알았습니다."

"그다지 어렵지 않은 시술이었소."

백인성은 대수롭지 않게 응수하고는 작별을 고했다.

"응급 처치는 마쳤으니 이만 가보겠소."

"잠깐, 백 의원!"

백인성을 막아선 수석영주가 진지하게 청했다.

"백 의원의 의술이라면 청향군주를 치료해 주실 것 같소.

제발 함께 청향원으로 가십시다."

"청향군주가 누구요?"

"태원왕의 따님이시오. 사실……."

수석영주가 상세한 내력을 말해주자 백인성은 비로소 상황을 이해할 수 있었다.

"그런 끔찍한 일이 있었군요."

"상황이 급해 약천의왕에게 도움을 청하기는 했지만 솔직히 마음을 놓을 수가 없소."

"약천의왕? 그것이 그 괴팍한 노인의 이름이오?"

"그렇소. 의술 하나는 무림제일로 인정을 받지만 심성이 고약한 데다 탐욕이 대단해 세상 사람들은 그를 악의(惡醫)로 여기고 있소."

"어쨌든 무림제일의 신의라면 청향군주를 구할 수 있지 않겠소?"

"단순히 목숨만 구해서 될 일이 아니오. 청향군주가 온전하게 회복되지 않으면 제왕성의 권위가 실추되오. 그리 되면 사마 악도들이 더욱 기세를 부려 세상이 더 혼란스러워질 것이오."

"군주의 신분이라면 주변에 신의와 명의들이 많을 텐데 굳이 내가 가지 않아도 될 것 같소."

백인성이 탐탁찮게 생각하자 수석영주가 무릎을 꿇었다.

"백 의원, 작금의 상황은 정말 심각하오. 무림의 안정을 위해서라도 청향군주가 반드시 회생해야 하오. 백 의원의 신술로 군주를 회복시켜 주시오."

무사들도 백인성의 경이로운 의술을 지켜보았기에 함께 무릎을 꿇으며 청했다.

"부탁드립니다, 백 의원!"

백인성은 본래 모진 성격이 못 되기에 많은 사람들이 청해오자 냉정하게 거절하기가 난처했다.

사실 약천의왕이 나선 데다 왕부의 최고 의원들이 소집될 테니 그가 청향군주를 시술할 일은 없기에 청향원에 가도 공연히 진맥 한번 못할 가능성이 컸다.

하지만 그는 양자기를 관통하고 청향군주의 가슴에 깊숙이 박혔다는 암기에 대해 다소 우려가 되었다.

'그런 암기라면 개복시술이 필요할 텐데… 과연 그런 의술을 시술할 사람이 있을까?'

백인성은 잠시 고민하다가 수석영주를 일으켜 세웠다.

"알겠소. 내가 도움이 될지 모르지만 가도록 합시다."

第五章
목숨을 구하는 것은 의술이
아니라 하늘

1

휘리릭!

핏빛 머리카락이 길게 늘어나면서 허공을 갈랐다. 혈발(血
髮)은 철사 줄처럼 단단하게 변해 무사들의 몸을 벴기도 했
고, 거미줄처럼 유연하게 풀어 흩어지면서 무사들의 목을 휘
감아 죽기기도 했다.

"오호홋!"

여인은 긴 혈발을 휘둘러 무사들을 날려 버렸다.

"실망이구나! 제왕성 무사라는 것들이 고작 이 정도란 말
이냐?"

주변으로 제왕성 무사 예닐곱 명이 쓰러져 있었다. 일부는

예리한 칼날에 그어진 듯 뼈가 드러날 만큼 상처가 깊었고 일부는 목뼈가 부러져 죽었다.

제왕성 무사 십여 명이 혈발의 여인을 에워싸고 있었지만 혈발의 무서움을 경험했기에 선뜻 공격에 나서지 못했다.

혈발여인은 머리카락에 끝에 묻어 있는 피를 빨며 사악한 웃음을 흘렸다.

"호홋, 역시 피 맛은 향기로워."

그녀는 제왕성 무사들을 쓸어보며 이죽거렸다.

"뭣들 하는 것이냐? 파사현정을 앞세워 나를 죽이겠다면서 왜 주저하는 것이냐?"

제왕성 무사들은 치욕을 참지 못하고 공세를 펼쳤다.

"혈발마녀를 죽여라!"

무사들의 검이 혈발여인의 전신으로 파고들었다.

혈발마녀(血髮魔女).

머리카락을 병기로 사용하는 당세의 악녀이다. 수법이 워낙 잔혹하고 무수한 의협을 살해해 제왕성의 살명부에 이름이 올라 있다. 제왕성 무사들의 추적을 받아 한동안 숨어살던 그녀가 태원에서 발각되면서 싸움이 벌어지는 중이었다.

혈발마녀는 긴 머리채를 휘둘러 무사들의 검을 튕겨내고는 머리카락을 뻗어냈다.

휘리릭!

두 명의 무사가 머리카락에 휘감겼다. 동료들이 이를 베기 위해 검을 내려쳤지만 얼마나 질긴지 머리카락은 쉽게 잘리지 않았다.

숨통이 조여진 두 무사는 부들부들 떨며 눈을 까뒤집었다.

한데 이때였다.

한 자루 검이 섬전처럼 날아들며 머리카락을 대번에 끊어버렸다.

"악!"

머리카락 일부가 잘린 혈발마녀는 휘청거리며 뒤로 물러섰다. 핏빛 머리카락에는 그녀의 진기가 실려 있기에 머리카락이 잘리면서 약간의 내상을 입은 것이다.

그녀는 일부가 잘려 나간 자신의 머리카락을 매만지며 내심 경악에 젖었다.

'이럴 수가! 신병에도 끊어지지 않는 내 혈발을 대체 누가?'

혈발마녀의 혈발을 자른 금검(金劍)은 크게 선회해 수림 위로 날아갔다.

수림을 타고 미끄러져 온 청년이 금검을 손에 쥐고 장내로 내려섰다. 청년은 수려한 용모의 소유자는 아니었지만 사자의 기상을 지녔다. 눈에서는 정광이 뿜어졌고 꾹 다문 한일자 입술에서는 강인한 의지가 엿보였다.

청년의 출현에 제왕성 무사들은 환한 표정으로 예를 표했다.

"소성주님을 뵈옵니다!"

그러했다. 사자의 기상을 지닌 청년이 바로 제왕성의 소성주였다.

탕마신룡(蕩魔神龍) 군세명(君世明).

제왕성주의 직계 제자로 백도 의협들의 귀감이 되는 당세의 영웅이다. 악을 척결하는 의지가 워낙 굳건해 사마 악도들에게 있어 그는 저승사자와 같은 존재였다.

그의 무공은 제왕성 내에서도 서열 십위 안에 들 정도라 당세에 적수가 드물 정도였다.

그는 무림을 순회하던 중 산서지부의 경호가 실패해 청향군주가 척살당했다는 소식을 듣고 태원으로 향하는 길이었다. 청향군주의 피습은 제왕성의 위상과 명성에 지대한 타격을 입힌 치욕적인 사건이기에 군세명은 단숨에 수백 리 길을 달려온 것이다.

군세명의 뒤를 이어 측근 무사들이 내려섰다. 이들은 군세명의 호위무사들로서 본단 소속인 정예들이었다.

군세명은 쓰러져 있는 무사들을 쓸어보고는 송충이눈썹을 꿈틀거렸다.

"어찌 된 일이냐?"

그러자 산서지부 소속의 무사가 보고를 올렸다.

"속하는 산서지부의 순찰조장입니다. 청향군주를 암습한 살수들의 행적을 쫓기 위해 태원 주변을 순시하던 중 혈발마녀를 만나 싸우게 되었습니다."

"혈발마녀?"

군세명은 혈발마녀에게로 다가섰다.

"잘 만났다. 내가 아무리 갈 길이 급해도 너 같은 악녀는 결코 용서할 수 없다."

혈발마녀는 제왕성의 지원군이 당도하자 다소 긴장했다.

"흥, 감히 나를 상대하겠다고?"

군세명은 금광을 발하는 금검을 치켜들었다.

"난 군세명이다."

"그래, 제왕성의 소성주인 네 이름은 익히 들었다. 흑도인 모두가 네 살을 씹고 싶어 하지."

"오냐, 너희 사악한 무리를 모두 지옥으로 보낼 수 있다면 나도 함께 떨어지겠다."

"네놈이나 지옥으로 가라!"

혈발마녀는 고개를 휘저어 머리채를 앞으로 뻗어냈다.

츄리릭!

무수한 머리카락 한올 한올이 암기가 되어 군세명의 전신으로 파고들었다.

"어림없다!"

군세명은 검극을 통해 수십 갈래의 검기를 발출했다.

파파팟!

검기가 부챗살처럼 비산하면서 혈발마녀의 혈발을 튕겨

냈다.

군세명은 회수되는 혈발을 쫓으며 힘차게 검을 그었다.

"탕마비섬!"

혈발이 절반 넘게 뭉텅 잘리면서 상당한 내상을 입은 혈발마녀는 비로소 군세명의 절세적인 무공을 절감했다.

'소문대로 엄청난 고수로군. 내가 상대할 수 없는 자다.'

혈발마녀는 눈알을 굴려 주변을 살피다가 수림 속으로 뛰어들었다.

군세명은 빙글 회전하며 비검술을 전개했다.

"도주할 수 있을 것 같으냐, 마녀!"

쐐애액!

금검은 불꽃 궤적을 이끌며 혈발마녀를 향해 뻗어 나갔다.

위기를 직감한 혈발마녀는 고개를 돌려 이를 보았다. 불꽃을 발하는 금검은 이미 그녀에게 바싹 접근해 있었다.

"아아!"

혈발마녀는 절망감에 젖어 눈을 부릅떴다.

이때 솔방울이 하나 날아들었다.

태앵……!

불꽃을 발하던 금검은 솔방울에 튕겨 방향이 조금 틀어졌다. 그 바람에 혈발마녀는 겨우 목숨을 부지할 수 있었다.

군세명은 솔방울에 튕겨진 금검을 섭물진기로 회수했다. 그는 내심 놀라움을 금치 못했다.

'내 비검술을 솔방울로 막아내다니! 대체 어떤 고수이기에?'

그사이 혈발마녀는 수림 속으로 도주했다.

일순 혈발마녀의 귓속으로 서늘한 전음이 파고들었다.

[노부가 한번 은혜를 베푼 것을 잊지 마라. 훗날 대악인곡으로 찾아와 사례를 올려야 할 것이다.]

혈발마녀는 비로소 자신을 구해준 사람이 누구인지 알게 되었다.

'아, 대곡주님이시다!'

그녀는 내심 안도하며 쏜살같이 멀어져 갔다.

군세명은 주변을 향해 외쳤다.

"어떤 고인인지 모르지만 정체를 밝히시오!"

하지만 아무런 대꾸도 들려오지 않았다.

군세명은 자신의 이목으로도 누군가의 존재를 파악하지 못하자 조금은 자존심이 상했다. 강호의 악녀를 비호했으니 상대 역시 악인으로 판단되었다.

평소라면 측근 호위들에게 수색을 명해 악도 소탕에 나섰겠지만 지금은 서둘러 청향원으로 가야 할 상황이라 지체할 겨를이 없었다.

"누구인지 몰라도 다음에 다시 봅시다!"

군세명은 휘하 무사들을 대동해 청향원으로 향했다. 그들 일행이 멀어지자 무성한 나뭇가지 위에서 한 사람이 유령처럼 내려섰다.

도인처럼 팔괘가 수놓아진 도포를 걸쳐 입은 노인이었다.

잘 빗겨 올린 백발을 비녀로 고정시켰고 풍성한 수염은 가
슴까지 내려왔다. 외모만 본다면 그림 속 신선이 세상으로 나
선 풍모의 소유자였다.

하지만 언뜻언뜻 빛나는 노인의 눈빛은 지나치리만큼 음
산했다.

"군세명, 내 신분상 어린 너를 상대할 수는 없지. 이제 제
왕성이 설쳐 댈 날도 멀지 않았다. 지난 치욕은 열 배로 갚아
주겠다. 그것이 내 반선반귀의 원칙이지."

그러했다. 솔방울을 날려 군세명의 비검을 쳐낸 사람은 바
로 칠대악인의 으뜸인 반선반귀였다.

그가 직접적인 싸움을 즐기지 않아서 그렇지, 절세무공의
소유자였다.

반선반귀는 군세명이 사라진 수림 쪽으로 시선을 돌렸다.

"큭, 군세명까지 당도했으니 모든 게 계획대로 돼가는군."

2

태행산 자락 청향원(淸香園).

본래는 태원의 부호가 소유한 별장이었다. 한데 청향군주
가 가끔 사냥을 나갈 때마다 이용하면서 부호가 태원왕부에

별장을 희사해 청향원으로 이름이 바뀌었다.

사냥터에서 척살을 당한 청향군주는 청향원으로 옮겨졌다.

보고를 받은 태원왕은 즉시 왕부의 전의를 파견해 회생을 지시했고, 근경에서 명의로 알려진 의원들에게 대대적인 소집령을 하달했다.

직접 소집령을 받지 못한 떠돌이 의원들도 군주를 진맥해 명성을 떨치려는 명예욕을 가슴에 품고 청향원으로 몰려들고 있었다.

청향원은 아담한 규모이다 보니 많은 사람들이 묵을 숙소가 갖춰지지 않았다.

안채는 청향군주와 시녀들, 여인 호위들이 사용하고 있기에 바깥채 일부만이 의원들에게 배정되었다. 의원들은 침소조차 부족한 상황이라 실내에 회의실을 마련할 수가 없어 마당 한쪽에 천막을 세워 회의실로 사용하고 있었다.

급조된 회의 탁자 상석에는 호호백발의 노의원이 앉아 있었다.

잠시 전에 도착해 청향군주의 상세를 살피고 나온 그는 얼굴에 수심이 가득했다. 찻잔을 감싸 쥔 채 생각에 잠겨 있느라 차가 식는 줄도 몰랐다.

태원과 근경에서 왕명을 받고 달려온 의원들은 노의원의 표정을 살피며 두런두런 얘기를 나누었다.

백발이 성성한 노의원이 바로 하북에서 신의로 명성이 높은 노진산(魯眞山)이었다.

　노진산은 한때 황궁에서 어의를 지낼 만큼 뛰어난 의술을 지녔지만 황궁 내부의 정쟁에 휩쓸리는 것이 싫어 사직하고 고향인 신악에서 의방을 열고 있었다.

　태원왕이 일흔 노구의 노진산에게 왕명을 하달한 것도 왕부 전속의 전의보다 뛰어난 의술을 지녔기 때문이다. 하기에 청향군주의 치료와 시술은 노진산의 결정에 달려 있다고 해도 과언이 아니었다.

　전의 담계량(潭計亮)이 노진산에게 조심스레 물었다.

　"선생님, 시술이 가능하겠습니까?"

　비로소 상념에서 깨어난 노진산이 식은 차로 입술을 적시고는 한숨부터 내쉬었다.

　"대체 마마의 옥체에 박힌 그 병기가 무엇인가?"

　"소생이 듣기로 강호에서 무음탈혼표라 불리는 무서운 살인 병기라 합니다. 철석도 뚫을 만큼 강력하기에 양자기 지부장이 몸을 던져 마마를 보호하려 했지만 양 지부장의 몸마저 꿰뚫고 마마의 옥체로 파고들었다고 합니다."

　"그 끔찍한 병기가 톱니바퀴처럼 회전하면서 마마의 장기로 파고들어 오장육부가 죄다 뒤틀렸네. 집게로 뽑아내려 했다가는 장기의 손상이 심해 마마는 회생할 수가 없네."

　"하면 어찌하면 좋겠습니까? 만일 마마께서 숨을 거둔다면… 엄청난 사태로 확대될 것입니다."

노진산의 주름이 한 치는 더 깊어졌다.

"시술을 하기는 해야겠는데… 마땅한 방법이 없다는 게 문제일세."

이때 약천의왕이 뒤뚱뒤뚱 걸어 천막 안으로 들어서며 대뜸 물었다.

"노 의원이 누구냐?"

그의 불손한 태도에 담계량이 인상을 찌푸렸다.

"여기 선생님께서 노 어의이시오. 대체 귀하는 누구요?"

"이미 퇴직했다 들었는데 어의는 무슨 얼어 죽을 어의?"

약천의왕은 의자를 끌어다 앉았다.

"청향군주는 내가 살리겠다. 별 볼일 없는 의원 나부랭이들은 모두 돌아가라."

노진산은 수양이 깊은 의원이었지만 약천의왕의 오만함에 절로 표정이 굳어졌다.

"표현이 지나치군. 귀하의 의술이 얼마나 뛰어난지 몰라도 말을 삼가야 할 거요."

"난 무림에서 약천의왕으로 불리는 사람이다. 의술 밥을 먹은 사람이라면 내 별호는 익히 들었을 테지."

"약천의왕?"

노진산은 깜짝 놀라 약천의왕을 다시 살펴보았다.

그가 무림에 대해서는 잘 몰라도 이름깨나 날린 의원이라

면 어느 정도는 알고 있었다. 무림제일의 의원이라는 약천의
왕이라면 그도 익히 들어본 별호다.

약천의왕에 대한 평판이 나쁜 것은 알고 있지만 지금은 청
향군주를 구할 의술이 필요했기에 노진산은 먼저 예를 표했
다.

"난 노진산이라 하오. 명성 높은 의왕이 이렇듯 찾아주어
정말 다행이오."

약천의왕은 어의 출신인 노진산의 이름을 듣고도 여전히
오만불손한 언사로 응수했다.

"군주가 무음탈혼표에 적중됐다고 들었다. 무음탈혼표는
금강지체도 관통하는 무시무시한 마병이지. 군주가 아직 숨
을 거두지 않았다면 내가 회생시켜 보겠다."

"정말 마마를 회생시킬 자신이 있으시오?"

"물론이다. 누구의 도움도 필요없으니 옆에서 지켜보기만
해라."

그의 계속되는 불손한 언사에 담계량이 참지 못하고 강하
게 반발했다.

"당신의 의술이 얼마나 대단한지 몰라도 어찌 노 선생님께
하대를 하는 거요?"

"크흣, 노부도 먹을 만큼 나이를 먹었다. 군주를 회생시켜
너희를 구해줄 은인인데 나를 선생으로 존중해야 하지 않겠
느냐?"

약천의왕이 워낙 자신만만하게 공언하자 노진산은 오히려 그것이 불안했다.

"의원은 병을 두고 확신해서는 안 되는데 귀하는 너무 경솔할 것 같소. 게다가 아직 마마를 검진하지도 않은 채 어찌 그리 확언할 수 있는 거요?"

"크홋, 내가 고치지 못하는 병이 없고 치료하지 못하는 부상이 없다. 난 죽은 사람도 되살릴 수 있으니 검진 따위는 필요없다."

약천의왕의 오만방자함에 노진산은 물론이고 담계량을 비롯한 모든 의원들은 할 말을 잃었다.

노진산이 신중한 표정으로 다시 물었다.

"고약한 병기가 마마의 몸속 깊이 박혀 있는데 어떻게 꺼낼 생각이오?"

"어렵지 않다. 군주의 배를 갈라 병기를 꺼낸 다음 봉합을 하면 된다."

너무도 태연한 답변에 노진산이 탁자를 치며 벌떡 일어섰다.

"말을 삼가시오! 사람의 배를 가르면 어떻게 살 수 있겠소?"

약천의왕은 오만한 눈빛으로 의원들을 쓸어보았다.

"이 중에서 사람의 배를 갈라본 의원이 있느냐?"

"……!"

의원들 누구도 대답을 못하자 약천의왕은 자신의 가슴을 툭툭 쳤다.

"난 여럿을 갈라보았다. 임산부의 배를 갈라 아기를 끄집어낸 적도 있지만 아이와 산모는 멀쩡했다."

임산부의 배를 갈라 아기를 끄집어냈다는 말에 노진산은 등줄기가 축축하게 젖어들었다.

"그것이… 가능하단 말이오?"

"크훗, 내가 달리 약천의왕이겠느냐? 내가 시술하면 군주는 무조건 회생한다."

약천의왕은 찻주전자를 들어 주둥이에 입을 대고는 벌컥벌컥 마셨다. 주변 사람들은 안중에도 없는 그의 방자함은 하늘을 찌를 정도였다.

담계량이 심각한 모습으로 노진산에게 물었다.

"선생님, 그런 시술은 전하께서 허락지 않으실 겁니다. 어떻게 마마의 옥체에 칼을 댈 수 있겠습니까?"

노진산은 잠시 숙고하다가 대답했다.

"고대의 의서에서 사람의 배를 갈라 병을 치료하는 시술법을 본 적이 있네만 내 손으로 시술한 적이 없고 또한 본 적도 없으니 판단하기가 어렵군. 그러나 지금의 상황에서 그런 시술만이 마마를 구할 수 있는 것은 확실하네. 문제는 전하의 윤허인데… 과연 전하께서 이런 시술법을 납득하실지 모르겠군."

노진산은 약천의왕에게로 시선을 돌렸다.

"저녁 무렵이면 전하께서 당도하실 거요. 전하의 윤허가 필요한 시술이라 내가 결정할 수가 없소. 잠시 휴식을 취하면서 기다려 주시오."

그는 담계량에게 지시를 내렸다.

"의왕이 쉴 만한 처소를 마련해 드리게나. 내가 어떻게든 전하의 윤허를 받아내겠네."

<h2 style="text-align:center">3</h2>

군세명 일행은 오래지 않아 청향원에 당도했다.

군세명이 신분을 밝히자 군병들은 정중하게 군례를 표하고 문을 열어주었다. 태원왕과 제왕성주가 친분이 두터웠기에 소성주인 군세명 역시 예우를 받았다.

군세명이 의원들의 막사로 들어섰다.

"나는 제왕성에서 온 군세명이라 합니다. 노진산 의원을 뵙고 싶습니다."

군세명이 신분을 밝히자 노진산을 제외한 모든 의원들이 자리에서 일어나 예를 표했다.

"하면 제왕성의 소성주가 아니시오?"

"이렇듯 신속하게 당도하실 줄은 몰랐소이다."

담계량이 군세명에게 노진산을 소개했다.

"소성주, 여기 노의원께서 어의를 지내셨던 노진산 선생님
이십니다."

군세명은 노진산에게 정중히 예를 표했다.

"군세명입니다."

"앉으시오, 소성주. 노부가 비록 강호 사람은 아니라도 제
왕성에 대해서는 익히 들었소."

군세명이 자리에 앉으며 깊은 우려를 표했다.

"성주님께서 이런 사태에 대해 우려가 크십니다. 군주의
상세에 대해 알고 싶습니다."

"솔직히 노부의 의술로는 어떻게 해볼 도리가 없구려."

노진산이 손을 쓸 수 없다면 절망적이다.

군세명은 향후 상황이 암담해졌다.

'이는 단지 태원왕부만의 문제가 아니다. 제왕성의 와해를
꾀하는 사마 악도들은 이 기회를 틈타 어떻게든 본 성의 권위
를 무너뜨리려 할 것이다.'

노진산이 차를 한 모금 마시고는 넌지시 물었다.

"군 소성주는 혹시 약천의왕이라는 자를 알고 있소?"

"물론 압니다. 놀라운 의술을 지녔지만 심성이 냉혹하고
탐욕스러운 자라 평판은 좋지 않지요. 한데 노 선생님께서 어
찌 무림의 의괴를 아십니까?"

"사실 그자가 청향원에 와 있소."

"예에?"

군세명은 송충이눈썹을 꿈틀거리다가 안도의 표정을 띠었다.

"약천의왕이 찾아왔다면 그나마 군주께서 회생하실 가능성이 큽니다. 성격은 고약해도 의술 하나는 무림제일로 평가받는 자입니다. 그가 제 발로 찾아왔다면 군주를 회생시킬 자신이 있기 때문이겠지요. 소생이 한번 만나보겠습니다."

약천의왕은 처소에서 혼자 식사 중이었다. 염불보다는 잿밥이라고 그는 군주의 치료보다 받아낼 보상을 염두에 두고 있었다.

'크훗, 군주를 구하게 되면 태원왕이 화혈옥정고만 내주겠는가? 왕부의 약고를 두루 살펴 귀한 성약을 찾아봐야겠어.'

이때 군세명이 방으로 들어섰다.

약천의왕은 누군가 들어섰지만 쳐다보지도 않은 채 게걸스럽게 음식을 먹었다.

군세명이 탁자 맞은편에 앉으며 자신의 신분을 밝혔다.

"난 군세명이라 하오."

"……!"

흠칫 놀란 약천의왕이 비로소 고개를 들고 군세명을 보았다.

"제왕성의 소성주인 탕마신룡?"

"그렇소."

"케헤헤, 제왕성에서 이번에 아주 제대로 망신을 당했군. 산서지부에서 경호를 담당했는데 한갓 자객들을 막아내지 못하고 고귀한 군주가 위중한 부상을 당했으니 말일세."

약천의왕이 비아냥거렸지만 군세명은 군주의 회생이 걸린 사안이기에 꾹 참았다.

"의괴 선배께서 스스로 청향원을 찾아온 것은 군주를 치료하기 위함이오?"

"당연하지. 아무럼 이처럼 맛대가리없는 밥 한 끼 먹으러 왔겠는가?"

"의왕이 치료를 외면해 죽은 사람이 더 많다고 들었소."

"케헤헤, 노부는 자비로운 약사보살이 아닐세. 세상에 공짜는 없는 법이지."

"군주의 회생은 가능하겠소?"

"크훗, 물론일세. 군주의 아직 숨이 붙어 있다면 무조건 회생시킬 수 있네. 하여간 제왕성에서도 이번에 노부에게 톡톡히 사례해야 할 것이야. 군주가 회생해야 제왕성과 태원왕부 간의 친분이 훼손되지 않을 테니 말일세."

"물론 군주가 회생하면 사부님께서도 의왕에게 섭섭지 않은 보상을 하사하실 것이오. 부탁하겠소."

약천의왕은 간특한 눈빛을 발했다.

"제왕성주에게 과연 무엇을 청구해야 할지 한번 생각해 보아야겠군."

"사부님께서는 세상의 도리에 어긋나지 않는 요구면 뭐든지 들어주실 거요. 그럼 의왕의 의술을 믿겠소."

몸을 일으킨 군세명은 간단히 예를 표하고는 방을 나섰다.

정원으로 내려선 군세명은 심기가 불편했다.

'막상 만나보니 풍문보다 더 탐욕스러운 자야. 의괴가 군주를 치료하면 아주 난처한 요구를 청할 것 같군.'

이때 산서지부 수석영주가 군세명에게 다가섰다.

"소성주님, 속하는 산서지부의 수석영주인 강표라 합니다."

"그래, 강 영주. 양 지부장은… 끝내 타계한 것인가?"

"그렇습니다. 비록 군주를 안전하게 경호하지 못했지만 몸을 던져 군주를 지키려 한 양 지부장의 의기만은 인정해 주십시오."

"나도 그러고 싶지만… 군주가 회생하지 못하면 양 지부장의 높은 의기와 희생마저 무의미해질 것이네."

"속하가 한 의원을 모시고 왔는데 군주를 검진할 수 있도록 소성주님께서 힘써주십시오."

"의원이라고?"

"나이가 젊지만 놀라운 의술을 지녔습니다."

강표는 백인성이 부상당한 무사들을 치료해 준 상황을 상세하게 보고했다.

군세명은 잘린 손가락을 접합했다는 얘기에 눈을 휘둥그

레 떴다.

"아니, 정말 잘린 손가락을 붙였단 말인가?"

"그렇습니다. 예전처럼 온전하게 손가락을 자유롭게 놀리지는 못해도 일상생활에는 문제가 없을 거라 했습니다."

"세상에 그런 신술이 있다는 얘기는 처음 듣는군."

군세명은 앞서 걸음을 옮겼다.

"어서 안내하게."

왕명에 의해 패찰을 받은 의원들만 장원 내로 들어올 수 있기에 백인성은 바깥채 문 앞에 대기해 있었다.

강표는 백인성에게 군세명을 소개했다.

"제왕성의 소성주이십니다."

백인성은 간단히 예를 표했다.

"백인성이라 하오."

그는 군세명의 높은 신분을 알면서도 별반 주눅 든 모습이 아니었다.

'아니, 이자가?'

강표가 백인성의 불손함을 질책하려 했지만 군세명은 눈짓을 보내 이를 제지했다.

군세명은 첫 대면에서 백인성이 평범한 의원이 아님을 직감했다.

'빛나는 신위가 안으로 갈무리돼 있구나. 평범한 의원이

아니야.'

군세명은 마주 예를 표했다.

"군세명이오. 강 영주를 통해 백 의원의 높은 의술에 대해 들었소. 백 의원이라면 군주를 회생시킬 수 있겠소?"

"군주의 상세를 검진해 보기 전에는 뭐라 말할 수 없소."

"하면 노 선생에게 검진을 부탁해 보겠소. 가십시다."

군세명은 백인성을 대동해 안채로 들어섰다.

백인성은 군세명의 든든한 뒷모습을 보며 문득 한 사람을 떠올렸다.

화소소를 추격해 온 천병무궁의 대총령 관무전.

'관무전이 드러난 창이라면 이 사람은 갑 속에 든 검이로 군. 젊은 나이에 이런 기도를 지니기도 쉽지 않은데 훌륭한 스승을 두었어.'

의원 막사로 들어선 군세명이 노진산에게 정중히 청했다.

"노 선생님, 여기 젊은 의원에게 군주를 검진토록 허락해 주십시오."

"군주를 검진하겠다고?"

무심코 백인성에게 시선을 돌린 노진산은 눈을 휘둥그레 떴다.

"젊은 친구가 어찌 백발인가?"

"제가 어렸을 적 약을 잘못 복용해 머리가 세었습니다."

"그럴 경우가 있지. 자네도 왕명을 받고 소집된 의원인가?"

"그렇지는 않습니다."

"하면 어느 의방 소속인가?"

"특별히 정해진 소속은 없습니다."

노진산의 표정이 점점 탐탁찮게 변했다.

"의술은 누구에게 배웠는가?"

"스승님은 초야에 계신 분이라 별호도 마땅치 않습니다."

"이거야 원!"

노진산은 적이 실망했지만 백인성의 속되지 않은 풍모와 의연한 모습에 잠시 더 두고 보기로 했다.

"그래, 세상에 널리 이름이 알려졌다고 반드시 명의는 아니지. 참, 여태 자네 이름도 모르고 있었군."

"소생은 백인성이라 합니다."

"백 의원, 이런 말을 하여 미안하지만 속된 의원들이 군주를 검진했다는 경력을 내세우려……."

군세명이 얼른 말허리를 잘랐다.

"노 선생님, 백 의원은 저희 제왕성에서 요청해 어렵게 모셔온 의원입니다. 모든 책임은 제가 질 테니 검진을 허락해 주십시오."

노진산은 잠시 백인성을 바라보다가 고개를 끄덕였다.

"알겠네. 제왕성이 추천한 의원이라면 믿어보겠네."

그는 검진을 허락한다는 글을 써서 수행 의원에게 건넸다.

"네가 먼저 가서 안채에 통보해 놓아라."

"예, 선생님."

백인성은 군세명과 나란히 안채로 향하며 물었다.

"군주의 상세는 어느 정도요?"

"자객이 발출한 병기가 무음탈혼표가 확실하다면 지극히 위중하다고 할 수 있소."

"무음탈혼표가 뭐요?"

백인성이 의아한 표정을 띠자 군세명이 상세하게 설명해주었다.

"무림의 마병이오. 무음탈혼표는 종잇장처럼 얇지만 지극히 예리해 금강지신도 파괴할 수 있소. 양 지부장이 몸을 던져 군주를 구하려 했지만 무음탈혼표는 양 지부장을 관통해 군주의 옥신에 꽂혔소. 우리 제왕성의 경호를 변호해서가 아니라 만일 양 지부장의 희생이 없었다면 군주는 즉사를 면치 못했을 거요."

"그렇듯 무서운 병기가 다 있군요. 당시 양 지부장이라는 사람이 무음탈혼표를 쳐낼 수는 없었소?"

"거의 불가하오. 무음탈혼표는 워낙 얇고 가벼워 파공성도 없이 뻗어갈 뿐 아니라 병기로 쳐내려고 하면 저절로 피하기에 막아내기가 쉽지 않소."

백인성이 호기심에 젖어 넌지시 물었다.

"그런 끔찍한 병기를 대체 누가 만든 거요?"

"마병들은 수백 년 전부터 전해져 내려왔소. 풍문에 의하면 무음탈혼표는 구대천마가 금마총으로 떨어진 이후 절전된 것으로 알려졌는데 다시 세상에 출현했으니 아마도 새로이 제작된 것 같소. 그런 마병을 제작할 수 있는 장인은 천하에 몇 명 되지 않소. 내가 이곳까지 직접 온 이유는 무음탈혼표를 제작한 자를 찾아내 이번 척살의 배후를 밝히기 위함이오."

"그렇게 무서운 병기라면 군주의 회생이 쉽지 않겠군."

안채 중문 앞에 이르자 군세명은 더는 들어갈 수 없기에 걸음을 멈추었다.

"부디 백 의원이 군주를 회생시켜 주기를 바라겠소."

청향군주의 침전.

전각 주변은 여인 호위들이 철통같은 경계를 서고 있었다.

백인성은 두 차례에 걸려 몸 검색을 받고 담계량과 잠시 면담한 후에야 침소로 들어설 수 있었다.

침소로 들어선 백인성은 역한 피 냄새 속에서 죽음의 기운을 직감했다.

'예상보다 훨씬 심각하구나.'

시녀들이 침소의 휘장을 열어주었다.

침상에는 청향군주 주비연이 죽은 듯 누워 있었다. 아니, 외견상 이미 목숨이 끊어진 시신과 다를 바 없었다.

얼굴은 핏기 하나 없이 창백했고, 입술은 짙은 보랏빛이었으며, 이마에 땀방울 하나 맺혀 있지 않았다. 이미 숨도 끊어졌는지 가슴의 기복도 전혀 보이지 않았다.

백인성은 명주 수건으로 주비연의 손목을 감싸고는 맥을 짚었다. 고귀한 왕녀의 옥신에 함부로 손을 대는 것은 금기이기에 수건으로 맥문을 감싸는 것은 의원들의 관례였다.

주비연의 맥은 거의 잡히지 않았다.

통상 맥을 한번 짚는 것으로 상대의 병증과 부상을 알아낼 수 있는 백인성이었지만 주비연의 맥을 감지하는 데에는 오랜 시간이 걸렸다. 맥이 파동의 워낙 희미해 여간해서는 감지가 안 되기 때문이었다.

'태음폐경, 소음심경, 궐음심포경… 모든 경락이 뒤틀려 있구나. 숨이 붙어 있는 것이 기적일 정도이다.'

진맥을 마친 백인성은 시녀들의 도움을 받아 상세를 살펴야 했다. 부상 부위가 젖가슴 바로 아래쪽이라 시녀들은 부분적으로만 상처를 보여주었다.

외견상 상처 부위는 크지 않았다. 그저 예리한 칼로 베인 정도였다. 하지만 장기에 톱날 형태의 철륜이 깊숙이 박혀 있음을 확인한 백인성은 등줄기가 서늘해졌다.

'이것이 무음탈혼표라는 마병인가 보구나.'

백인성은 뱃속에 상당한 양의 피가 고여 있는 것을 검진하고는 입안이 초조해졌다.

'지극히 위급해. 당장 시술하지 않으면 오늘 밤을 넘길 수 없겠어!'

4

노신산의 처소.

노진산은 담계량, 군세명, 그리고 진단을 마치고 나온 백인성과 함께 탁자에 둘러앉았다.

백인성이 자리에 앉기가 무섭게 노진산이 서둘러 물었다.

"백 의원의 진단은 어떠한가?"

"시술이 필요합니다, 그것도 당장."

"그래, 시술은 절대적이네. 하지만 마마의 장기까지 파고든 병기가 문제일세. 톱날과 같은 암기가 장기를 휘감으며 박혔기에 집게로 뽑아냈다가는 장기가 심하게 손상돼 마마는 회생할 수 없네."

"단순히 암기를 뽑아내는 정도로는 군주를 회생시킬 수 없습니다."

"하면 어떻게 시술할 생각인가?"

"장출혈이 심해 배를 갈라서 죽은피부터 씻어내야 합니다. 연후 암기를 뽑아내고 장기를 봉합해야 회생이 가능합니다. 이를 개복시술이라 합니다."

배를 가르는 개복시술.

노진산은 물끄러미 백인성을 바라보았다.

"백 의원 역시 그런 시술법을 제시하는군."

백인성이 다소 놀란 표정으로 물었다.

"개복시술을 먼저 제시한 사람이 있었단 말입니까?"

군세명이 대신 대답해 주었다.

"의괴인 약천의왕이오."

백인성은 척살 현장에서 잠시 대면했던 약천의왕을 떠올렸다.

'역시 대단해. 나 외에 개복시술을 알고 있는 의원이 또 있을 줄이야. 약천의왕이 심보는 고약해도 의술은 인정해 주어야겠어.'

백인성은 노진산을 재촉했다.

"당장 시술하지 않으면 군주는 오늘 밤을 넘기기가 어렵습니다. 약천의왕이 개복시술을 제시했다면 그 사람을 믿고 맡겨보십시오."

"후우, 그렇기는 하네만 전하의 윤허가 필요하네."

노진산은 입안이 바싹바싹 타는지 연신 차를 마셨다.

이때 문밖에서 수행 의원의 다급한 음성이 들려왔다.

"선생님, 전하께서 당도하셨습니다!"

"그래, 알겠다."

노진산이 자리에서 일어서며 옷자락을 가다듬었다.

"백 의원이 전하를 설득하는 데 지원해 주게나. 자네와 약천의왕 중 누가 시술할지는 전하께서 결정하실 것이네."

전각 앞에는 약천의왕이 미리 당도해 있었다.
약천의왕은 군세명을 보자 한껏 거들먹거렸다.
"노부가 군주를 치료한 후 제왕성을 방문할 생각이네. 제
왕성의 위상을 지켜준 노부이니 제왕성주가 직접 성문까자
나와 노부를 영접해야 할 것이야. 소성주가 미리 통보해 놓게
나."
군세명이 냉담하게 말을 받았다.
"의왕이 시술하게 될지, 아니면 여기 백 의원이 시술을 하
게 될지 모를 일이오."
"뭐라고?"
약천의왕은 비로소 백인성의 존재를 인식해 눈길을 돌렸
다.
"뭐야? 낮에 보았던 그 돌팔이가 아니더냐? 그래, 제왕성
조무래기들을 치료해 푼돈은 챙겼느냐?"
"선배는 어찌 의술을 돈으로만 생각합니까?"
"진정한 명의는 병자도 가리는 법이다. 너 같은 돌팔이나
이놈저놈 가리지 않은 것이지."
"의원이 병자를 가린다면 어찌 의원일 수 있겠습니까? 그
건 장사꾼이나 할 수 있는 생각입니다."
백인성이 아프게 공박하자 약천의왕의 표정이 구겨졌다.

"뭐야, 이 마빡에 피도 안 마른 놈이 감히!"

상황이 험악해지자 군세명이 나섰다.

"언성을 낮추시오, 의괴 선배. 이곳은 왕부요."

약천의왕은 잔뜩 못마땅한 표정을 짓다가 소매를 떨쳤다.

"머리 흰 녀석, 너는 왜 여기에 온 것이냐?"

"의괴 선배가 군주를 회생시키기 위한 놀라운 의술을 제시했다고 들었습니다. 나도 의원의 신분으로 의왕이 개복시술을 펼칠 수 있도록 태원왕 전하께 조언을 드리러 온 겁니다."

"개복시술?"

약천의왕의 눈매가 실낱처럼 가늘어졌다.

"네가 정녕 개복시술을 할 수 있단 말이냐?"

"서책으로는 확실하게 배웠습니다."

"크흣, 결국 이론으로만 알고 있다는 얘기로구나?"

약천의왕은 잠시 경계하던 마음을 싹 지웠다.

"의술은 계략이 아니기에 생각만으로는 이룰 수 없다. 과감한 결단, 뛰어난 안목, 그리고 유려한 손놀림이 필요하지."

그는 주머니에서 바늘을 한 줌 꺼내고는 가는 실을 바늘귀에 꿰었다. 열 개도 넘는 바늘귀를 단숨에 실로 꿴 그는 오만한 웃음을 흘렸다.

"보았느냐? 의학적인 손놀림은 기술이 아니라 술기(術技)라 한다. 너도 한번 바늘귀를 꿰어보겠느냐?"

백인성이 담담하게 말을 받았다.

"뛰어난 술기는 분명 훌륭한 의원의 조건 중 하나이지요. 하지만 진정 중요한 것은 병자를 대하는 마음이라 배웠습니다."

"케헤헤, 꼭 능력없는 것들이 마음이니 하늘이니 내세우지. 그래야 자신의 실패를 무마할 수 있으니 말이다."

약천의왕은 바늘을 둘둘 말아 주머니에 넣었다.

"네게 기회를 줄 테니 옆에서 보조를 하거라. 특별히 개복 시술의 정수를 가르쳐 줄 테니까."

군세명은 약천의왕의 오만함에 분노가 치밀었지만 지금은 약천의왕의 존재가 절실하기에 감정을 자제할 수밖에 없었다.

오히려 수모를 당한 백인성이 군세명을 위로해 주었다.

"재미있는 선배요. 의괴 선배의 보조를 하는 것도 나쁘지는 않을 것 같소."

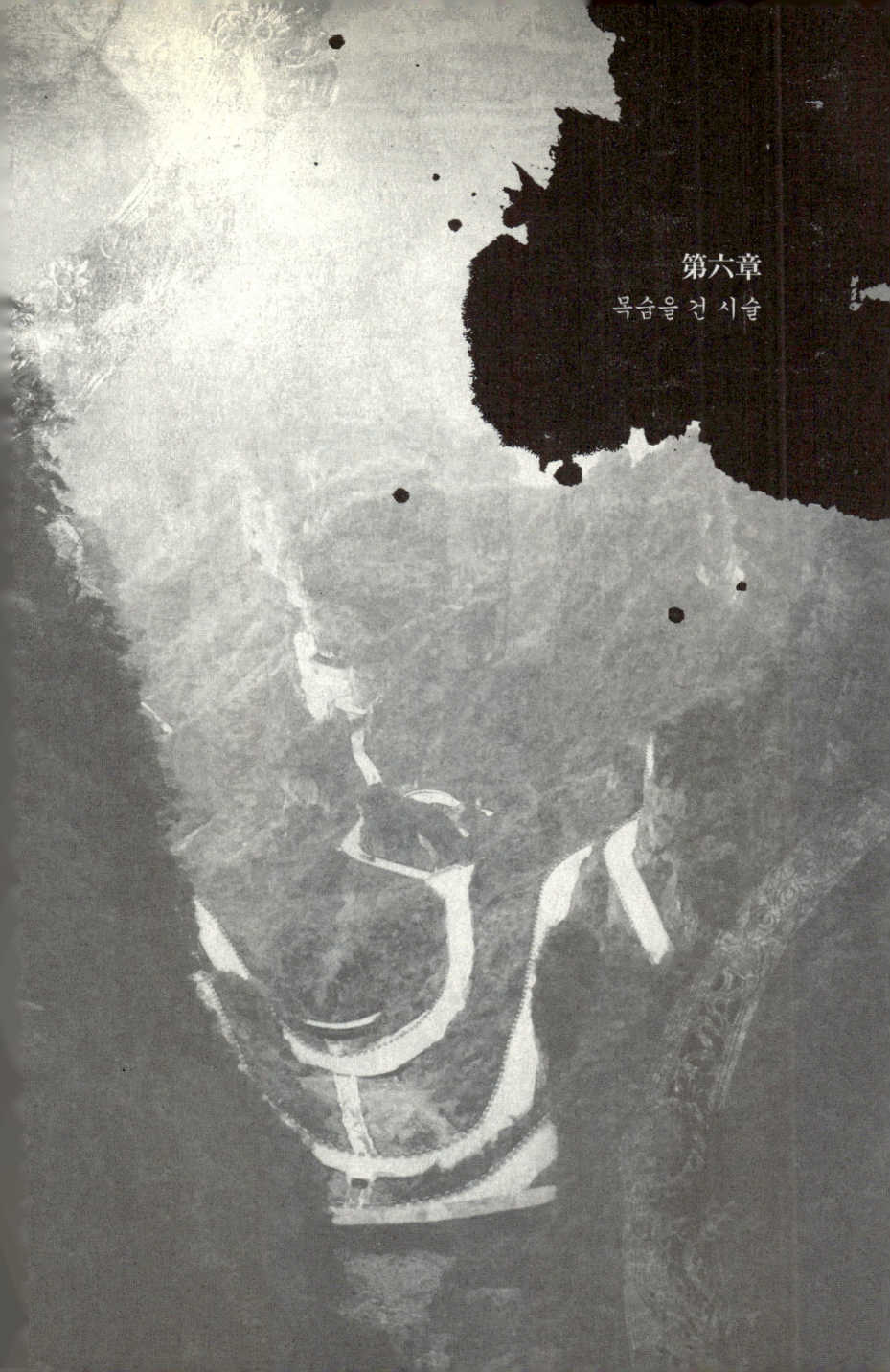

第六章
목숨을 건 시술

1

　태원왕 주광(朱匡).

　금상황의 친아우인 그는 황태자가 황제로 즉위하자 태원을 봉읍으로 받아 태원왕이 되었다.

　태원으로 내려온 그는 장성 밖 북방족들의 약탈을 강력하게 대처해 산서성 북부를 안정시키는 공적을 세워 백성들의 신망이 두터웠다.

　공사가 분명한 그였지만 금지옥엽인 주비연이 척살을 당했다는 보고를 받고서는 진노를 금치 못했다.

　통상 군왕의 행차는 많은 시간이 걸리는데 태원왕은 모든 절차를 생략하고 한달음에 청향원까지 달려온 것이다.

안채 침소에게 청향군주를 잠시 살펴보고 나온 태원왕은 노진산과 독대했다.

"노 어의는 어찌 군주를 여태 시술하지 않은 것이오?"

태원왕은 노진산이 어의로 있을 때부터 면식이 있었기에 여전히 과거의 관직으로 호칭했다.

"전하, 마마의 부상은 지극히 심각합니다. 노신의 의술로는 시술이 불가하오이다."

"하면 군주가 회생 불가란 말이오?"

"그래도 하늘의 가호인지 마마를 시술하겠다는 의원이 있어 전하의 윤허를 구하고자 하오이다."

"오, 그런 명의가 있단 말이오?"

"의원은 두 명입니다. 누구를 선택할지는 전하께서 면담을 통해 판단하십시오."

시술에 나서겠다는 의원이 둘이라는 말에 태원왕은 다소 안도했다.

"노 어의가 인정할 만큼 뛰어난 의원이 둘이나 있다면 군주가 회생할 수 있겠구려. 당장 들이시오."

"예, 전하."

노진산은 문밖에 대기해 있는 담계량에게 두 의원의 입실을 지시했다.

잠시 후, 담계량은 두 의원을 대동해 들어섰다.

태원왕을 대면한 백인성과 약천의왕이 공손히 예를 올렸다.

"백인성이라 합니다."

"노신은 의괴라 하오이다."

오만불손한 약천의왕도 상대가 군왕이기에 조금은 조심하는 태도를 취했다.

두 사람을 훑어본 태원왕은 둘 모두 마음에 들지 않았다.

백인성은 나이가 너무 젊어 믿음이 가지 않았고, 약천의왕은 추레한 모습이 혐오스럽기까지 했다. 그래도 사랑하는 딸을 구해야 했기에 그대로 내칠 수는 없었다.

태원왕은 노진산을 통해 약천의왕에 대한 명성을 들었던 터라 먼저 약천의왕에게 물었다.

"의괴가 시술하면 군주는 확실히 회생할 수 있는가?"

"물론이외다, 전하."

"노 어의의 말에 의하면 시술이 아주 어렵다고 하던데?"

"그렇습니다. 세상에서 오직 노신만이 시술할 수 있다고 자부하오이다."

"어떻게 군주를 시술할 생각인가?"

"그다지 어렵지 않소이다. 일단 군주의 배를 갈라야 합니다. 연후 암기가 박힌 장기를 일부 도려내고 봉합하면……."

"닥쳐라!"

극도로 진노한 태원왕이 탁자를 내려치며 벌떡 일어섰다. 자상하지는 않아도 사리 분별이 냉철한 그가 이렇듯 진노한 모습을 보이기도 처음이었다.

"네놈이 감히 군주를 해치겠다는 것이냐? 감히 군주의 배를 가르고 장기까지 도려내? 이런 죽일 놈을 보았나!"

그러자 노진산이 태원왕 앞에 무릎을 꿇었다.

"전하, 고정하십시오. 이해하기 힘드시겠지만 그것도 시술의 한 방법이외다."

"노 어의까지 어찌 그런 터무니없는 말을 하는 거요?"

"송구하오나 그 외에는 방도가 없습니다. 마마를 회생시키려면 의왕의 시술에 따라야 하오이다."

태원왕은 담계량을 돌아보았다.

"담 전의의 소견은 어떠한가?"

"노 선생님의 말씀대로 개복시술로만 마마를 구할 수 있습니다. 문제는 워낙 위험한 시술이라 그것이 걱정입니다."

자신이 신뢰하는 두 의원이 모두 개복시술의 당위성을 주장하자 태원왕은 분노를 자제했다.

한갓 평민 앞에서 감정을 드러냈다는 것은 군왕의 수치이기에 태원왕은 다시 자리에 앉으며 차분하게 말을 받았다.

"세상에 그런 의술이 있는지는 처음 알았구나."

태원왕은 잠시 숙고하다가 백인성에게 눈길을 주었다.

"백 의원이라 했더냐? 너의 시술 방법은 어떠하냐?"

"의괴 선배가 제시한 대로 군주의 회생은 개복시술에 달려 있습니다. 하지만 의괴 선배의 시술법에는 한 가지 문제가 있습니다."

"무엇이냐?"

"수혈입니다."

태원왕의 표정이 다시 일그러졌다.

"수혈이라니? 군주의 몸에… 다른 사람의 피를 주입시키겠다는 것이냐?"

"그렇습니다. 개복시술은 출혈이 심한데 군주의 허약한 몸 상태로는 수혈없이 회복되기가 불가합니다."

"허어……!"

태원왕은 굳은 표정으로 이마를 짚었다.

개복시술만도 처음 듣는 의술인데 수혈까지 펼쳐야 한다는 말에 정신이 혼란스러웠다.

태원왕는 잠시 숙고하다가 약천의왕을 향해 물었다.

"의괴는 어찌 수혈에 대해서는 전혀 언급이 없었는가?"

"전하, 새파란 애송이가 무엇을 알겠습니까? 사람마다 피의 성질이 달라 함부로 수혈을 했다가는 즉시 목숨을 잃고 맙니다. 노신은 술기가 뛰어나 빠른 시간 내에 시술을 마칠 수 있으니 출혈 따위는 우려하지 않으셔도 됩니다. 또한 노신이 보혈을 위한 탕약을 처방할 것이기에 수일 내로 회복되실 수 있소이다."

약천의왕은 백인성을 돌아보며 꾸짖었다.

"애송아, 어찌 수혈을 언급해 전하의 심기를 어지럽힌 것이냐? 네가 피에 대해 제대로 공부는 한 것이냐?"

"선배는 아직 군주를 진맥하지도 않았다고 들었습니다. 자신감도 좋지만 신중함이 우선이지요. 적시에 수혈하지 않으면 시술이 아무리 성공적이라도 군주가 회복하기가 어렵습니다."

"네가 사람의 배를 갈라본 적이 있기는 한 것이냐?"

약천의왕의 경험을 내세우자 백인성이 떨떠름한 표정으로 대답했다.

"사람의 배를 갈라본 적은 없지만 짐승의 배를 갈라 의술을 시험해 적은 몇 차례 있었습니다."

"크홋, 그럴 줄 알았다."

약천의왕은 자신의 경험을 한껏 과시했다.

"전하, 들으셨습니까? 백 의원은 사람의 개복시술에 전혀 경험이 없는 풋내기에 불과하오이다. 노신은 여러 사람의 배를 갈라 장기를 치료했고 아기까지 받아내기도 했습니다. 노신에게 맡겨주시면 반드시 군주를 회생시킬 수 있소이다."

태원왕은 경험에서 앞서는 약천의왕 쪽으로 마음이 기울었다. 무엇보다 시종 자신있는 태도에 어느 정도 믿음이 갔다.

태원왕은 노진산에게 조언을 구했다.

"의괴에게 군주의 시술을 맡길까 하는데 노 어의의 생각은 어떠하오?"

"결정은 전하의 몫입니다. 다만 노신은 약천의왕의 지나친 자신감이 우려됩니다."

"그게 무슨 말이오?"

"의원은 소중한 생명을 다루기에 항상 두려움을 지녀야 합니다. 그래야 보다 신중할 수 있고 병자를 귀하게 여기게 되는 법이지요."

노진산의 우회적인 우려에 태원왕은 다시 고민에 빠졌다.

그러자 약천의왕이 노진산을 힐책했다.

"노 의원, 한시가 급한 상황인데 어찌 전하께 제대로 된 조언을 올리지 못하는 건가?"

태원왕으로서는 평생에 다시없을 중대한 순간이었다. 자신의 판단 여하에 따라 사랑하는 딸을 잃을 수도 있기에 결단을 내리기가 너무도 고통스러웠다.

마침내 태원왕이 오랜 숙고에서 깨어났다.

"백 의원, 만일 네가 시술한다면 군주를 회생시킬 자신이 있느냐?"

"의원은 병을 두고 장담할 수 없습니다. 다만 성심을 다하겠다고 약속드리겠습니다."

"허어, 그렇게 자신이 없는 의원에게 어찌 내 금지옥엽을 맡길 수 있겠느냐?"

"사람의 목숨을 구하는 것은 의술이 아니라 하늘입니다."

"으음……!"

태원왕이 실망한 모습을 보이자 약천의왕은 자신 쪽으로

결정되었다고 확신했다.

'크홋, 당연한 결과다. 세상 최고의 의술을 지닌 나를 두고 어떻게 새파란 애송이를 선택하겠는가?'

한데 태원왕의 결정은 너무도 뜻밖이었다.

"군주의 시술을 백 의원에게 맡기겠다."

일순 약천의왕의 입이 딱 벌어졌다.

"전하……?"

"의괴가 찾아와 준 것은 고맙다만 본좌는 백 의원을 선택하겠네. 이는 군왕으로서의 결정이 아니라 죽어가는 딸을 둔 아비로서의 결정이니 의괴는 너무 자존심 상해하지 말게나."

지독한 수모에 약천의왕의 얼굴 근육이 푸들푸들 떨렸다. 상대가 존엄한 군왕의 신분만 아니었다면 그는 독술을 펼치는 것도 마다하지 않았을 것이다.

"전하, 노신을 마다하고 어찌 저 애송이를 선택하신 것이오니까?"

"노 어의가 조언한 대로 백 의원은 두려움을 아는 의원일세. 무엇보다 사람의 목숨을 구하는 것은 의술이 아니라 하늘이라는 말에 그를 선택하게 되었네."

"그런 요언은 돌팔이들이 자신의 실수를 만회하기 위한 변명에 불과하오이다. 결정을 재고해 주십시오. 노신이 시술해야 군주께서 회생하실 수 있소이다."

"이미 결정을 내렸네. 의괴에게는 섭섭지 않게 보상할 테니 이만 나가보게."

약천의왕이 다소 격분해 외쳤다.

"전하, 만일 군주께서 회생하지 못하면 모두 전하의 그릇된 결정 때문이외다!"

"뭐라? 이 무엄한!"

벌떡 일어선 태원왕이 준엄하게 명을 내렸다.

"근위들은 당장 이 불경한 늙은이를 끌어내라!"

급히 문이 열리며 근위들이 뛰어들었다.

태원왕은 격한 감정이 실린 눈빛으로 약천의왕을 직시했다.

"군주의 목숨을 위해 덕을 쌓아야 할 상황이라 너를 참하지 않은 것을 다행으로 여겨라! 다시는 본좌 앞에 나타나지 마라!"

약천의왕은 싸늘한 미소를 띠며 건성으로 예를 올렸다.

"전하, 군주 마마의 회생을 진심으로 기원하외다."

그는 좌우에서 옥죄는 근위들을 뿌리치고는 백인성을 쏘아보았다.

"애송아, 최선을 다해라. 그래야 네 목숨을 부지할 수 있을 테니까."

약천의왕은 백인성을 지나치면서 나직이 전음을 보냈다.

[크훗, 머리 흰 어린놈아, 넌 이제 죽은 목숨이다. 짐승의 배나 갈라본 놈이 어떻게 사람의 개복시술을 할 수 있겠느냐?

군주를 죽인 죄인이니 곱게 죽기는 힘들겠어. 케헤헤!」

약천의왕이 접견실을 나가자 태원왕은 차를 한 모금 마셔 감정을 진정시켰다.

"백 의원, 이제 군주의 목숨은 네게 달려 있다. 만일 네가 실패하면… 본좌가 평생 후회와 자책 속에 살게 될 것이다."

"성심을 다하겠습니다. 힘드시더라도 잠시만 견디십시오."

"참, 네가 수혈을 중시하던데… 본좌의 피를 주입시키면 어떻겠느냐? 본좌의 피를 받은 아이이니 문제가 없겠지?"

"전하의 피는 물론 고귀합니다. 하지만 가족이라도 피의 성질이 다를 수 있기에 장담할 수 없습니다."

"하면 누구의 피를 수혈할 생각이냐?"

"소생의 피입니다."

"뭐야?"

"제 스승께서 소생의 피는 성질이 온순해 모든 사람에게 적용될 수 있다고 하셨습니다. 하오니 믿으셔도 됩니다."

태원왕은 소매로 이마의 땀을 닦았다.

"본좌가 이렇듯 혼란스럽기도 처음이다. 딸이 죽어가는데 군왕의 신분으로 할 수 있는 것이 하나도 없어 그것이 안타까울 뿐이다."

긴 한숨을 내쉰 태원왕이 준엄하게 말했다.

"군주는 폐하께서도 총애하는 황녀이다. 그런 황녀의 옥신에 칼을 댔다는 사실만으로 너는 대역죄를 면치 못한다. 그 죄는 오로지 군주가 회생되어야만 용서받을 수 있다. 무슨 말인지 알겠느냐?"

백인성은 태원왕의 위압적인 경고에도 태연하기만 했다.

"전하, 시술이 늦어질수록 군주의 회생이 어려워집니다."

오히려 태원왕이 위협을 받는 상황이었다.

"알겠다. 당장 시술을 시행하라!"

"노 선생님 외에 시술을 할 보조 의원이 필요합니다. 군주의 기력이 지극히 미약하기에 지속적으로 진기를 넣어주어야 하는데 소생의 판단으로는 제왕성의 소성주가 적격입니다."

"소성주라면 군세명을 말하는 것이냐?"

"그렇습니다. 상당한 진기가 소모되는 시술이기에 군 소성주 외에는 적임자가 없습니다."

태원왕은 청향군주를 제대로 경호하지 못한 제왕성에 대한 반감이 컸다. 하지만 제왕성이 아무리 탐탁찮아도 지금의 상황에서는 백인성의 요청을 수용할 수밖에 없었다.

"그 또한 윤허하겠다."

백인성이 무난히 태원왕의 윤허를 받아내자 노진산은 내심 안도했다.

'가히 신인이다. 군왕을 대하고도 전혀 위축되지 않은 저 의연함은 세속의 지위를 넘어선 경지로다.'

백인성과 노진산이 물러가자 담계량은 태원왕을 진맥했다.

"전하, 심기가 크게 상하셨습니다. 소신이 속히 탕약을 지어 올리겠습니다."

"그리하게. 본좌의 기력이 너무 소진되었어. 그리고 밖에 군세명이 대기해 있으면 들라 이르게."

"알겠습니다."

담계량이 접견실을 나가자 곧바로 군세명이 들어섰다.

군세명은 죄인이 된 심정이기에 정중하게 절을 올리며 벌을 청했다.

"군주를 제대로 경호하지 못한 모든 죄는 모두 제게 있습니다. 전하의 엄한 처벌을 청합니다."

태원왕은 군세명을 직시하며 차갑게 물었다.

"사악한 자객들은 대체 어떤 놈들이더냐?"

"제왕성 전체가 움직여 추적 중에 있으니 조만간 배후를 밝혀낼 수 있을 것입니다. 제갈 문상의 소견에 따르면 군주의 척살이 태원왕부와 제왕성을 이간시키기 위한 계략인 듯합니다."

"계략이라고?"

"그렇습니다. 제왕성의 위상을 실추시켜 백도의 입지를 위축시키려는 악도들의 소행일 가능성이 큽니다."

"하면 본좌가 공연히 제왕성주와 교분을 맺어 군주만 위태롭게 된 것이 아니더냐?"

태원왕의 힐책에 군세명은 침중한 모습으로 고개를 숙였다.

"성주님께서는 무림뿐 아니라 북방 오랑캐들을 토벌하는 큰 공을 세우셨습니다. 경호의 실패는 백번 문책하셔도 좋지만 성주님과의 교분은 문제 삼지 말아주십시오."

태원왕은 잠시 생각하다가 분노를 가라앉혔다.

군주의 사냥에 일천 군병이 동원되었고 친위무장도 수행했다. 하기에 경호 실패에 따른 모든 책임을 제왕성에게만 묻는 것도 사실 공평한 처사는 아니었다.

태원왕은 차를 한 모금 마시고는 언성을 낮추었다.

"제왕성에서도 군주를 지키기 위해 양 지부장이 목숨을 희생한 만큼 군주가 회복한다면 경호 문제는 더 이상 따지지 않겠다. 하지만 군주에게 불상사가 생기면 본좌가 관장하는 태원 일대에서 제왕성 지부는 철수해야 할 것이다."

제왕성 산서지부의 철수.

이는 제왕성과 연을 끊겠다는 우회적인 선언이었다.

군세명이 선뜻 답변하지 못하자 태원왕이 말을 이었다.

"백 의원이 너를 보조 의원으로 삼겠다고 요청했다. 군주의 회생에 네 도움이 필요하니 최선을 다해다오."

군세명은 백인성이 어떤 의도로 자신을 보조로 삼으려 했는지 이내 짐작할 수 있었다.

'백 의원은 정말 사려 깊은 사람이로구나. 군주의 회생에 내가 조금이라도 기여할 경우 제왕성의 경호 실패에 따른 문책을 해소시킬 수 있기에 나를 대동하려 한 거야.'

군세명은 공손하게 고개를 조아렸다.

"군주께서 회생하실 수 있다면 저의 미력한 힘이나마 지원을 아끼지 않겠습니다."

2

군주의 처소 침향전.

의녀들이 의료 도구를 챙기고 시술 작업을 준비하는 동안 백인성과 노진산은 침소 밖에서 대기했다.

노진산이 궁금함을 참지 못하고 물었다.

"백 의원은 어떤 의서를 보고 개복시술을 배웠는가?"

"편작의 창공활생서와 화타의 오금활의보감을 보고 익혔습니다."

노진산은 눈을 휘둥그레 떴다.

"뭐야? 두 가지 의서는 이름만 알려졌을 뿐 전해지지 않는 것으로 알고 있는데 자네가 정말 그것을 보았단 말인가?"

"예, 진본으로 본 것이 확실합니다."

"으음, 그런 의서를 소장하고 있었다니… 자네의 스승이 누구인지 몰라도 대단한 의원인가 보군."

노진산은 긴장감 속에서도 약간의 기대에 부풀었다.

"내 평생 숱한 병자와 부상자를 치료했지만 사람의 배를 가르는 시술은 처음일세. 물론 의술을 배운 이래 사람의 뱃속을 열어 장기를 살펴보고 싶기는 했지만… 하필 상대가 고귀한 군주 마마일 줄이야."

"시술에 임하면 그저 병자이며 부상자일 뿐이니 상대의 신분을 의식하실 필요는 없습니다."

이때 군세명의 여인 무사의 인도를 받아 내실로 들어섰다.

백인성이 담담한 미소를 띠며 고개를 끄덕였다.

"잘 오셨소. 군 소성주의 도움이 필요하오."

"고맙소. 사례는 군주가 회복된 후에 하겠소. 내가 어찌하면 되겠소?"

"군주의 기력이 워낙 쇠약해 시술을 견디기가 쉽지 않을 것이오. 소성주는 시술일 끝날 때까지 군주의 뇌정혈을 통해 진기를 주입시켜 주시오. 과도한 진기 주입은 오히려 위험할 수 있으니 삼 푼 이하로 진기를 조절해야 할 것이오."

"그리하겠소."

군세명은 의연하게 말을 받았다.

"시술 시간이 짧지 않을 것이기에 소성주의 공력 소진이 상당할 거요."

"군주를 회생시킬 수 있다면 내 모든 공력을 소진한다고 해도 전혀 아깝지 않소."

시술 준비가 갖춰지자 세 사람은 침소로 들어섰다. 침소 주변에는 왕부에서 지원 나온 의녀들이 둘러서 있었다.

침상 한쪽으로 백인성이 주문한 대로 모두 시술 도구가 갖

쳐져 있었다.

가는 은제 도관, 세정수, 가위, 칼, 바늘, 명주 봉합사…….

주비연은 상반신이 모두 벗겨진 채 젖가슴과 아랫배만 천으로 가려져 있었다.

사실 고귀한 왕녀의 신분으로 사내에게 이런 모습을 보이는 것만으로 수치이기에 주비연이 혼절해 있는 것이 다행이었다. 만일 주비연의 신지가 온전했다면 죽을지언정 이런 시술은 용인하지 않았을 것이다.

백인성도 사람의 개복시술은 처음이기에 조금은 긴장했다. 그는 편작과 화타의 의서에서 보았던 시술 방법을 되새기며 마음을 안정시켰다.

"노 선생님은 최대한 출혈을 막아줄 금침대법을 시침해 주십시오. 또한 군주가 시술 도중 심장이 멎지 않도록 살펴주셔야 합니다."

"알겠네."

백인성은 침상 좌우로 서 있는 네 명의 의녀에게도 지시를 내렸다.

"의녀들은 내가 요구하는 대로 시술 도구를 건네주어야 하오. 아주 중요한 시술이니 한 치의 실수도 있어는 안 되오."

"예, 의원님."

의녀들은 군주의 배를 가른다는 개복시술을 듣는 순간부터 얼이 빠졌기에 긴장감이 극에 달했다.

마침내 백인성이 시술을 시작했다.

상처 부위를 칼로 째니 손상된 장기가 보였다. 백인성은 조심스럽게 장기를 드러냈다. 의녀들은 장기를 받아 세정수에 깨끗하게 씻었다.

일부 장기를 걷어내자 안쪽에 깊숙이 박혀 있는 철류 암기가 보였다.

죽음의 마병 무음탈혼표.

무음탈혼표가 톱니바퀴처럼 장기를 휘감고 박혔기에 일단은 뒤틀어진 장기부터 바로잡아 주어야 했다. 틀어진 장기를 되돌리는 작업이 조심스러웠다.

장기의 비틀림이 어느 정도 풀어지자 백인성은 집게로 무음탈혼표를 뽑아냈다.

군세명은 자객들을 추적할 수 있는 증거이기에 무음탈혼표를 미리 챙겨두었다.

마침내 가장 어려운 시술인 장기 봉합이 시도되었다.

장기를 꿰매는 그의 손놀림은 신묘할 만큼 정교해 한 치의 오차도 없었다.

장기 내부를 봉합한 그는 내장 주변에 고여 있는 죽은피를 씻어냈다. 벌써 피가 죽어가는 괴사로 인해 염증 증상이 보이기 시작했다.

백인성의 놀라운 시술에 의녀들은 두려움에 젖어 숨도 제대로 쉬지 못했다. 이렇듯 사람의 배를 가르고 장기를 끄집어내는 시술은 난생처음 보았기에 공포와 경이를 동시에 느꼈다.

이 순간 주비연이 가볍게 전율을 일으키고는 축 늘어졌다. 과중한 시술에 의한 기력 손실로 심장이 멎은 것이다.

의녀들이 새파랗게 질렸다.

"아, 마마께서… 숨이……!"

"의원님, 이를 어찌합니까?"

하지만 백인성은 봉합에만 집중할 뿐 아무런 조치도 취하지 않았다. 시술에 나서기 전 어느 정도 예상했던 터라 크게 놀라지도 않았다.

그러자 노진산이 나서서 금침대법을 펼쳤다. 그는 미심과 인당, 천돌과 전중의 금침을 뽑은 후 군세명에게 나직이 말했다.

"충격이 필요하네."

"알겠습니다."

군세명은 주비연의 뇌정혈을 통해 삼 푼의 진원지기를 주입시켜 주었다. 뜨거운 진기가 스며들자 주비연은 세차게 경련을 일으켰고, 곧바로 심장이 뛰었다.

주비연이 이렇듯 생사를 오가는 와중에도 백인성은 장기를 봉합하는 데 주력했다.

마침내 손상된 장기가 모두 봉합되자 세정수로 씻은 장기를 본래의 위치에 배치했다. 비장과 췌장을 비롯한 장기가 하나둘씩 자리를 잡자 비로소 배를 봉합하기 시작했다.

백인성은 고도의 집중력이 요구되는 시술에 전념하느라 전신이 땀으로 흠뻑 젖었다.

마침내 봉합을 마친 백인성은 안도의 한숨을 내쉬며 침상에 걸터앉았다.

"진맥을 부탁합니다, 노 선생님."

"알겠네."

주비연을 진맥한 노진산의 표정이 심각하게 굳어졌다.

"큰일이군. 맥이 꺼져 가고 있네."

"아마 출혈이 과다해서 그럴 겁니다."

백인성은 가는 도관을 집어 들고 자신의 손목 정맥에 찔러 넣었다. 다른 한쪽을 통해 붉은 핏방울이 흘러나오자 백인성은 주비연의 손목 정맥에도 도관을 찔러 넣었다.

의녀들은 또 한 번 경악하고 말았다.

사람의 몸에 다른 사람의 피를 주입시키는 의술은 듣도 보도 못했기에 어쩔 줄을 몰라 했지만 노진산이 잠자코 있기에 의녀들도 지켜볼 수밖에 없었다.

수혈의 효과 때문인지 백짓장처럼 창백한 주비연의 얼굴에 조금이나마 화색이 감돌았다. 반면 몸에서 피가 빠져나간 백인성의 얼굴은 안쓰러울 만큼 창백해졌다.

주비연을 다시 진맥한 노진산이 나직이 외쳤다.

"이제 됐네. 맥이 안정을 찾았어. 과다한 수혈은 백 의원에게도 위험하니 어서 중단하게나."

"알겠습니다."

백인성이 자신의 손목에 꽂은 도관을 뽑자 의녀들이 급히 천을 둘러 지혈해 주었다. 주비연의 손목에 꽂힌 도관도 제거되고 붕대로 칭칭 동여매졌다.

긴장이 풀린 백인성은 심한 피로와 더불어 상당한 출혈로 인한 현기증으로 인해 시야가 어지러웠다.

"이제 됐소. 군주는 절대 안정을 취해야 하니 스스로 깨어날 때까지 절대 손을 대지 마시오."

침상에서 내려선 백인성이 심한 현기증으로 비틀거리자 군세명이 얼른 부축해 주었다.

"고생 많았소, 백 의원. 어서 내 처소로 갑시다."

"고맙소."

백인성은 군세명의 부축을 받아 안채를 나왔다.

이후 백인성은 상황을 제대로 기억할 수가 없었다. 군세명의 도움을 받아 침상에 누운 그는 그대로 곯아떨어졌다.

죽음보다 깊은 잠이었다.

3

청수진으로 흐르는 개울물은 투명할 만큼 맑았다.

노인은 손으로 개울물을 떠서 한 모금 마시고는 고개를 끄덕였다.

"흐음, 풍문대로 시독이 확실하게 해소되었군."

팔괘가 수놓아진 도포를 걸쳐 입은 노인은 신선이 세상으로 나선 듯 헌앙한 풍모의 소유자였다. 손에 쥔 청란의 깃이 그의 풍채를 한껏 돋보이게 해주었다.

노인은 개울가를 따라 오르다가 높은 벼랑에 이르자 훌쩍 뛰어올랐다. 마치 보이지 않은 계단을 밟고 표표히 날아오르는 그의 모습은 선인이 따로 없었다.

노인이 이른 곳은 커다란 동굴 앞이었다.

백인성에 의해 제압된 반생반사와 그 수하들이 갇혀 있는 생사동.

노인은 동굴 앞에 설치되어 있는 기문진을 대번에 알아보았다. 잠시 진세를 살핀 노인은 경이로운 눈빛을 띠었다.

'이게 어찌 된 일이냐? 세상에 어느 누가 이런 진세를 설치할 수 있단 말인가?'

천문지리와 기문둔갑에 정통한 그였기에 웬만한 진세는 대번에 파훼할 수 있었다. 한데 생사동 앞에 설치된 기문진은 그도 난생처음 접하는 진세였기에 그 원리조차 파악하기가 쉽지 않았다.

노인은 잔뜩 미간을 찌푸리다가 동굴을 향해 외쳤다.

"생사반(生死半) 아우! 아직 살아 있는 게냐?"

그러자 동굴 안에서 다급한 음성이 들려왔다.

"오, 대형이시오? 대형, 어서 진세를 깨뜨려 주시오!"

음성의 소유자는 반생반사였다. 생사반은 그의 별호를 대신하는 이름으로 주로 칠대악인들이 서로를 호명할 때 사용한다.

그리고 신선풍의 노인은 바로 반선반귀였다.

반선반귀 악불군(惡不君).

선도를 수련했지만 우화등선에 이르지 못한 한풀이를 하듯 그의 높은 재주는 세상의 혼란을 조장하고 갖은 악행을 저지르는 데 사용되었다.

그가 직접적으로 살인을 한 적은 없지만 그의 귀계에 휘말려 목숨을 잃은 의협만도 수백 명이 넘었다. 하기에 그는 제왕성에서 우선적으로 제거하려는 척결 대상 일호였다.

악불군이 한심하다는 듯 혀를 찼다.

"못난 녀석. 그래, 네가 자부하던 독강시조차 모두 파괴된 것이냐?"

"소제의 변명이 아니라… 그 머리 흰 놈은 괴물에 가깝소. 독강시를 공력으로 박살 냈고 나뭇가지로 쪼갠 놈이오. 게다가 이형환위까지 구사해 도저히 감당할 수가 없었소."

"네 말이 사실이라면 놈은 무공만 뛰어난 게 아니다. 시독을 해독한 의술은 물론이고 생사동에 설치한 진세를 보아도 대단한 놈임을 알 수 있다."

"놈의 대가리가 아무리 뛰어나도 대형만 하겠소?"

"그건 그렇지."

악불군은 세심하게 진세를 살피고는 깊은 고민에 젖었다.

'하도낙서에 아주 정통하지 않으면 이런 진세를 설치할 수 없다. 만일 놈이 이런 진세를 스스로 창안했다면 세상에 드문 기재이다.'

생사동에 갇혀 있던 반생반사는 악불군으로부터 반응이 없자 답답한 마음에 외쳤다.

"대형, 왜 이렇게 오래 걸리는 거요? 설마 대형의 능력으로 이 정도 진세를 파훼할 수 없는 거요?"

머리 쓰는 데에는 당세 제일임을 자부하던 악불군에게 아주 치욕적인 공박이었다.

"말 삼가라, 생사반! 네가 생사동에서 영원히 지내고 싶은 게냐?"

"아이고, 왜 그러시오? 대형답지 않게 너무 시간을 끌기에 하는 소리였소."

"진세를 파훼하는 것은 어렵지 않다. 다만 동굴이 붕괴돼 네가 뒈질까 봐 고심하는 중이지."

"아, 그… 그런 거요?"

"그러니 잠시 주둥이 닥치고 있어라."

"알겠소."

반생반사의 채근을 일축시킨 악불군은 자존심 때문에라도 반드시 진세를 파훼해야 했다.

"생사반, 놈이 혹시 이 진법의 이름을 알려주었느냐?"

"금악광명진인가… 뭐 그렇게 말했소. 개심을 해야 진세에서 빠져나올 수 있다고 했는데 세상에 그런 진법이 어디 있단 말이오?"

"사실이다."

"뭐, 뭐요?"

"이 진세에는 생문이 없다. 잘못 진세를 건드렸다가는 나까지 진세에 빠져들게 된다."

동굴 안의 반생반사는 절망감에 젖었다.

"정말 방도가 없는 거요?"

"훗훗, 내가 누구냐? 생문이 없다면 만들어내는 것도 하나의 방법이다."

악불군은 전음을 펼쳐 물었다.

[안에 몇 놈이나 있느냐?]

[스무 놈쯤 되오.]

[놈들에게 모조리 진세로 뛰어들라고 지시해라.]

[소용없소. 진세와 충돌하는 순간 내상을 당해 모조리 튕겨지고 마오.]

[넌 생각하지 마라. 내가 시키는 대로만 따르면 너는 금악광명진을 뚫고 탈출할 수 있다.]

[알겠소.]

반생반사는 동굴 안의 수하들을 돌아보았다.

"대곡주(大谷主)께서 진세를 해체하시려 한다. 너희 모두가 나서서 지원해라."

대악인곡은 칠대악인의 대형인 악불군이 관장하기에 대곡주로 불린다.

수하들은 반선반귀를 하늘처럼 받들고 있기에 조금도 의심하지 않았다.

"알겠습니다, 동주님."

수하들은 각기 괴성을 지르며 진세 속으로 뛰어들었다.

퍼퍼펑!

진세가 진동하며 폭음이 터지고 악불군은 진세를 설치해 놓은 기물을 하나씩 이동시켰다.

우우웅!

진세에서 강력한 진동이 일어나면서 변화가 시작되었다. 이전까지는 보이지 않은 무형지기가 통행만을 차단했는데 이제는 모든 것을 분쇄하는 살인 진세로 바뀌었다.

"캐애액!"

"크아악!"

진세 속으로 뛰어든 수하들은 무형의 기운에 몸이 절단되는 참살을 당하고 말았다. 바닥으로 육편이 널브러졌고 역한 피가 허공으로 흩뿌려졌다.

수하들이 몰살하자 반생반사가 대경실색했다.

"대… 대형, 이게 어찌 된 일이오?"

"흐흣, 이제 됐다."

악불군은 피로 물든 기물들을 차례로 제거했다. 비로소 금악광명진이 제거되면서 반생반사의 흉물스러운 모습이 드러났다.

"어떠냐, 나 반선반귀의 솜씨가?"

동부를 나선 반생반사는 수하들의 널브러진 시체를 돌아보았다.

"대체 어찌 된 영문인지 모르겠소."

"금악광명진은 생문이 없기에 네 수하들의 피로 생문을 만든 것이다."

"무슨 얘기인지……."

반생반사가 이해할 수 없다는 표정을 짓자 악불군이 핀잔을 주었다.

"무지한 네게 이치를 설명해 준다고 이해하겠느냐? 어쨌든 금악광명진을 파훼하고 너를 구출해 주었으면 된 것 아니냐?"

수하들을 죽여 진세를 파훼하는 사악함은 칠대악인이기에 가능했다.

반생반사는 죽은 수하들에 대해서는 전혀 관심이 없었고 애석해하지도 않았다.

"대형이 어떻게 대악인곡을 떠나 이곳까지 온 거요?"

"재미있는 계책이 떠올라 세상으로 나왔다. 청향군주를 척살해 제왕성의 수족을 자르려는 계책을 추진 중이지. 한데 어제 청수진에서 시독을 제거했다는 소식을 듣고 네게 문제가 생겼음을 직감했지. 과연 네가 우리 칠대악인의 높은 명성을 훼손하는 수모를 당했구나."

악불군이 이죽거리자 반생반사가 격분의 괴성을 통했다.

"크아아! 그 어린 새끼를 가만두지 않겠소! 놈을 제압해 산 채로 뜯어 먹겠소!"

"그것은 반인반수의 전문 수법이 아니더냐? 이왕이면 놈을 제압해 강시로 만들어 부리는 것이 너답다."

"그렇군. 정말 대형다운 생각이오."

반생반사는 여전히 분이 풀리지 않는지 이를 부득부득 갈았다.

"산을 내려가 청수진 무지렁이들부터 모조리 죽여야 분이 조금 풀리겠소."

"그런 무지렁이들 수십 놈 죽여 무슨 득이 있겠느냐? 어서 곡으로 돌아가자."

"아니, 이대로 귀환하잔 말이오?"

"사실 제왕성 놈들이 진상 파악을 위해 몰려오고 있다."

"크크, 내가 그런 조무래기들을 두려워하겠소?"

"하찮은 조무래기들이 아니라 탕마신룡 군세명이 이끄는 척사멸악대 놈들이다."

군세명의 이름이 거론되자 반생반사가 움찔했다.

"탕마신룡과 척사멸악대라고?"

직접적인 싸움을 기피하는 악불군은 무조건 도주할 것이다. 결국 그 혼자 싸워야 하는데 단신으로 군세명과 척사멸악대를 감당하기는 쉽지 않다. 더군다나 대악인곡과 멀리 떨어진 곳이라 지원을 받기도 어려운 상황이 아닌가.

반생반사는 쓴 입맛을 다셨다.

"그럼 함께 머리 흰 놈이나 찾아갑시다."

"우리의 출곡이 노출된 이상 제왕성에서 대대적인 추격을 펼쳐올 것이다. 지금은 곡으로 귀환하는 것이 우선이다."

"제기, 그 어린새끼를 꼭 죽여야 하는데……"

반생반사가 못내 아쉬워하다가 간특한 빛을 발했다.

"그래, 아마 놈이 제 발로 대악인곡으로 찾아올 가능성도 있으니 어서 돌아갑시다."

"그게 무슨 소리냐?"

"놈이 무슨 연유인지 몰라도 천수신궁의 소재에 대해 물었소. 내 딴에는 놈을 대악인곡으로 유인하기 위해 대형의 존재를 거론했소."

"물론 내가 천수신궁의 소재를 알고 있기는 하다. 하지만 나보다는 반남반녀가 보다 확실하게 알고 있지. 녀석은 천수신궁에 숨어든 적도 있었으니까."

악불군은 흥미로운 눈빛을 발했다.

"네가 그래도 아주 생각이 없지는 않구나. 놈이 대악인곡으로 뛰어들면 아주 홍미로운 대결이 펼쳐질 것이다."

"소제는 놈을 어떻게 죽일지 궁리해 보아야겠소."

"그래, 세상에서 가장 홍미로운 사냥이 인간 사냥이지."

두 악인은 사악한 기운을 흘리며 허공 저편으로 날아갔다.

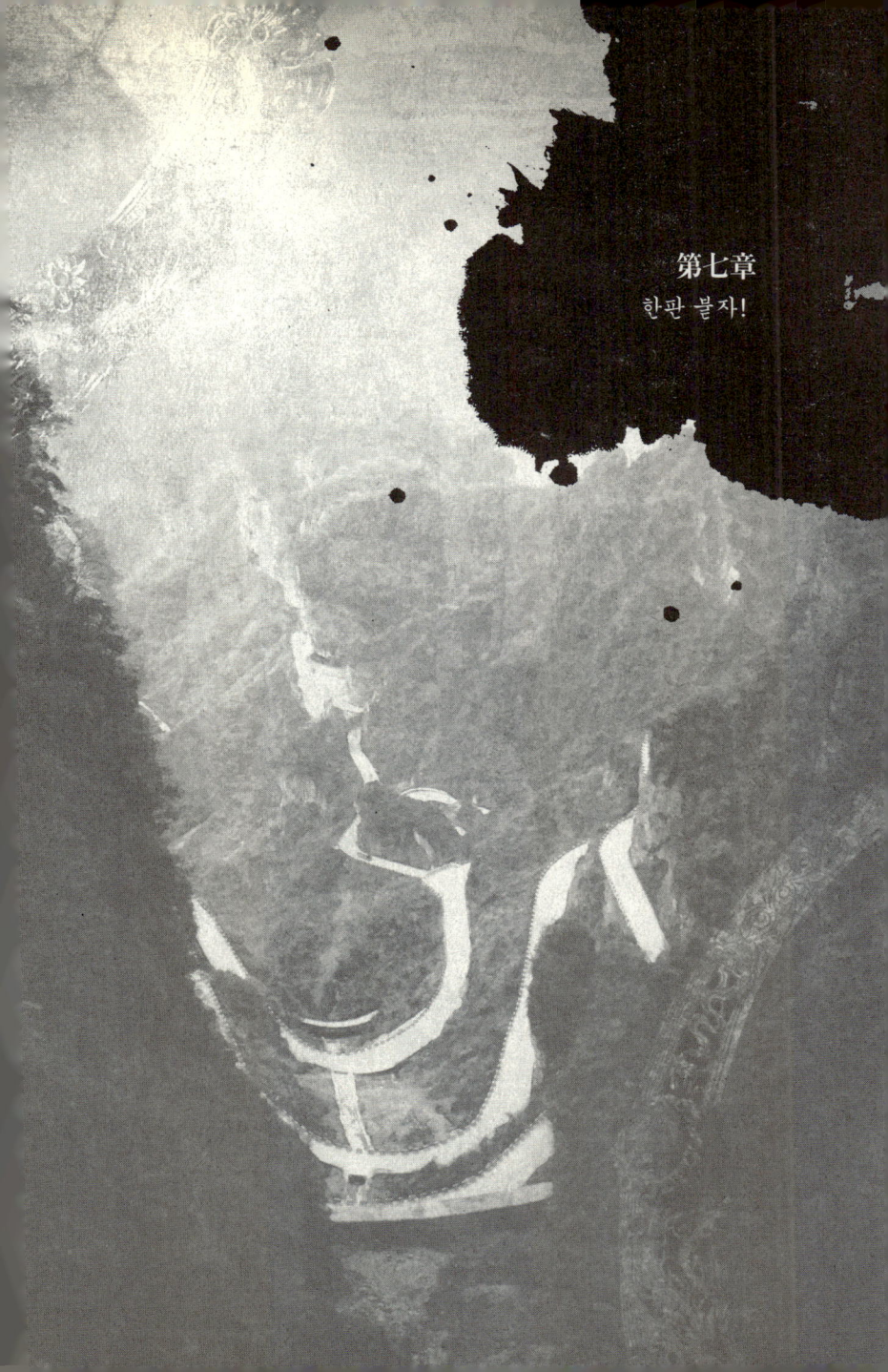

第七章
한판 붙자!

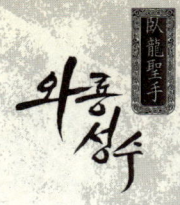

1

　백인성은 잠에서 깨어났다. 꿈도 꾸지 못할 만큼 아주 깊은 잠이기에 얼마나 오래 잤는지 알 수 없었다.

　그가 기지개를 펴며 몸을 뒤척이자 휘장 밖에서 대기하고 있던 시녀가 들어섰다.

　"아, 이제 깨어나셨군요?"

　백인성은 눈을 비비며 물었다.

　"내가 얼마나 잔 거요?"

　"사흘을 꼬박 주무셨습니다."

　"이런."

　백인성은 몸을 일으켜 앉았다.

"군주의 옥체는 어떠하오?"

시녀가 쾌활한 어조로 대답했다.

"노 어의께서 위험한 고비를 넘기셨다고 말씀했습니다."

"다행이로군. 정말 다행이야."

백인성이 안도의 미소를 띠자 시녀가 무릎을 꿇고 절을 올렸다.

"군주 마마를 회생시켜 주신 의원님께 감사드립니다. 전하께서도 의원님의 기력 회복에 만전을 기하라고 명하셨습니다."

"내게 감사할 것 없소. 노 선생과 군 소성주의 도움 덕분이었소. 무엇보다 군주의 수명이 아직 남았기 때문이오."

"잠시만 계십시오. 탕약을 가져오겠습니다."

침소를 나간 시녀는 곧바로 김이 모락모락 피어오르는 탕약을 가져왔다.

"드십시오. 기력 회복에 도움이 되실 겁니다."

백인성은 탕약의 냄새를 맡고는 가볍게 고개를 끄덕였다.

"귀한 산삼과 복령을 달인 탕약이로군."

대번에 탕약의 약재를 알아맞히자 시녀는 감탄을 금치 못했다.

"아, 정말 대단하십니다."

"의원이 약재를 모른다면 어찌 의원일 수 있겠소?"

백인성은 기력이 크게 소진된 상태라 사양하지 않고 탕약을 비웠다. 뜨끈뜨끈한 탕약이 뱃속으로 흘러들자 삽시간에 열기가 전신 경락으로 퍼져 나갔다.

약재가 훌륭해서인지 백인성은 오래지 않아 어느 정도 기력을 회복할 수 있었다.

"며칠을 굶었더니 배가 고프군."

"예, 식사를 준비시켰으니 곧 마련될 겁니다."

"차부터 한 잔 마셔야겠소."

백인성이 침소에서 나서자 시녀는 공손하게 차를 따라주고는 방을 나갔다.

잠시 후 연통을 받았는지 노진산이 방으로 들어섰다.

"허허, 백 의원. 아니, 이제 백 신의라고 불러야겠군."

노진산은 백인성을 향해 정중히 포권을 취했다.

"이것은 의원으로서 올리는 감사의 표시이네. 자네 덕분에 소집된 의원들이 무사히 귀환했네."

"당치 않습니다. 시술을 어디 저 혼자 했습니까? 저는 봉합을 했을 뿐이며 노 선생님과 군 소성주가 군주의 생명지기를 유지하는 데 고생을 했지요."

"군이 겸손하지 말게나. 백 의원의 시술을 보고 이 늙은이는 비로소 의술이 무엇인지 개안을 하게 되었네. 자네야말로 편작과 화타의 재현일세."

백인성은 지나친 찬사에 낯이 뜨거워 슬며시 화제를 돌렸다.

"군주의 상세는 어떻습니까?"

"마마는 혼수상태에서 깨어나 조금씩 의식을 회복 중이네. 봉합도 잘된 것 같네."

"문제는 출혈과 복강의 염증입니다. 염증은 탕약으로 다스릴 수 있겠지만 피가 맞지 않으면 심각한 문제가 발생할 수 있습니다."

"현재까지는 맥이 안정돼 있으니 희망적일세. 담 전의의 의술은 믿을 만하니 성심을 다할 것이네."

백인성은 군세명이 보이지 않자 넌지시 물었다.

"군 소성주는 장원에 없습니까?"

"척살 현장을 수색하러 나갔네."

"그렇군요."

시녀들이 요리를 내오자 두 사람은 즐거운 분위기 속에서 함께 식사를 했다.

식사를 마친 백인성은 태원왕의 부름을 받아 접견실로 향했다. 가는 길에 만난 군병들과 시녀들은 모두 백인성을 향해 절을 올리며 사례를 표했다.

"신의께 감사드립니다."

백인성이 접견실로 들어서자 원탁에 앉아 있던 태원왕이 친히 몸을 일으켜 그를 맞이했다.

"허허! 어서 오너라, 백 신의."

태원왕은 백인성의 어깨를 다독이며 노고를 치하했다.

"노 어의와 의녀들을 통해 시술 과정을 모두 들었다. 편작과 화타가 살아온들 어찌 백 신의만 하겠느냐? 군주의 회생은 오로지 백 신의의 공이다. 자, 앉자꾸나."

군왕의 신분으로 평민과 대좌하는 것은 법에 어긋나는 행위이지만 태원왕은 이를 무시했다.

태원왕은 손수 차를 따라 백인성에게 건넸다.

"이제 군주가 확실하게 쾌차하겠지?"

"노 선생과 담 전의가 회복을 지켜보고 계시니 안심하셔도 될 겁니다."

"본좌는 자네가 청향전 전속 의원이 되기를 바란다. 물론 높은 벼슬과 넉넉한 녹봉도 지급하겠다."

왕부의 전의가 된다는 것은 의원에게 영광이지만 백인성은 태원왕의 심기가 상하지 않도록 정중하게 사양했다.

"전하, 소생은 보다 의술에 매진해야 했지만 사문의 일을 처리하기 위해 어쩔 수 없이 세상으로 나왔습니다. 전하의 배려는 감격스럽지만 따를 수 없음을 용서하십시오."

"허어, 군왕의 명을 거역하겠다는 것이냐?"

"소생에게 사정이 있으니 강요하지 말아주십시오."

태원왕은 그를 물끄러미 바라보다가 나직이 탄식했다.

"노 어의의 말이 틀리지 않구나. 공명과 부귀로도 너를 잡지 못할 거라 했는데 정말 너를 붙잡을 수 없음을 인정하겠다."

"송구합니다, 전하."

"본좌가 잠시 전 산서성 포정사로부터 장계를 받았다. 수일 전 청수진 부락민들이 역병에 걸려 강제로 소개될 상황이었는데 한 젊은 의원이 역병이 아니라 시독임을 밝혀냈다고 하더구나. 더군다나 젊은 의원은 시독의 근원지까지 색출해 제거했다고 하였다. 그런 놀라운 은혜를 베풀었지만 한 푼의 보상도 요구하지 않고 홀연히 떠났으니 어찌 신의가 아니겠느냐?"

태원왕은 자상한 미소를 띠며 백인성을 바라보았다.

"그 젊은 의원의 이름이 백인성이라 하였다. 백 의원, 자네가 아니고 누구이겠느냐?"

"의원으로 당연히 해야 할 일이었을 뿐입니다."

"너는 그렇게 말할 수 있지만 본좌는 산서를 관장하는 군왕이다. 여러 백성들을 구제해 준 네게 이 자리를 빌려 사의를 표하는 바다."

"망극합니다, 전하."

"백 의원, 네가 원하는 바를 말해보아라."

"소생은 무엇을 바라고……."

"안다. 명예와 벼슬에도 무심한 네가 재물 따위에 관심이나 있겠느냐? 그래도 본좌는 보답을 해야 한다. 백성을 구제하고 소중한 군주를 구해준 의원에게 은자 한 냥 보상하지 않았다는 소문이 퍼지면 본좌는 인색한 군왕으로 비난을 받게 될 것이다. 군왕은 내주어야 하지 받아서는 안 된다. 그것이 군왕의 본분이다."

태원왕이 군왕의 본분을 내세우자 백인성은 비로소 보답을 요구했다.

"그럼 한 가지 청을 말씀드리겠습니다."

"그래, 말해보아라."

"군주의 암습 때문에 근경의 무고한 백성들이 추포되었다고 들었습니다. 그들을 모두 방면해 주십시오. 또한 군주를 구하기 위해 몸을 던진 제왕성 무사들의 희생을 의(義)로써 평가해 주십시오."

"그것은 당연하다. 무고한 백성들은 즉시 방면될 것이며 의제(義弟)인 제왕성주와도 친분을 유지할 것이다. 남을 위한 배려는 배제하고 너를 위한 청을 말해보아라."

그러자 자리에서 일어선 백인성이 공손히 예를 표했다.

"소생의 간곡한 바람은 지금 청향원을 떠나는 것입니다."

군왕의 약속이기에 청향군주의 몸 상태를 한 번 더 점검하는 조건으로 백인성의 요청이 받아들여졌다.

주비연은 곤히 잠든 사람처럼 침상에 누워 있었다.

몸속에 박힌 암기가 제거되고 염증이 치료되면서 얼굴에 깃든 죽음의 기운이 사라져 있었다. 무엇보다 적시에 시술하고 백인성의 피를 수혈 받은 효과가 컸다.

주비연을 진맥한 백인성은 가볍게 고개를 끄덕였다.

'이제 안정을 찾았구나. 왕부에서 제대로 된 처방을 조치할 테니 회생은 문제없겠어.'

그로서도 아주 어려운 시술이었기에 주비연의 회생이 기쁘기만 했다.

의원으로서 최고의 행복은 죽어가는 병자나 부상자를 회생시키는 일이다. 더군다나 주비연을 살려 많은 사람들이 고초를 겪지 않게 되었기에 백인성은 스스로 흡족함에 젖을 수 있었다.

'의술을 배운 보람이 있군.'

백인성은 깨끗하게 세안이 된 주비연의 모습을 살펴보았다.

고귀한 왕녀답게 타고난 기품이 돋보였다. 빼어난 절색은 아니었지만 귀티 어린 아름다움은 여느 여인과 비교해도 손색이 없을 정도였다.

'좋은 상이군. 여인치고는 기가 다소 세지만 천수를 누리는 데는 문제가 없겠어.'

이때 주비연이 나직한 신음을 토하며 몸을 조금 뒤척였다.

"으음⋯⋯!"

휘장 밖에서 지켜보고 있던 측근 시녀 아매(娥梅)가 환한 표정으로 다가섰다.

"마마, 정신이 드시옵니까?"

아매는 눈물마저 글썽이며 백인성에게 물었다.

"의원님, 마마께서 의식을 회복하신 것입니까?"

"잠깐 지켜봅시다. 워낙 중한 시술을 받아 의식을 회복해도 아직 혼미할 거요."

주비연은 상처 부위가 몹시 고통스러운 듯 미간을 잔뜩 찌푸렸다.

"아야, 아파. 너무 아파."

아매가 주비연의 손을 감싸 쥐었다.

"흑, 마마, 소인 아매입니다. 알아보시겠습니까?"

주비연은 잠시 아매를 바라보다가 희미하게 고개를 끄덕였다.

"아매… 아매, 너구나."

"예, 마마. 이제 회생하셨습니다. 얼마나 걱정했다고요."

아매는 주비연의 손등에 얼굴을 묻고는 감격의 눈물을 펑펑 쏟았다.

주비연은 다소 몽롱한 눈빛으로 주변을 살피다가 백인성을 보고는 의아한 표정을 지었다.

"누구… 내 침소에 웬 사내야……?"

아매가 눈물을 닦고는 백인성을 소개해 주었다.

"마마를 치료해 주신 의원님이세요. 여기 백 의원님이 아니었다면 정말… 흑……."

주비연은 물끄러미 백인성을 바라보다가 아미를 슬쩍 추

켜올렸다.

"머리가… 희네?"

백인성은 담담한 미소를 띠며 고개를 끄덕였다.

"색을 구분할 수 있다는 것은 좋은 현상입니다. 중한 시술을 받고도 이렇듯 의식을 빨리 회복하셨다니 군주의 정신력이 대단하군요."

"의원이… 왜 이렇게 젊지?"

"소생이 본래 동안입니다. 나이는 먹을 만큼 먹었지요."

"이름이… 뭐예요?"

"백인성이라 합니다."

"백인성… 기억해 두죠."

주비연은 아매에게로 시선을 돌렸다.

"내가… 많이 다친 거냐?"

"마마, 기억을 못하십니까?"

"사냥 도중… 기습을 당한 것밖에는……."

"사실은……."

아매가 습격 상황을 얘기해 주려 하자 백인성이 눈짓으로 막았다.

주비연은 앓는 신음을 흘리며 고개를 돌렸다.

"아, 너무 아파. 어지럽고……."

아매가 안쓰러운 표정으로 백인성에게 청했다.

"의원님, 마마께서 너무 고통스러워하십니다. 통증을 줄일 처방을 부탁드립니다."

"잠시 지켜봅시다."

이후 주비연이 다시 잠에 빠져들자 백인성은 맥을 짚었다.
진맥을 마친 그가 자리에서 일어섰다.

"혼수상태에서 깨어났으니 앞으로 의식이 회복돼 있는 시
각이 조금씩 길어질 거요. 하지만 군주가 아무리 보채도 통증
을 완화하는 처방에 응하면 안 되오. 그 문제에 대해서는 내
가 노 선생님께 따로 말씀드리겠소."

백인성이 침소를 나서자 아매가 따라 나섰다.

"의원님, 왜 통증을 완화시키는 처방을 내리시지 않는 겁
니까?"

"중한 시술을 받았으니 아픈 게 정상이며 아픔을 느껴야
함부로 몸을 움직이지 못할 것이오. 장기가 정상적으로 자리
를 잡고 봉합한 상처가 아물면 그때 거동할 수 있소."

"아, 그렇군요."

아매는 전각 밖까지 배웅을 나와 절을 올렸다.

"이 모두 의원님의 신술 덕분입니다. 마마께 불행한 일이
닥쳤다면 태원왕부 모두가 슬픔에 잠겼을 것입니다."

"군주를 살린 것은 내 의술이 아니라 하늘이오. 그럼."

백인성은 천천히 걸음을 옮겨 중문 밖으로 나갔다.

아매는 그대로 무릎을 꿇은 채로 하늘을 올려보았다.

"하늘이시여, 백 의원님을 내려주셔서 감사합니다."

2

청향원을 나선 백인성은 관도를 따라 이동했다.

천수신궁의 소재를 알아내는 것이 우선이기에 대악인곡으로 가보아야 했다.

"군세명이 천수신궁의 소재에 대해 알고 있다면 굳이 대악인곡까지 찾아갈 필요가 없는데 하필 출타했군."

청향원에 머물러 있으면 군세명을 만날 수 있겠지만 그는 태원왕이 다시 자신을 붙잡을 것이 우려돼 서둘러 나올 수밖에 없었다.

그의 행보는 행운유수처럼 빨라 오래지 않아 청향원에서 이십여 리 밖에 이르렀다.

이때 누군가 그를 막아서며 거친 어조로 외쳤다.

"이 사기꾼아! 또 만났구나!"

봉두난발에 다리가 유난히 짧은 노인은 다름 아닌 약천의 왕이었다.

백인성이 그에 대한 감정이 좋지 않기에 다소 냉담하게 응수했다.

"의괴 선배로군. 한데 나를 왜 사기꾼이라 하는 거요?"

"청향군주의 대단치 않은 부상을 치료했을 뿐인데 네놈이 신의처럼 추앙을 받고 있으니 사기꾼이 아니고 뭐냐?"

"물론 의괴 선배가 청향군주를 치료했어도 충분히 군주를 회생시킬 수 있었을 거요. 전하가 나를 선택해서 자존심이 상하겠지만 양해하시오. 어쨌든 청향군주가 회생했으니 다행이지 않소?"

"백인성, 나는 네 의술을 인정할 수 없다. 서로의 명예를 걸고 한판 붙자!"

"의술은 베푸는 것이 우선이지, 경합의 대상이 아니오."

"닥쳐라. 만일 네가 나와 겨뤄 이기지 못하면 돌팔이임을 인정해야 할 것이다. 따라오너라."

약천의왕은 먼저 수림 속으로 뛰어들었다.

백인성과 의술 경합을 겨루고 싶은 마음이 추호도 없었지만 약천의왕의 성격상 순순히 넘어갈 것 같지가 않아 수림으로 들어섰다.

'좋아, 약천의왕이 의술이 얼마나 대단한지 한번 보자.'

약천의왕은 순식간에 두 마리 사슴을 생포해 바닥에 내던졌다. 경혈에 금침이 박힌 두 마리 사슴은 꼼짝도 못한 채 두려운 눈망울만 끔뻑였다.

약천의왕은 시술용 칼을 뽑아 들었다.

"네가 진짜 신의라면 죽은 생명도 살릴 줄 알아야 할 것이다."

그는 칼을 휘둘러 두 마리 사슴의 목을 벴다.

끄윽……!

기도가 베인 사슴은 숨이 끊어지면서 와들와들 떨었다. 워낙 창졸간의 상황이라 백인성은 미처 제지할 겨를이 없었다.

"이게 무슨 만행이오?"

백인성이 분개하자 약천의왕이 싸늘한 웃음을 흘렸다.

"크훗, 기도만 뺐을 뿐이니 서둘러 치료하면 살 수 있다. 각자 한 마리씩 맡아 살리는 것이 경합의 과제이다. 물론 보다 온전하게 살리는 사람이 이기는 거지."

"의괴 선배를 악의(惡醫)라 하던데 평판이 역시 틀리지 않군. 일단 사슴부터 살립시다."

백인성은 뿔이 없는 암사슴을 맡아 치료를 시작했다.

경혈에 금침을 꽂아 출혈을 최대한 억제시킨 그는 목을 째고는 기도를 찾아냈다. 다행히 식도는 잘리지 않았기에 기도만 봉합하면 되었다.

그는 허리춤의 주머니에서 시술용 도구를 꺼내 기도를 봉합했다. 숨이 오랫동안 끊어지면 기도를 봉합해도 회생이 어렵기에 신속한 시술이 요구되었다.

약천의왕은 수사슴을 맡아 시술했다.

성격이 탐욕스럽고 냉혹해서 그렇지 무림제일의로 평가받은 그답게 손놀림은 대단했다. 사슴의 기도를 봉합하는 솜씨는 백인성을 능가할 정도였다.

순식간에 수사슴의 기도를 봉합한 그는 약병에서 가루약을 꺼내 봉합 부위에 발라주었다. 이어 살가죽을 꿰매며 시술을 마쳤다.

시술을 마친 약천의왕은 수사슴의 가슴을 압박해 멈춘 심장을 되살렸다.

끄르륵······!

수사슴의 심장이 뛰면서 숨을 토해냈다. 목이 베인 수사슴이 되살아났으니 약천의왕의 명성이 결코 헛된 것은 아니었다.

백인성은 꼼꼼하게 암사슴의 살가죽을 꿰매주고는 약을 발라주었다. 이어 자신의 속적삼을 찢어 상처 부위에 감아주었다. 감염을 막기 위한 조치였다.

연후 암사슴의 가슴을 압박해 심장을 뛰게 만들었다. 백인성 역시 무난하게 암사슴을 살려냈다.

이를 본 약천의왕은 내심 놀라움을 금치 못했다.

'허어, 이놈의 의술이 정말 대단하구나. 세상에 오직 나만이 이런 의술을 지녔다고 자부했는데!'

약천의왕은 암사슴의 상태를 힐끗 보고는 검은 환약을 수사슴에게 먹여주었다.

순식간에 기력을 회복한 수사슴이 몸을 일으켜 숲 속으로 뛰어갔다. 반면 백인성이 되살린 암사슴은 겨우 몸을 세워 비틀비틀 위태롭게 걸음을 내디뎠다.

약천의왕은 오만한 웃음을 터뜨렸다.

"케헤헤, 그것이 네 의술의 한계다. 내가 살린 사슴은 벌써 회복해 뛰어다니는데 네가 살린 사슴은 곧 죽을 것 같지 않으냐? 너는 겨우 숨만 붙여 놓았으니 이번 경합은 노부의 승리다."

백인성은 숨을 헐떡이며 힘겹게 걸음을 내디디는 암사슴을 보고는 안쓰러운 표정을 지었다.

"중한 시술을 받았으니 회복 기간이 필요하오."

"변명하지 마라. 네 의술이 노부보다 못함을 어서 시인해라."

이때 숲으로 뛰어들었던 수사슴이 다시 뛰쳐나왔다.

끄르륵!

수사슴은 검은 피를 토하고는 이내 고꾸라졌다.

"이런!"

백인성은 급히 수사슴의 경동맥을 짚어 진맥했다. 하지만 수사슴은 눈을 까뒤집은 채 이미 숨이 끊어져 있었다. 심장까지 독기가 스며들었기에 회생 불가였다.

백인성은 사슴이 토한 피를 손끝으로 집어 냄새를 맡아 보았다. 그의 얼굴에 한 가닥 분노가 피어올랐다.

"부자가 함유된 독이로군."

그는 약천의왕에게 따져 물었다.

"사슴의 회복을 돕기 위해 독약을 먹인 거요?"

약천의왕은 천연스럽게 응수했다.

"세상에 독 아닌 약이 있더냐? 적당한 독은 오히려 보약이 될 수 있다."

"그것은 사슴이 온전했을 때나 투약이 가능한 거요. 무리하게 사슴을 살리느라 결국 죽고 말았소."

약천의왕은 자신의 얄팍한 술수가 탄로 났지만 이를 전혀 인정하지 않았다.

"크흣, 이번 경합은 기도가 잘린 사슴을 회생시키는 데 있었다. 내가 먼저 시술을 마쳤으니 시술에서는 내가 승리다. 하지만 네가 살린 사슴이 더 오래 살아남았으니 치료에서는 네가 이겼다. 결국 비긴 셈이지."

억지를 부린 약천의왕은 백인성을 지나쳤다.

"사슴 한 마리 때문에 연연해할 것 없다. 다음에는 사람의 목숨을 놓고 진검 승부를 벌여볼 테니까."

몸을 일으킨 백인성이 약천의왕의 등을 향해 단호하게 말했다.

"다시는 의괴 선배와 의술 경합 따위는 하지 않겠소."

"그게 어디 네 뜻대로 될 것 같으냐?"

약천의왕은 뒤뚱뒤뚱 걸음을 옮겼다.

"네 친인이 죽어가는 데에도 어찌 손을 놓고 있을지 두고 보겠다."

약천의왕의 모습은 이내 수림 속으로 사라졌다.

백인성은 약천의왕의 잔혹성에 몹시 화가 났지만 사람을 해친 것이 아니었기에 마땅히 징계할 수가 없었다.

"정말 고약한 의원이야. 당신은 남을 치료하기에 앞서 자신의 못된 심보부터 고쳐야겠어."

백인성은 수사슴을 잘 묻어주었다. 짝을 잃은 암사슴이 무덤가에서 슬피 우는 모습이 애처로웠다.

"미안하구나. 나 때문에 공연히 네 짝을 잃었어."

백인성은 우울함에 젖어 수림을 나섰다. 생각할수록 약천의왕이 괘씸했지만 사슴 한 마리 죽였다고 약천의왕을 쫓아가 따지자니 그도 모양새가 좋지 않았다.

'그런 악의와는 가급적 상종하지 않는 게 낫다.'

백인성은 우울한 심정을 떨치고는 관도를 따라 이동했다.

문득 멀리서 들려오는 파공성에 백인성은 걸음을 멈춰 세웠다.

"백 의원, 잠시 멈추시오!"

백인성이 돌아보니 군세명이었다. 군세명은 놀라운 경공술을 전개해 순식간에 백인성 옆으로 내려섰다.

"군 소성주였구려."

"내가 잠시 다녀올 곳이 있어 출타했는데 그새 청향원을 떠났다 들었소."

"군주가 안정을 찾았으니 내가 남아 있을 이유가 없었소."

군세명은 백인성의 손을 굳게 쥐었다.

"백 의원, 아니, 이제 백 형으로 칭하겠소. 내가 부족한 사람이지만 백 형도 나를 친구로 생각해 주었으면 좋겠소."

"당치 않소. 한갓 떠돌이 의원이 어찌 제왕성 소성주와 친구가 될 수 있겠소?"

"내가 지금 청수진에 다녀오는 길이오. 그곳에서 백 형이 얼마나 놀라운 인술을 베풀었는지 소상하게 들었소."

"그저 시독을 해소해 주었을 뿐이오."

"칠대악인 중 한 명인 반생반사를 제압해 가둔 것도 백 형의 솜씨가 아니었소?"

백인성의 표정이 어색하게 변했다.

"그것을 어떻게……?"

"유감스럽게도 반생반사가 탈출했소. 그 문제로 백 형과 긴히 얘기를 나누고 싶소."

3

한적한 마을이라 노천 주점도 텅 비어 있었다.

군세명과 건배를 한 백인성은 술을 한 모금 마셨다. 유쾌한 소식이 아니었기에 술맛이 썼다.

군세명이 정황을 상세하게 설명해 주었다.

"군주의 척살을 조사하기 위해 태행산으로 현장 조사를 나갔다가 놀라운 소식을 듣게 되었소. 반선반귀가 혼자 청수진에 출현했다는 것이었소. 그래서 청수진으로 달려가 확인해 보니 그곳 동부에서 반생반사가 은밀하게 독강시를 제작했음을 알게 되었소. 동부 주변으로 진세가 파훼된 흔적이 있는 것을 보면 반선반귀의 소행이 분명하오. 대체 어찌 된 연유인지 백 형에게 묻고 싶소."

백인성은 자신이 펼쳐 놓은 금악정명진이 파훼됐다는 얘기에 상당한 충격을 받았다.

'세상에는 현자들이 많구나. 금악정명진을 파훼할 사람이 있을 줄이야.'

백인성은 시독의 발원지를 찾기 위해 산으로 올랐다가 반생반사와 대결한 상황을 간략하게 얘기해 주었다.

"내가 의술을 배운 사람으로서 생명을 해칠 수 없기에 진세를 펼쳐 저들을 가두는 징벌을 가했소. 그 정도면 충분하다 생각했는데 내가 악도들을 너무 가볍게 여긴 것 같소."

백인성은 그로 인해 청수진 부락민들이 해를 입지 않았는지 우려되었다.

"저들이 행여 청수진 사람들을 해치지는 않았소?"

"다행히 청수진은 무사하오. 아마 반선반귀가 서둘러 반생반사를 데려간 것 같소."

"진세를 반선반귀가 해제한 것이 확실하오?"

"그럴 거요. 그자는 당금 천하에서 가장 사악한 두뇌의 소유자로 본 성에서도 우선적으로 추적하는 자요."

"그런 악인이 어떻게 반선(半仙)으로 불리게 되었소?"

"반선반귀는 오랜 세월 선도를 수행했는데 선골이 없어 선인이 되지 못했다고 들었소. 이후 반선반귀는 사심에 물들어 갖은 악행을 일삼았소. 그가 사악한 귀계의 명수라 악명을 떨쳤지만 한 번도 자신의 손으로 사람을 해치지 않았기에 반선으로 불리게 된 것이오."

백인성은 칠대악인에 대해 상당한 호기심에 젖었다.

"내가 직접 만났던 반생반사도 괴이했는데 반선반귀라는 자도 그에 못지않나 보군. 칠대악인들이 다 그러하오?"

"그런 편이오. 하나같이 괴이하고 사악한 자들이라 상대하기가 여간 까다롭지 않소."

"저들 악인들이 사는 곳이 대악인곡이라 하던데……?"

"그렇소. 천하에 사대금역(四大禁域)이 있는데 대악인곡도 그중 하나요. 대악인곡에는 칠대악인뿐만 아니라 천하의 악인 수천 명이 운집해 있어 본 성에도 선뜻 토벌에 나서지 못하고 있소."

군세명이 술잔을 비우고는 무거운 어조로 덧붙였다.

"백 형이 인의를 내세워 반생반사를 가둔 일은 정당했소. 하지만 보다 엄한 징벌로 반생반사를 제압했으면 강호의 대악(大惡)이 하나 제거될 수 있었을 텐데 그것이 애석할 따름이오."

백인성도 자신의 온정적인 조치를 후회했다.

"나의 과오를 인정하오. 다음에 또 악도들을 만나게 되면 신중하게 생각해서 처리하겠소."

"백 형에 대한 질책은 아니니 오해 마시오."

군세명은 백인성의 빈 잔을 채워주며 화제를 돌렸다.

"솔직히 백 형처럼 신비로운 능력을 지닌 재사는 처음 보았소. 편작과 화타에 버금갈 의술을 지닌 것도 놀라운 일인데 강시들을 격파하고 반생반사를 제압한 절세무공까지 지녔으니 말이오. 게다가 반생반사를 가둔 진법까지 설치할 정도라면 기문둔갑에도 정통한 것 같소."

"본래 재주 많은 놈이 배고픈 법이오. 내가 이것저것 조금 배우기는 했어도 깊이가 없소."

"하핫, 말씀도 재미있게 하시는군."

군세명은 호쾌한 웃음을 터뜨리고는 술잔을 마주쳤다.

"솔직히 백 형의 사문이 궁금하지만 예의가 아니기에 더는 묻지 않겠소. 대신 백 형을 제왕성으로 모시고 싶소. 백 형이 청향군주를 회생시켜 준 덕분에 본 성은 군주를 제대로 경호하지 못했다는 오명을 씻을 수 있게 되었소. 아마 사부님께서도 백 형의 공을 높이 치하하실 것이오."

제왕성주는 당대의 절대자로 무림의 제왕과 같은 존재이다. 제왕성주와의 대면만으로도 영광이기에 군세명의 초대는 백인성을 위한 배려이기도 했다.

한데 백인성은 그런 영광스러운 자리조차 마다했다.

"미안하오, 군 형. 내가 해결할 일이 있어 초대에 응할 수가 없구려. 하지만 시간이 나면 꼭 제왕성을 찾아가겠소."

군세명은 몹시 아쉬운 표정을 지었다.

"급히 가야 할 데가 있는 거요?"

"한 군데 찾아갈 곳이 있는데 소재가 확실치 않소."

"어디인지 말씀해 보시오."

"혹시 천수신궁의 소재를 아시오?"

백인성이 넌지시 묻자 군세명이 송충이눈썹을 치켜 올렸다.

"천수신궁이라면 천외삼비문 중 하나가 아니요?"

"그렇다는 정도로만 알고 있소."

"천외삼비문은 이름만 전할 뿐 저들의 소재나 내력에 대해서는 알려진 바가 많지 않소. 특히 천수신궁은 여인들만의 문파라 사내는 절대 들어갈 수 없다고 들었소. 백 형이 무슨 연유로 천수신궁을 찾는지는 몰라도 사내의 몸이니 안으로 들어가지 못할 거요."

"사내는 못 들어간다니… 무슨 제약이라도 있는 거요?

백인성이 의아한 눈빛으로 발하자 군세명이 난처한 표정을 지었다.

"그 연유에 대해서는 오직 한 사람만 알고 있다고 들었소."

"그 사람이 누구요?"

"반남반녀(半男半女) 호미랑(狐美郞)이오."

"……?"

백인성은 술잔을 입으로 가져가려다가 말고 물었다.

"그 사람도 혹시 칠대악인 중 하나요?"

"역시 추리가 빠르시군. 그렇소. 호미랑은 사내도 될 수 있고 계집도 될 수 있는 해괴한 악당이오."

"흐음. 의서에도 양성을 타고난 사람이 있다고 적혀 있소. 해괴하기는 해도 아주 불가한 존재는 아니요. 어쨌든 절반은 여인의 몸이라 천수신궁에 들어갈 수 있었나 보구려."

백인성으로서는 아주 소중한 정보였다.

'반선반귀보다는 반남반녀를 만나야겠군. 그자를 만나보면 천수신궁의 소재는 물론이고 왜 사내는 못 들어가는지 그 연유를 알 수 있을 거야.'

백인성은 군세명의 술잔을 술을 채워주었다.

"반남반녀도 칠대악인 중 하나이니 지금 대악인곡에 있겠구려?"

문득 군세명이 정색하며 반문했다.

"백 형, 설마 반남반녀를 만나기 위해 대악인곡을 찾아가려는 것이오?"

"물론이오."

백인성이 대수롭지 않게 말하자 군세명의 표정이 심각하게 굳어졌다.

"맙소사. 절대 가서는 안 되오."

"왜 그리 정색하시오?"

"대악인곡은 그야말로 악인들의 세상이오. 저들은 사람의 목숨을 버러지처럼 취급하기에 저희들끼리도 수시로 죽인다고 들었소. 그런 사악한 세상에 어찌 발을 들여 놓으려는 거요?"

"내가 대악인곡과 맞서려는 것도 아니지 않소? 그저 반남반녀를 만나 잠시 얘기만 나눌 생각이오."

"그것이 가능하다고 생각하시오? 저들은 음흉하고 잔혹한 악도들이오. 더군다나 백 형은 반생반사와 이미 원한을 맺은 사이가 아니요? 악도들은 백 형을 보면 무조건 죽이려 들 것이오. 백 형의 무공이 아무리 뛰어나고 지혜가 하늘을 덮는다 해도 대악인곡 내에서는 통하지 않소."

군세명이 워낙 강경하게 만류하자 백인성은 짐짓 물러서는 모습을 보였다.

"대악인곡이 그렇듯 위험한 곳이라면 생각을 달리 해야겠군. 군 형의 충고를 깊이 새겨보겠소."

군세명은 비로소 안도했다.

"잘 생각하셨소. 천수신궁에 대해서는 내가 비합전서를 띄워 제갈 문상에게 알아보겠소. 제갈 문상은 반선반귀와 함께 정사쌍뇌로 불리는 분이니 천외삼비문의 소재 정도는 알고 계실 거요. 하남지부에 잠시 머물면 정보를 얻을 수 있을 거요."

백인성은 정중하게 사양했다.

"군 형의 배려는 고맙지만 내가 꼭 천수신궁을 찾아가야 할 이유는 없소. 다른 곳에서 내가 원하는 것을 얻을 수 있느니 굳이 수고하지 않아도 되오."

본의 아닌 거짓말로 군세명을 안심시킨 그는 술잔을 들어 건배했다.

"자, 술이나 마십시다."

군세명은 잔을 마주치고 술을 마셨지만 왠지 미덥지가 않았다. 그렇다고 상대가 행보를 바꾸겠다고 말한 상황에서 계속 채근할 수도 없었다.

백인성은 술을 아주 즐기는 편이 아니라 적당히 취기가 오르자 자리에서 일어섰다.

"덕분에 잘 마셨고 군 형을 만나 정말 즐거웠소. 그럼 다음에 또 만납시다."

"백 형의 은혜 잊지 않겠소. 제왕성의 도움이 필요하다면 언제든 요청하시오. 백 형이 어디에 있든 내가 달려가겠소."

"그리하리다."

백인성은 군세명과 작별을 고하고는 마을 어귀로 향했다.

곧바로 제왕성 무사들이 군세명 주변으로 내려섰다. 그들은 군세명의 측근 호위들이기에 진작부터 당도해 있었다.

수석 호위가 나직이 보고를 올렸다.

"문상께서 비합전서를 보내셨습니다. 군주를 노린 자객들이 대자객림(大刺客林) 소속일 가능성이 크다며 즉시 귀환하라는 전갈입니다."

"대자객림이라고?"

군세명의 송충이눈썹이 거칠게 꿈틀거렸다.

대자객림 또한 천하사대금역 중 하나이다.

끝도 모를 거대한 숲에 백 개도 넘는 자객 단체가 산재하며 자객만 일천 명을 넘는다. 만일 청향군주의 척살이 대자객림에서 청부됐다면 배후를 추적하기란 지극히 어렵다.

'언제까지 대자객림과 대악인곡의 악행을 좌시할 것인가. 사부님께 말씀드려 조만간 결단을 내려야겠다.'

군세명은 마을 어귀로 멀어지는 백인성을 바라보다가 수석호위에게 지시를 내렸다.

"섬서지부에 비합전서를 보내라. 행여 백인성의 행적이 섬서성에서 포착되면 즉시 내게 통보토록 전하라."

"예, 소성주."

수석호위는 군세명의 명을 전하기 위해 제왕성 산서지부로 달려갔다.

"모두 성으로 귀환한다!"

군세명은 호위들과 함께 이동하면서도 못내 불안감을 떨칠 수가 없었다.

'백 형, 제발 부탁이니 대악인곡만은 찾아가지 마시오.'

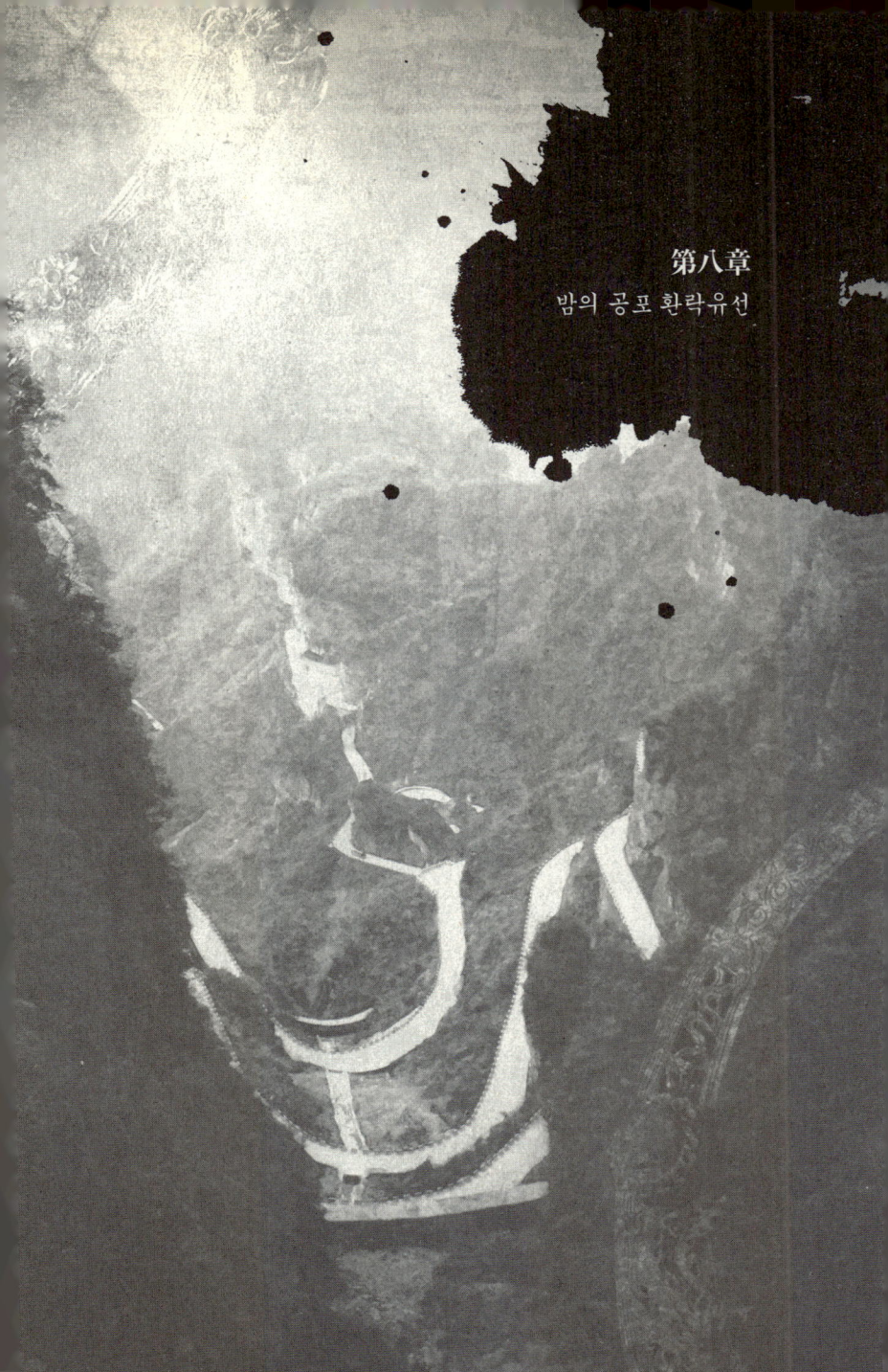

第八章
밤의 공포 환락유선

1

태원왕은 침상에 비스듬히 기대앉아 있는 딸을 보며 미소
를 지을 수가 없었다.

"비연아, 너를 잃는 줄 알고 얼마나 가슴을 졸였는지 아느
냐? 그래도 이만하길 천만다행이다."

"심려를 끼쳐 드려… 송구합니다, 아버님."

"허허, 너를 혼내려는 것이 아니야. 너희 회생은 하늘의 가
호이자 폐하의 홍복이다."

주비연은 의자에 앉아 있는 부친의 어깨 뒤를 살폈다.

"백 의원은… 다시 오지 않는 겁니까?"

태원왕은 떨떠름한 표정을 지었다.

"그래, 백인성은 이미 떠났다."

"그런 신의를… 왜 붙잡지 않으신 겁니까?"

"부귀와 공명을 마다하는 군자라 붙잡을 수가 없었다."

"왕명을 내리셨어야죠."

태원왕은 씁쓸함을 곱씹었다.

"어쩔 수 없었다. 백인성이 너를 구한 보상을 요청했는데 청향원을 떠나게 해달라는 거였다."

"……."

"그는 진정한 인의(仁醫)이며 군자이다. 어디에도 얽매일 사람이 아니기에 보내주는 것 또한 군왕의 도리이다."

주비연은 피곤한 표정으로 눈을 감았다.

"좀… 쉬고 싶습니다."

"오냐오냐."

태원왕은 주비연의 어깨를 다독이고는 자리에서 일어섰다.

"아매는 어서 군주를 눕혀라."

"예, 전하."

아매가 주비연을 부축해 눕혀주자 태원왕은 잠시 지켜보다가 침소를 나갔다.

잠시 후 눈을 뜬 주비연이 인상을 찡그리며 물었다.

"아매, 내 배가… 왜 이렇게 아픈 거냐? 장기가… 바늘로 찌르는 듯 너무 쑤셔."

"마마의 부상이 너무 심했습니다."

"대체 어느 정도였는데?"

"그게……."

아매는 선뜻 대답을 하지 못했다.

시술 과정이 워낙 파격적이라 주비연이 행여 충격을 받을까 우려해 태원왕이 주비연의 측근 모두에게 함구령을 지시했던 것이다.

주비연은 아매와 십수 년을 함께 자라왔기에 대번에 상황을 눈치챘다.

그녀는 아매를 윽박지르지 않고 부드러운 말투로 회유했다.

"괜찮아. 대체 어찌 된 상황인지… 너무 궁금해서 그래."

"마마, 말씀드리기가 너무 망극합니다."

"알고 싶어. 내 성격 잘 알잖아."

"전하께서 아시면 소인은……."

"절대 그럴 일 없어."

주비연의 어조는 나직하면서도 단호했다.

결국 아매는 모든 사실을 털어놓아야 했다.

"마마께서는 듣도 보도 못한 신기한 시술 덕분에 회생하실 수 있었습니다. 백 의원님은 마마의 옥신에 박힌 암기를 꺼내기 위해 마마의 배를 갈랐습니다. 연후 장기를 꺼내고……."

아매의 얘기를 듣는 동안 주비연은 공포와 충격에 사로잡히고 말았다. 하지만 한편으로는 그런 위험한 시술을 통해 자신이 회생했다는 사실이 놀랍고도 신기했다.

"시술을 마친 백 의원님은 자신의 피를 마마께 주입시켜 드렸습니다. 그것을 수혈이라고 했습니다."

주비연은 눈을 휘둥그레 떴다.

"피를? 하면 그 사람의 피가… 내 몸속에 흐르고 있단 말이냐?"

"예, 마마. 마마의 출혈이 너무 과다해 반드시 수혈이 필요하다고 했습니다."

"그게 가능한 일이야?"

"노 어의님조차 처음 접하는 시술이라 하셨습니다."

"……"

"마마, 괜찮으시옵니까?"

아매가 불안한 눈빛으로 살피자 주비연이 애써 미소를 띠었다.

"고맙다, 아매. 푹 자고 싶구나."

"예, 마마. 편히 주무세요."

아매는 휘장을 내려주고는 침소를 나갔다.

주비연은 자신의 심장에 손을 얹었다.

"내 몸에 다른 사람의 피가 흐르고 있다니……."

그녀는 백인성의 모습을 떠올리려 했지만 워낙 혼미한 상황에서 대면했던 터라 윤곽만 희미하게 기억할 수 있었다.

분명한 것은 젊은 나이에 어울리지 않는 백발뿐.

주비연은 다소 모호한 백인성의 모습을 가슴에 새겨두었다.

'백인성, 언제고 한번 당신을 만나야겠어.'

2

산서성을 비스듬히 가로지르면 섬서성에 이른다.

백인성은 태원 남부를 거쳐 서남쪽으로 향하고 있었다.

행선지는 진령산맥 속에 있다는 대악인곡.

세상의 모든 악인이 모여 있는 금역이라 해도 그는 별반 꺼리지 않았다. 사실 그런 사악한 세상이 있다면 천수신궁의 소재를 알아내기 위함이 아니더라도 귀곡문의 후예로서 정화에 나서는 것이 도리였다.

백인성은 군세명을 통해 들은 칠대악인에 대해 상당한 흥미를 느꼈다.

'살아 있는 시체인 반생반사, 귀신의 두뇌를 지녔다는 반선반귀, 남녀 양성을 지닌 반남반녀 호미랑. 다른 자들은 어떤 모습일지 궁금하군.'

그는 반생반사의 강시공도 격파했기에 칠대악인의 무공은 크게 우려하지 않았다. 그가 정작 경계하는 것은 사악한 두뇌의 소유자라는 반선반귀였다.

'금악정명진을 파훼했다면 기문둔갑과 하도낙서에 정통한 자다. 하기는 선인이 되기 위해 선도를 수행했다고 하니 오행과 팔괘 정도는 꿰고 있겠지.'

백인성은 굳이 행보를 서두르지 않았지만 닷새 만에 천 수백 리를 주파해 황하에 이르게 되었다.

황하는 하진(河津)에 이르러 급격히 넓어지면서 마치 바다를 방불케 한다.

용문에서 토해진 드센 물줄기도 강폭이 넓은 하진에 이르러서는 힘을 잃고 마치 얌전한 색시처럼 황토빛 물줄기 속으로 녹아든다.

하진의 강둑에 이른 백인성은 황하의 광대한 물줄기에 넋을 잃고 말았다.

"이것이 바로 대하로군."

아득히 보이는 맞은편 강안이 마치 수평선 저편의 섬처럼 생각되었다.

백인성의 무공이 아무리 초절해도 수십 리에 달하는 강을 비월할 수는 없기에 배를 이용해야 했다.

그는 강둑을 따라 포구로 향했다.

하진은 황하 중류의 최대 상업 성시이기에 도처에 포구가 형성돼 있었다.

백인성은 번잡함을 싫어하는 성격이라 비교적 한가함이 느껴지는 상류 쪽 포구로 들어섰다. 그곳도 주루와 객잔, 상점과 좌판이 늘어서 있었지만 분위기는 왠지 침울했다.

'어째 줄초상이라도 당한 것 같군.'

하진의 강폭은 워낙 넓어 석양 무렵에는 배가 출항하지 않았다. 따라서 강을 건너려면 배가 띄워지는 내일 아침까지 하룻밤 묵을 수밖에 없었다.

백인성은 가까이 보이는 객잔으로 걸음을 옮겼다.

여러 가족으로 보이는 사람들이 수면 위에 유등을 띄우고 있었다. 애써 울음을 참으려 했지만 나이 든 아낙이 먼저 통곡하자 여기저기서 비통한 울음소리가 울려 퍼졌다.

"아이고, 소진아! 너를 어떻게 키웠는데!"

"아버지, 흑흑!"

"형님, 이게 무슨 날벼락이란 말이오?"

남편을 잃은 젊은 아낙은 상심이 지나쳐 물에 몸을 던졌다.

실종자와 망자를 위해 유등을 띄우고 있던 사람들이 이를 보며 아우성쳤다.

"아이고, 양 부인이 물에 빠졌다!"

"어서 구해!"

물이 깊다 보니 양 부인은 이내 물속으로 잠겼다.

다행히 자맥질에 뛰어난 늙은 어부가 이를 보고 뛰어들어 양 부인을 물속에서 건져 올렸다. 한데 이미 물을 너무 마셨는지 배가 불룩했고 숨이 끊겨 있었다.

애도를 위해 나섰던 사람들로서는 또 하나의 비극이었다.

양 부인과 친분이 있던 아낙들이 주저앉으며 통곡했다.

"흑흑, 양 부인! 원통합니다!"

"하늘은 어찌 요사한 것들을 내버려 두는 것입니까?"

이때 백인성이 물가로 내려섰다.

"누가 물에 빠졌소?"

그는 사람들을 헤치고 바닥에 눕혀져 있는 양 부인에게 다가섰다. 양 부인을 진맥한 그는 눈까풀을 뒤집어 살펴보았다.

"다행히 살아 있소."

백인성은 양손에 진기를 주입시켜 양 부인의 배를 밀어 올렸다. 양 부인의 입을 통해 연신 물이 토해졌다.

연후 양 부인의 신을 벗기고 발바닥 용천혈에 대침을 꽂았다. 시체도 되살린다는 발바닥 시침이었다. 그래도 양 부인이 숨을 쉬지 않자 백인성은 손끝을 세워 양 부인의 심장 부위를 찍었다.

"흐으윽!"

양 부인이 고통스러운 신음을 토하며 겨우 숨을 토했다.

숨이 끊어졌던 양 부인이 되살아나자 사람들은 감탄과 환호를 발했다.

"와아, 정말 용한 의원이시다!"

"죽은 양 부인을 살렸어!"

백인성은 금침을 회수하고는 양 부인에게 환약을 한 알 복용시켜 주었다.

"심신의 충격이 심하니 한동안 안정을 취해야 할 것이오."

양 부인의 친지들은 백인성에게 연신 허리를 굽실거리며 감사를 표했다.

"감사합니다요, 의원님."

"이 은혜 잊지 않겠습니다."

양 부인의 투신 사건으로 인해 유등을 띄우던 행사가 중단되자 사람들 태반이 흩어져 돌아갔다.

백인성은 주변을 정리하고 있는 늙은 어부에게 물었다.

"대체 무슨 일이 있었던 겁니까?"

늙은 어부는 한쪽에 멍하니 서 있는 유족들을 힐끗 보고는 나직한 어조로 대답했다.

"한동안 사라졌던 환락유선(歡樂幽船)이 다시 나타났나 보오."

"환락유선이 뭡니까?"

어부는 백인성을 빤히 보며 우려의 표정을 지었다.

"의원이 젊은 분이라 행여 해를 당할까 얘기하기가 두렵구려."

"이번 사건이 젊은 사내들과 관련이 있는 겁니까?"

"그렇다고 할 수 있소."

어부는 유족들이 남긴 유등과 지전을 한쪽으로 수북하게 쌓아 태웠다.

"수개월 전부터 용문 쪽에서 흘러온 한 척의 배가 하진서 부터 수양까지 흘러 다녔소. 아주 호화스러운 범선인데 낮에 는 보이지 않고 야심한 시각에만 모습을 드러내오."

"배에 누가 타고 있습니까?"

"선녀처럼 예쁜 여인들이 타고 있다고 들었소. 그 바람에 젊은 사내들이 현혹돼 배에 올랐다가 모두 실종되었소. 연초 에도 하진 일대에서 십여 명의 젊은 사내가 환락유선 때문에 실종되자 제왕성 무사들이 출동하였소. 이후 모습을 보이지 않아 아예 사라진 줄 알았는데 근래에 다시 나타난 것이오."

백인성은 대략의 상황을 짐작할 수 있었다.

'젊은 사내들만 납치하는 것을 보면 사악한 요녀들의 소행 인가 보구나.'

그는 어부를 안심시키기 위해 짐짓 두려운 기색을 지었다.

"그런 끔찍한 일이 있었군요. 아마도 둔갑한 여우나 요괴 들의 소행인 듯하니 소생은 귀를 막고 자야겠습니다."

"제발 그러시오. 의원께서 행여 호기심 때문에 화를 당하 지 않도록 하시오."

그러다 늙은 어부는 끅끅거리며 가슴을 문질렀다.

"어이구, 음식을 너무 급히 먹었나? 속이 왜 이렇게 불편하 지?"

백인성은 망진만으로 늙은 어부의 증상을 대번에 간파했 다.

"평소 체기가 잦으면 체증 때문입니다. 잠시 봐드리지요."

그는 어부를 진맥하고는 혈도 몇 곳에 침을 놓아주었다. 간단한 금침대법으로 오랜 체증이 해소된 늙은 어부는 연신 허리를 굽실거렸다.

"아이고, 정말 신의이십니다요."

"당치 않습니다, 그럼."

백인성은 포구 쪽으로 걸음을 옮겼다.

아직 물가에 남아 있는 유족들의 구슬픈 울음소리가 아련하게 들려왔다. 늙은 어미는 아들의 이름을 부르고, 아낙은 지아비를 부르고, 아이들은 아버지를 부른다.

백인성은 잠시 생각하다가 상류 방향으로 발길을 돌렸다.

'죽은 사람은 살릴 수 없지만 더 많은 사람들이 화를 당하게 할 수는 없지. 어찌 된 연유인지 알아보자.'

어차피 섬서성으로 가기 위해서는 배를 타고 황하를 건너야 하기에 길을 우회하는 것도 아니었다.

그는 갓 떠오른 초승달을 올려보았다.

"배 띄우기에는 좋은 날이로군."

3

강변을 따라 유등 하나가 천천히 움직이고 있었다.

황하가 멀리 흰 구름 사이로 흐르고
한 조각 외로운 성은 까마득한 산에 앉아 있네.

이백이 노래한 양주사가 밤공기를 타고 흐른다.
유등을 밝혀 든 백인성은 술병을 손에 쥔 채 강변을 따라
걷고 있었다.

애절한 절양류 가락이 무슨 소용인가.
봄바람이 옥문관을 넘지 못하는 것을.

교교한 달빛을 받으며 홀로이 시를 읊는 백인성의 모습은
영락없는 풍류서생이었다.
백인성은 술을 한 모금 마시고는 황하의 정취에 젖었다. 젊
은 사내들을 유혹하는 환락유선을 조사하기 위해 나섰지만
달빛에 물든 황하의 밤 풍경은 그 자체로 충분히 즐길 만한
풍치였다.
이때 아름다운 선율이 황하의 물결을 타고 들려왔다.
띵… 땅……!
고즈넉한 칠현금 소리는 끊어질 듯 이어지면서 듣는 사람
으로 하여금 절로 귀를 기울이게 만들었다.
한 척의 대형 범선이 강심을 넘어 서서히 강변으로 미끄러
져 왔다. 오색 유등을 밝힌 범선은 마치 하늘에서 내려온 천

상의 배처럼 화려했다.

'저것이 환락유선인가 보군.'

백인성은 환락유선에 대한 선입견이 좋지 않았지만 배에서 흘러나오는 선율은 인정하지 않을 수 없었다.

'누구인지 몰라도 음악의 경지가 높군. 가락에 슬픔이 서려 있으면서도 실로 매혹적인 선율이야.'

백인성은 선율에 맞춰 시를 한 수 읊었다.

내가 노래하면 달도 서성이고
내가 춤을 추면 달도 따라서 춤을 추네.

고즈넉한 시음이 강상을 타고 멀리까지 퍼져 나갔다.

선율에 화답하는 시음을 들었는지 범선에서 한 척의 편주가 내려졌다. 유등을 밝힌 편주가 수면 위를 미끄러지며 강변으로 다가섰다.

편주에 타고 있던 두 여인은 날렵한 몸놀림을 전개해 백인성 앞에 내려섰다.

백인성은 짐짓 놀란 표정을 지었다.

"하늘에서 내려온 선녀님들인가? 허공을 훨훨 나는구려."

두 여인은 유혹적인 미소를 흘리며 예를 표했다.

"공자께서는 어찌 야심한 시각에 홀로 풍류를 즐기십니까?"

"어찌 혼자라 하시오? 하늘엔 달이 떠 있고 황하가 물소리로 화답하니 외로운 줄 모르겠소."

"말씀마다 운치가 가득하군요. 공자께서 괜찮다면 배로 모셔 미주가효를 접대하고 싶습니다."

"나를 말이오?"

"예, 부디 거절하지 마십시오."

바싹 다가선 두 여인은 요요한 눈빛을 발했다.

두 여인의 몸에서 뿜어지는 체향이 코를 찔렀다. 두 겹 망사의를 걸치기는 했지만 속옷을 받쳐 입지 않아 봉긋한 젖가슴과 육감적인 아랫배의 윤곽이 여실히 드러나 있었다.

"허어, 이건 눈을 못 두겠소."

백인성이 당혹스러운 모습으로 눈길을 돌리자 두 여인은 바싹 밀착해 왔다.

"자, 어서 가시지요."

백인성을 팔짱 낀 두 여인은 훌쩍 몸을 날려 편주로 내려섰다.

"초면에 실례가 아닌지 모르겠구려."

백인성이 그다지 꺼려하는 모습을 보이지 않자 두 여인이 더욱 짙은 색기를 발했다.

"공자의 풍모가 출중하시니 아가씨께서 직접 대접하실 것도 같습니다."

"아가씨라면… 저 큰 배의 주인을 말하는 거요?"

"그렇습니다. 아가씨께서는 금기예화(琴碁藝畵)에 두루 능한 재녀이십니다. 만일 공자께서 아가씨와 재주를 겨룬다면 대단한 보물을 얻게 되실 겁니다."

"보물이라면……?"

"왕희지의 친필 서체나 구문소자입니다."

백인성은 눈을 휘둥그레 떴다.

"정말이오? 왕희지의 글씨나 구문소자는 유생들 모두가 염원하는 보물인데 정말 그것을 얻을 수 있단 말이오?"

한 여인이 요염한 눈빛을 발하며 더 매력적인 유혹을 제시했다.

"뿐만 아니라 아가씨와 더불어 하룻밤을 보낼 수 있지요."

편주가 범선 가까이 이르자 밧줄이 내려지면서 세 사람을 태운 편주를 통째로 끌어올렸다.

범선은 여인들만 타고 있는지 돛 줄을 당겨 배를 조종하는 선원이며 호위들도 모두 여인이었다.

범선의 갑판에는 붉은 융단이 깔려 있었고 악사들의 음률에 맞춰 한 겹 망사만 걸친 무희들이 춤을 추고 있었다. 노골적으로 백인성을 유혹하는 몸짓이었고 눈빛은 끈끈하면서도 색정적이었다.

백인성은 지극히 퇴폐적인 광경에 혀를 내둘렀다.

'어지간한 사람이라도 혼이 빠지겠어.'

두 여인은 백인성을 갑판 중앙에 놓인 탁자로 안내했다. 갓 요리를 해서 내놓았는지 김이 모락모락 피어오르는 음식과 향기로운 술은 풍류가들의 회를 동하게 하기에 충분했다.

두 여인 중 절로 눈웃음을 치는 여인이 백인성에게 술잔을 올렸다.

"한잔 드시지요. 소녀는 화란이라 합니다."

"화 낭자였군."

백인성은 반라의 몸으로 춤을 추는 무희들과 신명하게 악기를 탄주하는 악사들을 쓸어보았다.

'잠시 전에 들었던 음률이 아니야. 이들의 음악은 음사(淫邪)하면서도 저급해.'

백인성은 화란을 돌아보며 물었다.

"강변에서 들었던 칠현금은 누가 탄주한 거요?"

"그 음악을 아십니까?"

"야월강회(夜月江懷)가 아닌가 싶소."

그러자 휘장이 내려진 선실로부터 감미로운 여인의 음성이 들려왔다.

"대단하십니다. 고대의 음악인 야월강회를 아시는 분이 계신 줄 몰랐군요."

백인성은 휘장 쪽으로 눈길을 돌렸다.

"그저 악보로 한번 보았을 뿐이며 직접 들어보기는 처음이오."

"학식이 높은 문사이시군요. 만일 소녀가 제시한 대련에
응하시면 선물로 구문소자를 드리겠습니다."

"배의 낭자 모두가 꽃처럼 아름답지만 소저의 옥음을 들으
니 꼭 뵙고 싶소. 구문소자보다는 소저와 대작하면 안 되겠
소?"

"일단 대련부터 제시하겠습니다."

여인은 한 구절의 대련을 노래했다.

天作棋盤星作子(천작기반성작자) 誰人敢下(수인감하)

*(하늘을 바둑판으로 삼고 별을 바둑알로 삼으니 누가 감히 두겠
는가.)*

백인성은 내심 놀라움을 금치 못했다.

'대단히 호방한 대련이로군. 하늘과 별을 바둑판과 바둑알
로 묘사하다니.'

그는 선실 앞에 놓여 있는 비파를 보고는 잠시 생각하다가
대련을 읊었다.

地當琵琶路當弦(지당비파노당현)   個能彈(나개능탄)

(땅을 비파로 삼고 길을 현으로 삼으니 어찌 그를 탈 것인가.)

대련은 내용뿐 아니라 글자도 대구를 이뤄야 하는데 백인

성의 대련은 여인이 제시한 대련과 절묘하게 맞아떨어졌다.

범선의 여인들이 여기저기서 탄성을 토했다.

"아, 대단해!"

"여태 아가씨의 대련에 제대로 응한 문사가 없었는데."

"용모도 출중한데 학식까지 뛰어난 공자이셔."

선실 내의 여인도 만족한 듯 음성이 온화해졌다.

"훌륭하십니다. 능히 구문소자를 취할 자격이 있으십니다. 어서 공자께 구문소자를 내드려라."

백인성을 범선으로 이끈 화란이 작은 상자를 백인성에게 건넸다.

"축하드립니다, 공자."

"정말 주는 거요?"

백인성은 상자를 열어보았다.

상자 안에는 빛바랜 두루마리가 들어 있었다. 두루마리를 펼쳐보니 자유로움이 느껴지는 두 가지 유려한 필체가 뒤섞여 있었다.

구문소자는 송대의 명인 구양수와 소동파가 주고받은 서찰을 말한다. 두 명인의 필체와 시문이 함께 담겨 있기에 문사들에게 있어서는 꿈에서라도 얻고 싶어하는 유가의 보물이었다.

백인성은 구문소자가 진품임을 확인했지만 그다지 욕심이 없기에 여인에게 돌려주었다.

"유명한 구문소자를 이렇게 본 것으로 만족하오. 소생은 오히려 소저의 옥안을 보는 것이 소원이오."

백인성이 돈으로도 엄청난 가치가 있는 구문소자를 마다하자 범선의 여인들은 놀란 듯 서로를 보았다.

백인성의 요구에 선실 내의 여인이 화답했다.

"만일 공자께서 이번에도 답변하신다면 소녀가 나가서 공자를 맞이하겠습니다."

"어렵지 않은 문제이기를 바라겠소."

"그다지 어렵지 않습니다. 육도(六韜)에서 말한 삼진(三陣)에 대해 말씀해 보십시오."

육도는 강태공이 저술한 병법서로 모든 병법의 귀감이 되는 고대의 서책이다. 유문의 문사들은 시문에는 밝아도 무서(武書)로 분류되는 병법서는 문외한인 경우가 많다.

하지만 귀곡문의 후예인 백인성은 일곱 살 때 이미 육도삼략을 섭렵했기에 너무도 쉬운 문제였다.

"하하, 소저도 나와의 대작을 마음에 두셨나 보군. 삼진이란 진을 펼칠 때 염두에 두어야 할 세 가지를 말함이오. 천진(天陣)은 하늘의 흐름을 중시해 천기를 거스르지 않아야 하며, 지진(地陣)은 언덕과 호수, 강 등의 지형을 살펴야 함을 말하오. 그리고 인진(人陣)은 전차병을 배치할 것인지, 기마병을 쓸 것인지, 적국을 교화시킬 것인지를 염두에 두어야 함을 말함이오. 이것 삼진은 육도 중 호도(虎韜)에 해당되는 것이오."

백인성이 청산유수처럼 답변하자 선실의 휘장이 열렸다.

"이렇듯 문무에 능하시니 기꺼이 소녀가 모시겠습니다."

옷자락 끌리는 소리와 함께 한 여인이 갑판으로 나섰다.

적당히 화장을 해서인지 선명한 눈썹과 오뚝한 콧날, 그리고 석류 속처럼 붉은 입술이 돋보였다. 촉촉이 젖어 있는 눈망울은 가을 호수처럼 그윽해 사내라면 누구라도 가슴 저리는 애상에 젖게 만들 정도였다.

여인 역시 두 겹의 망사의만 두르고 있어 뽀얀 속살이 내비쳐 보였다.

여인을 대면한 백인성은 내심 의아함에 젖었다.

'이곳 환락유선은 음탕함으로 가득하지만 이 여인만큼은 예외로구나. 오히려 짙은 화장이 어울리지 않을 정도야. 사내를 홀리기 위한 난삽한 복장을 했지만 색기는 없어 보인다.'

여인은 백인성을 향해 공손히 예를 표했다.

"소녀는 예운교(藝雲嬌)라 합니다. 공자의 대명을 알고 싶습니다."

"난 백인성이라 하오."

"백 공자이셨군요. 시문과 예악, 병서에 정통하시니 당세의 재사이십니다. 외람되지만 소녀가 한잔 올리겠습니다."

"기꺼이 술잔을 받겠소."

백인성에게 술을 따라준 예운교가 탁자를 사이에 두고 마주 앉았다.

"공자께서는 이곳 분이십니까?"

"아니오. 일이 있어 섬서성으로 넘어가던 길인데 황하의 밤 풍경에 취해 잠시 강변을 거닐다가 배에 오르게 된 것이오."

"그러셨군요."

"덕분에 일찌감치 강을 건너게 되어 다행이지만 행여 수적들이라도 만나면 어쩌려고 예 소저는 야심한 시각에 배를 띄운 거요?"

백인성이 상황을 전혀 모르는 듯 묻자 예운교는 잔잔한 미소를 머금었다.

"수적 따위를 두려워한다면 어찌 밤에 배를 띄웠겠습니까? 백 공자께서 황하의 밤 풍경에 취했듯이 소녀도 달빛에 이끌려 배를 띄우게 된 것입니다."

"사실 황하는 물이 혼탁해 달과는 어울리지 않소. 물 맑은 장강이라면 모를까."

"맞습니다. 그래서 장약허의 춘강화월야(春江花月夜)는 장강에 뜬 밤을 보고 노래한 것이지요."

"춘강화월야……. 멋진 시이지."

예운교는 화란에게 손짓을 보냈다.

"시문과 음률, 그리고 천문에도 정통하시니 마지막으로 기력을 시험해 보겠습니다."

화란이 탁자 위에 바둑판과 흑백의 바둑돌을 내려놓았다.

예운교는 섬세한 손동작으로 바둑돌을 늘어놓았다.

"이번에도 백 공자께서 문제를 해결하시면 소녀를 취하실 수 있습니다."

백인성은 짐짓 얼굴을 붉혔다.

"당치 않소. 예 소저와 이렇게 대작하는 것만으로 만족하오. 어찌 경합 따위에 고귀한 정절을 훼손하려 하시오?"

"백 공자께서는 소녀가 마음에 들지 않으신가 보군요?"

"마음 상해 마시오. 하늘의 별은 그저 보는 것만으로 아름답지 않겠소?"

"소녀의 유혹에도 흔들리지 않으시니 정말 군자로군요."

예운교는 흑백의 바둑돌이 어우러진 반상을 가리켰다.

"흑돌을 살릴 수 있겠습니까?"

백인성은 반상을 살펴보았다.

반상의 바둑돌은 단순한 묘수풀이가 아니라 흑백이 복잡하게 어우러진 상황이라 형세판단이 쉽지 않았다. 중앙의 흑돌은 위기에 처해 있었고 주변을 포위하고 있는 백돌은 워낙 단단해 돌파가 쉽지 않았다.

백인성은 잠시 반상을 살피는 동안 착수를 알아낼 수 있었다.

'그래, 이곳이로군.'

바둑은 선인들의 기예였기에 천외무선은 기력이 지극히

뛰어났다. 세 살 때부터 바둑을 배운 백인성에게 이 정도 착수는 문제도 아니었다.

흑돌을 집어 든 백인성이 반상 우변에 돌을 놓았다.

딱!

예운교는 경이로움이 담긴 눈망울로 백인성을 주시했다.

"아, 정말 대단한 기력이십니다."

"운이 좋았을 뿐이오."

"백 공자와 같은 분을 이렇게 뵙게 뵈었으니 소녀의 평생 영광입니다."

예운교가 건배를 청하자 백인성은 잔을 마주치고는 술을 마셨다. 귀한 분주답게 술맛이 향긋했지만 백인성은 술에 탄 미약을 대번에 감지할 수 있었다.

'혼향최심제로군. 이런 고약한 약으로 여태 사내를 홀려 납치했구나.'

그런 와중에도 백인성이 이해가 되지 않은 것은 예운교의 속되지 않는 용모와 단아한 언행이었다. 아무리 보아도 사내를 탐해서 홀리는 음탕한 계집으로는 생각되지 않았다.

'아무래도 이 여인이 주모자는 아닌 것 같구나. 일단 이들의 의도대로 행동하면서 상황을 지켜보자.'

백인성은 미약에 중독된 것처럼 이마를 짚었다.

"아, 술에 취한 것인지… 아니면 예 소저 때문에 취한 것인지 모르겠군. 왜 이렇게 어지럽지?"

그를 바라보는 예운교의 눈에 안쓰러움이 피어올랐다.

"사실 백 공자는 혼향최심제에 중독되었습니다."

"뭐, 뭐요?"

몸을 일으킨 백인성은 허공을 허우적거리다가 풀썩 쓰러졌다.

자리에서 일어선 예운교가 처연한 어조로 지시를 내렸다.

"내 처소로 옮겨라."

백인성을 부축해 안은 화란이 색정 어린 눈빛을 발했다.

"소문주님, 제 방으로 데려가도록 허락해 주십시오."

"이런 재사는 너희 차지가 아니다. 문주께 상납할 것이니 너희는 감히 넘보지 마라."

예운교의 냉랭한 질책에 화란은 잔뜩 아쉬움에 젖어 백인성을 이층 선실로 데려갔다.

예운교는 여인 선원들을 향해 명을 내렸다.

"본단으로 귀환한다!"

백인성은 가늘게 코까지 골며 깊은 잠에 빠져 있었다.

침상에 걸터앉아 백인성을 내려다보는 예운교의 눈빛에서 애잔함이 묻어 나왔다.

"공자, 어쩌자고 환락유선에 오른 것입니까?"

예운교는 백인성의 볼을 어루만지며 나직한 탄식을 토했다.

"구문소자를 보고도 욕심이 없으시니 무욕의 군자이심을

알겠습니다. 그런 분이 화를 당하게 되어 정말 가슴이 아프군요."

그녀는 백인성의 가슴에 얼굴을 묻었다.

"백 공자, 당신 같은 분이라면 기꺼이 하룻밤을 같이하고 싶지만… 당신을 죽여야 하기에 차마 그럴 수가 없군요. 이것도 당신의 운명이니 날 너무 원망하지 말아요."

백인성의 가슴에 얼굴을 묻은 그녀가 씁쓸함에 젖어 뇌까렸다.

"용서하세요, 백 공자. 문주님의 명을 거역할 수 없는 것이 소녀의 숙명입니다."

第九章
요녀들의 문파 환요문

1

제왕성(帝王城).

당대 최강의 문파는 강서성 북부에 위치하며 멀리 포양호를 바라보고 있다. 제왕성이 창건된 지는 이십 년도 채 되지 않지만 천하 십삼 개 성에 모두 지부를 둘 만큼 방대했다.

제왕성에 소속된 무사들은 무려 오천 명에 달하지만 제왕성 본단에 상주하는 무사는 일천 명에 불과하다.

강서성은 강남에서도 다소 외진 지역으로 이렇다 할 무림 세력이 없다. 제왕성주가 강서성에 본단을 정한 것도 기본 문파와의 대립과 알력을 최소화하기 위함이었다.

제왕성은 포양호까지 뿌리를 내리고 있는 여산에 자리해

있지만 어디를 둘러봐도 웅장한 성곽이 없다. 수림 사이로 백여 채의 건물이 솟아 있지만 자연과 조화를 이루다 보니 건물의 높이와 크기도 제한적이었다.

이런 외경만 본다면 누구도 이곳이 천하 무림을 호령하는 제왕성 본단으로 생각지 못할 것이다.

제왕성주의 거처인 군림전(君臨殿)이 비교적 규모가 컸지만 이도 수백 년 수령의 거목들이 주변을 둘러싸고 있어 외부에서는 잘 드러나지 않는다.

쾨류류!

여산 중턱에서 흘러내린 물이 자연적인 폭포를 이루며 소로 흘러내리고 있었다. 폭포에서 뿜어지는 맑은 수향은 햇빛을 받아 아름다운 무지개를 피워냈다.

소 옆에 세워진 수각(水閣)에서 한 사람이 뒷짐을 진 채 폭포를 바라보고 있었다.

사십대 중반 정도로 보이는 중년인.

불혹에 이른 나이였지만 젊었을 적 천하의 여인들을 한숨 짓게 만들었을 미장부의 면모가 아직 남아 있었다. 하지만 고뇌 어린 눈빛에는 남에게 밝히지 못한 그만의 아픔이 깊이 깃들어져 있었다.

'소군, 당신을 잃은 지 스무 해가 흘렀구려. 벌써 이십 주기(週忌)라니……'

중년인은 과거의 아픔을 곱씹으며 지그시 입술을 깨물었다.

이때 퉁퉁한 체구의 백발노인이 수각 위로 올라섰다.

"노신이외다, 성주."

그러했다. 남다른 신위를 지닌 중년인이 바로 당대의 절대자인 제왕성주였다.

절대무제(絕代武帝) 자을천(子乙天).

출도 이래 그가 이룩한 공적은 이루 말할 수 없다. 당시 천하를 혼란시킨 칠대악인은 자을천에게 쫓겨 대악인곡으로 도주했고, 숱한 자객 단체도 본단이 와해돼 대자객림으로 이주해야 했다.

또한 그는 무림계를 안정시킨 것 외에도 새외 무림의 침공과 북방 오랑캐들의 침공까지 격퇴하는 혁혁한 공을 세워 흑백도 모두가 인정하는 절대 권좌에 올랐다.

그는 비교적 관대한 성품의 소유자이지만 사마의 무리에 대해서는 냉정했다.

그의 내력에 대해서는 알려진 바가 거의 없으며 왜 여태 독신으로 지내고 있는지는 천하인이 가장 궁금해하는 의혹이기도 했다.

자을천은 본래의 의연한 눈빛을 발하며 물었다.

"청향군주 척살에 관한 조사는 어찌 되고 있소?"

"자객들이 대자객림 출신임이 확인되었소. 현재 무음탈혼표를 누가 제작했는지 조사 중에 있소이다."

"내가 생각하기에 청부자의 진정한 의도는 청향군주의 목숨이 아니라 본 성을 흔들겠다는 계략이 아닌가 싶소."

"노신 역시 그리 판단하고 있소이다."

"본 성의 위상과 천하의 안정을 위해서라도 배후를 철저하게 캐내야 할 것이오."

"예, 성주. 비찰각 전 요원을 동원해서라도 반드시 알아내겠소이다."

백발노인은 소매 속에서 두루마리를 꺼내 들었다.

"여기 무상(武相)의 전갈이외다."

"나쁜 소식이 아니어야 할 텐데……."

자을천은 백발노인이 건넨 두루마리를 펼쳐보았다. 두루마리에는 비합전서를 통해 전해진 암호문이 해독돼 상세하게 적혀 있었다.

두루마리를 읽는 중년인의 모습이 점점 심각해졌다.

자을천은 두루마리를 백발노인에게 돌려주었다.

"예상대로 금마총의 마기가 심상치 않군. 무상은 금마총을 감시할 망루를 세운 후 귀환하겠다고 하였소."

"성주, 구대천마가 천외무선에 의해 금마총에 던져진 지 이미 오십 년이나 되었소이다. 아무리 극악한 마왕이라도 이미 백골이 되었을 거외다."

"내가 우려하는 것은 누군가 저들의 마력을 계승하는 거요. 그동안 환상에 젖은 사마 악도들이 너나없이 금마총으로 뛰어들지 않았소? 행여 극마지기가 세상으로 유출될까 걱정이오."

"금마총은 한번 추락하면 절대 빠져나올 수 없는 절지외다. 심려 놓으시오, 성주."

말은 그리했지만 백발노인의 표정 또한 그늘져 있었다.

천기현사(天璣賢師) 제갈현(諸葛賢).

제갈공명의 직계 후예로 제왕성의 문상(文相)을 맡고 있는 당대의 현자이다. 근래 들어 자을천은 대부분의 시간을 연공실에서 보내고 있기에 제왕성의 대소사는 그가 관장한다.

자을천이 수각 안의 원탁에 앉자 제갈현이 차를 준비하며 비교적 밝은 어조로 말했다.

"성주, 마정(魔正)이 함께한다는 세상의 이치가 어긋나지 않는 것 같소이다. 어지러운 세상에 경이로운 신인이 출현했다는 소식에 천하가 진동하고 있소이다."

"신인……?"

"그렇소이다. 능히 신인으로 불릴 의협이 출현하였소이다. 산서성에서 은밀하게 강시를 제작하고 있던 반생반사가 그 의협에 의해 제압되는 곤욕을 치렀다고 하오이다."

자을천의 입가에 잔잔한 미소가 피어올랐다.

"오, 그런 일이 있었소? 반생반사는 강시공을 수련해 여간 까다로운 자가 아니었는데… 그 의협의 이름이 뭐요?"

"백인성이라 하오이다."

"백인성이라⋯⋯.."

"뿐만 아니외다. 백인성은 의술에도 능해 죽음의 기로에 처한 청향군주를 치료하였소. 덕분에 본 성이 난처한 상황에서 벗어날 수 있었지요. 소성주가 전한 전서통문에 의하면 백인성이 실로 기막힌 시술로 청향군주를 구했다고 했소이다."

제갈현은 백인성이 개복시술을 통해 무형탈혼표를 제거한 시술 상황을 상세하게 말해 주었다.

자을천조차 진심으로 탄복했다.

"허어, 실로 상상도 못할 시술법이로군. 제갈 문상이 보기에 그러한 시술이 가능한 거요?"

"노신이 의술을 조금 알고 있지만 개복시술은 고도의 집중력과 의학적 지식을 요구하는 시술이외다. 그렇듯 난해한 의술이기에 당대에서 오직 약천의왕만이 개복시술을 펼칠 수 있다고 들었지요. 한데 백인성이라는 의협이 약천의왕을 물리치고 태원왕의 선택을 받았으니 더욱 놀라운 일이외다."

"흐음, 초절한 무공과 경이로운 의술이라⋯⋯. 가히 신인으로 불릴 만한 의협이로군. 어지러운 세상에 그런 신인이 출현했다는 것은 천하의 홍복이오. 더군다나 본 성에 은혜를 베풀었으니 직접 사의를 표해야겠소."

"성주께서 친견을 원하신다면 추진해 보겠소이다."

이때 수각 아래로 건장한 체구의 청년이 다가섰다. 청년은 수각을 향해 정중히 예를 올렸다.

"사부님을 뵈옵니다."

청년은 다름 아닌 탕마신룡 군세명이었다.

제갈현이 반색하며 기분 좋은 웃음을 터뜨렸다.

"허허, 소성주가 적시에 당도했군. 마침 백인성이란 신인에 대해 얘기하던 중이오."

수각으로 올라선 군세명은 제왕성주에게 보고를 올렸다.

"태원왕 전하께서 사부님께 안부를 전하라 말씀하셨습니다."

"전하를 뵙기가 면구스럽구나. 명색이 전하의 의제(義弟)로서 청향군주의 안위를 책임지지 못했으니……."

"다행히 청향군주가 희생했기에 전하께서도 본 성의 미흡한 경호를 문책하지 않으셨습니다. 모두가 양 지부장이 헌신한 덕분입니다."

"그래, 양 지부장은 진정한 의인이니 시신을 열사묘에 안장토록 해라."

"예, 사부님."

자을천은 차를 한 모금 마시고는 제자에게 물었다.

"네가 백인성과 만났다고 들었는데 네가 보기에는 어떤 사람이더냐?"

"백인성은 믿을 수 없을 만큼 완벽한 존재입니다. 무공과 의술, 학식과 재예 어느 것 하나 부족함이 없습니다. 한 가지

아쉬운 점은 심성이 선하다 보니 반생반사와 같은 대악인조
차 죽이지 않은 것입니다."

"불살(不殺)의 군자라……. 또 하나의 매력이로구나."

"한데 백인성의 행보가 걱정스럽습니다. 귀환 도중 비합전
서를 한 통 받았는데 백인성의 행적이 하진에서 포착되었습
니다. 백발의 젊은 의원이 물에 빠져 숨이 끊어진 여인을 구
한 사실이 보고되었는데 백인성이 분명합니다. 아마도 그가
섬서성으로 향한 것 같습니다."

"그게 무슨 문제가 되느냐?"

"백인성과 잠시 얘기를 나눠보았는데 천수신궁의 소재를
알고 싶어했습니다."

"천수신궁……?"

천외삼비문은 강호의 정세와 무관하지만 언제든 천하에
위협이 될 수 있기에 신경이 쓰이는 문파이다.

"무슨 연유로?"

"연유는 알 수 없지만 좋은 의도로 찾아가는 것은 아닌 듯
했습니다. 한데 제자가 생각이 짧아 그만 반남반녀 호미랑이
천수신궁의 소재를 알고 있을 거라고 밝혔습니다."

그러자 제갈현이 흰 눈썹을 불끈 치켜 올렸다.

"소성주, 하면 백인성이 대악인곡을 찾아갈 거란 말이오?"

"그렇습니다. 제 앞에서는 가지 않겠다고 말했지만 지금의
행보를 감안한다면 대악인곡으로 향하는 것이 분명합니다."

"허어, 그가 아무리 뛰어난 재주를 지녔다 해도 대악인곡에 들어갔다가는 살아남지 못할 텐데. 성주, 이를 어쩌면 좋겠소이까?"

제갈현이 크게 애석해하자 자을천이 곧바로 지시했다.

"당세의 기재를 잃을 수는 없지. 문상은 섬서지부에 지시해 대악인곡으로 들어가는 모든 통로를 봉쇄토록 하시오."

"예, 성주. 화산과 개방에도 비합전서를 보내 백인성의 행보에 대해 협조를 구해보겠소."

"그리하시오."

자을천은 군세명에게도 명을 내렸다.

"세명은 당장 섬서성으로 달려가 그를 만나라. 어떻게든 대악인곡 행을 만류해야 한다."

"알겠습니다, 사부님."

예를 올린 군세명이 제갈현에게 물었다.

"문상, 천수신궁의 소재에 대해서는 알아보셨습니까?"

"소성주의 비합전서를 접한 후 조사해 보았지만 아직 소재가 확실하지 못했소. 천외삼비문은 백 년 전 분열된 이후 몇 차례 본단을 이주했기에 파악이 쉽지 않소."

"백인성의 대악인곡 행을 저지하려면 천수신궁의 소재를 반드시 알아내야 합니다. 그리고 천수신궁에 들어갈 수 있는 방도도 필요합니다."

"흐음, 그것은 반남반녀 호미랑만 알고 있을 텐데……."

제갈현은 난색을 표했다가 이내 고개를 끄덕였다.

"하여간 최대한 수소문해 보겠소. 세상에는 절대라는 것은 없으니까."

"참, 이것이 군주의 목숨을 빼앗으려 했던 무음탈혼표입니다."

군세명은 천에 싸인 마병을 제갈현에게 건네주었다.

제갈현은 천을 펼쳐 무음탈혼표를 잠시 살폈다.

"자객들을 추적할 수 있는 결정적 단서로군."

"그럼, 다녀오겠습니다."

군세명은 서둘러 수각에서 나갔다.

태원에서 여산까지 삼천여 리를 밤낮없이 달려왔다가 곧바로 출타하게 되었지만 군세명은 조금도 피곤함을 느끼지 못했다. 오히려 정식으로 명을 받아 백인성의 대악인곡 행을 만류할 수 있게 된 것을 다행으로 여겼다.

'백인성보다 앞서 당도해야 한다.'

평소 성내에서는 신법을 펼치지 않는 그였지만 마음에 급해 경공술을 펼쳐 군림전을 벗어났다.

자리에서 일어선 자을천은 멀어지는 제자를 잠시 바라보다가 하늘을 올려보았다.

"본 성의 어려움을 해소해 준 백인성을 위해 별호를 하나 하사해야겠군."

"어울리는 별호를 생각하셨소이까?"

"재예와 학식이 뛰어나니 와룡(臥龍)으로 불릴 만하고 신기에 달하는 의술을 지닌 군자이니 성수(聖手)가 어떨까 하오."

"와룡성수(臥龍聖手)라……."

제갈현은 흡족한 미소를 띠며 고개를 끄덕였다.

"허허, 와룡성수라면 백인성에게 걸맞은 별호외다. 성주께서 하사하신 별호이니 세상에 널리 알리겠소이다."

"문상께서 흡족해하니 다행이오."

자을천은 수각에서 내려섰다.

"내 잠시 다녀올 곳이 있으니 수고스럽지만 문상께서 성을 맡아주시오."

뒤따라 내려선 제갈현이 조심스러운 어조로 물었다.

"성주께서 이맘때면 꼭 출타하시는데… 그 연유를 말씀해주실 수 있겠소이까?"

"미안하오. 내 개인적인 일이라 밝히기가 곤란하오. 그럼."

자을천은 간단히 목례를 취하고는 걸음을 내디뎠다. 세 걸음을 채 옮기기도 전에 자을천은 연기처럼 사라져 버렸다.

제갈현은 흰 수염을 내리쓸며 가볍게 미간을 찌푸렸다.

"성주의 무공이야 천하제일이지만 워낙 노리는 자들이 많아 혼자 출타하시면 위험한데……."

매년 가을 즈음에 출타하는 자을천의 독자 행보는 제왕성

내에서도 극비 사안이다. 그것이 밝혀질 경우 사악한 무리가 어떤 암습을 펼칠지 모르기 때문이다.

제갈현은 잠시 생각에 잠겨 있다가 자신의 책무를 상기하고는 머리를 툭 쳤다.

"이런, 와룡성수의 대악인곡 행부터 저지해야 하는데 내가 무슨 생각을."

그는 급히 문상각으로 향했다.

"여인만이 들어갈 수 있다는 천수신궁은 사대금역만큼이나 금지된 곳인데⋯ 와룡성수가 무슨 연유로 천수신궁을 찾아가려는 거지?"

2

콰류류⋯⋯!

좁은 협곡 사이를 통해 쏟아지는 거대한 물줄기가 바로 무수한 전설이 깃든 용문이다. 용문의 물줄기는 워낙 드세 배를 타고 거슬러 오르기는 불가했다.

새벽 무렵 용문에 이른 범선은 강변에 정박했다.

배에서 내린 여인들은 날렵한 신법을 펼쳐 산길을 따라 달려갔다. 화란이 백인성을 들쳐 업었는데 그녀는 사내와의 밀착이 즐거운지 조금도 힘겨워하지 않았다.

예운교 일행은 산길을 줄곧 달려 오후 무렵 소화산(小華山)

자락에 이르렀다.

섬서성 북부에 자리한 소화산은 장안 동쪽에 위치한 화산을 옮겨다 놓은 듯 기암괴석의 절경을 자랑하기에 소화산으로 불리게 되었다.

소화산은 산 자체가 거대하지 않지만 첨예하게 치솟은 바위 봉우리며 높은 벼랑, 깊은 협곡으로 이루어져 있어 일반 사람들은 접근이 쉽지 않았다.

소화산으로 들어선 예운교 일행은 두 개의 계곡을 통과해 깎아지른 벼랑 앞에 이르렀다.

길은 끊겨 있고 끝도 모를 벼랑 아래에서 자욱한 운무가 피어오르고 있었다.

한데 예운교를 선두로 해서 여인 무사들은 운무 속으로 몸을 날렸다. 구름 위를 비월할 수 있는 날개옷이라도 입지 않으면 모두가 추락해 죽을 수 있는 상황이었다.

하지만 예운교 일행은 모두 벼랑 건너편의 숨겨진 분지로 안전하게 내려섰다. 자욱한 운무 때문에 시야가 가려 있어서 그렇지 벼랑에서 분지까지는 삼 장 정도에 불과했던 것이다.

운무 속 분지는 별천지와도 같았다.

공기가 훈훈한 탓인지 기화요초가 지천으로 널려 있었고 아름다운 전각들이 꽃나무 사이에 자리해 있었다.

분지 내의 여인들은 한 겹 망사의만 걸쳤기에 육감적인 몸매를 여실히 드러내고 있었지만 누구 하나 이를 부끄러워하는 기색이 없었다.

"화란을 제외하고 각자 처소로 돌아가라."

예운교의 지시에 여인 무사들은 꽃나무 사이의 전각으로 흩어졌다.

예운교는 백인성을 둘러업고 있는 화란을 대동해 대리석 궁전으로 다가섰다. 하얀 대리석 외벽을 수정과 금으로 장식한 궁전은 사치스러울 만큼 호화로웠다.

궁전 입구를 지켜서고 있던 호위무사들이 예운교를 보자 예를 올렸다.

"소문주님을 뵈옵니다."

"문주께서는 안에 계시냐?"

"예, 드십시오."

예운교는 화란이 업고 있는 백인성을 안아 들었다.

"여기서부터는 내가 데려가겠다. 너도 가서 쉬어라."

"예, 소문주님."

화란은 몸을 돌려 처소로 가는 와중에도 아쉬운 눈길을 쉽게 떨쳐내지 못했다.

호위무사들이 길을 열어주자 예운교는 궁전으로 들어섰다. 궁전 바닥에는 붉은 융단이 깔려 있었고 높은 천장은 다양한 보석으로 장식돼 있었다.

예운교는 품에 안고 있는 백인성을 보며 탄식했다.

"공자, 그래도 죽음이 아깝지 않을 쾌락은 누리게 될 것입니다."

서역산 수정 거울을 보며 곱게 화장을 마친 여인이 거울 속의 자신을 보며 생긋 미소를 지었다.

뭇 사내의 혼백을 날려 버릴 뇌쇄적인 미소.

그녀의 나이 삼십대 중반을 넘어섰지만 화장술이 뛰어난데다 용모를 잘 가꾸었기에 여전히 청초함을 간직하고 있었다.

환요문(幻妖門)의 문주 사옥빈(史玉嬪).

환요문은 창건된 지 십 년도 안 된 신흥 문파인 데다 강호 활동도 많지 않아 그 존재를 알고 있는 사람이 드물다. 문주인 사옥빈의 이름조차 널리 알려져 있지 않으나 그녀의 무공과 역량은 일문의 지존으로 손색이 없다.

그런 기량을 지니고도 당당히 세상에 자신의 문파를 알리지 못하는 이유는 사옥빈의 비밀스러운 내력 때문이다.

사옥빈은 긴 비단을 몸에 둘렀다.

그녀는 알몸 위에 한 겹 비단만을 둘러 옷으로 삼았다. 입고 벗기가 편해서이기도 하지만 그 어떤 옷보다 자신의 육감적인 몸매를 과시할 수 있기에 그녀는 한 겹 비단만을 두른다.

"흐음, 미장부인데다 음률과 시문, 병서와 바둑에도 두루 뛰어나다고 했으니 세상에 드문 재사이겠군."

사옥빈은 박식한 문사를 확보했다는 보고를 받고는 수욕까지 마치고 기다리는 중이었다.

그런 사내라면 자신이 먼저 차지하는 것이 원칙이었다. 연후 임신이 가능한 제자들에게 보내 교접을 갖게 한다. 환요문에서 환락유선을 꾸며 사내들을 유혹하는 이유가 바로 뛰어난 혈통을 지닌 아이를 낳기 위함이었다.

태어난 아이 중 계집아이만 골라 어려서부터 환요문의 제자로 키우는 것이 환요문의 방식이었다. 아기가 자라 성장하기까지는 오랜 세월이 걸리지만 사옥빈은 긴 안목으로 제자를 양성하고 있었다.

침소를 나선 사옥빈은 묘한 흥분에 젖어 접견실로 들어섰다.

사옥빈을 대면한 예운교가 공손히 예를 올렸다.

"문주님을 뵈옵니다."

"그래, 이번에 아주 쓸 만한 사내를 입수했다면서?"

"마음에 드실 겁니다."

"어디 보자."

예운교는 접견실 긴 탁자 위에 눕혀져 있는 백인성에게로 시선을 돌렸다.

깊이 잠들어 있는 모습이지만 귀티 어린 기품이 돋보였다. 피부는 맑고 깨끗했으며 선명한 눈썹과 오뚝한 콧날, 그리고 주사를 바른 듯 붉은 입술은 천하의 미장부로서 손색이 없었다.

사옥빈의 입가에 절로 색정 어린 미소가 피어올랐다.

"오, 정말 대단한 미장부로구나!"

그녀는 눈을 가늘게 뜨며 예운교를 힐끗 보았다.

"이런 사내라면 네가 백신을 깨기에 충분할 텐데 왜 네가 먼저 취하지 않았느냐?"

"소녀보다는 문주님께 더 어울릴 사내라 생각했습니다."

"호호, 기특한 것."

사옥빈은 예운교의 볼을 토닥이고는 백인성에게 다가섰다. 그러다 백인성의 은빛 백발을 보고는 움찔 놀랐다.

"젊은 나이에 웬 백발이냐?"

"저도 그 점이 기이했지만 연유를 물어보지는 못했습니다."

"백발의 청년……."

사옥빈의 표정이 다소 심각해졌다.

"이자를 어떻게 제압한 것이냐?"

"강변에서 홀로 시문을 읊으며 풍류를 즐기고 있기에 화란과 동매를 보내 배로 유인해 왔습니다. 연후 혼향최심제를 발라놓은 술잔으로 제압했습니다."

"이름이 무엇이라 하더냐?"

"백인성이라 하였습니다."

"백인성?"

일순 사옥빈의 얼굴에서 화기가 스러지더니 서릿발 같은 살기가 피어올랐다.

"백인성이 확실한 것이냐?"

"제가 잘못 듣지 않았다면 백인성이 맞습니다."

"호홋, 운교야, 영특한 네가 큰 실수를 했구나."

"실수라 하시면……?"

"네가 환락유선에 타고 있느라 근자에 있었던 소식을 듣지 못한 것이 실수다. 놀라운 기재가 세상에 출현했다. 그는 산서성 혼주에서 강시부대를 격파하고 대악인 반생반사마저 제압했다. 게다가 그는 의천약왕을 물리치고 태원왕의 선택을 받아 청향군주를 회생시키는 경이로운 의술까지 펼쳤다고 하더구나."

예운교는 크게 놀라 눈을 휘둥그레 떴다.

"예에? 하오면……?"

사옥빈은 손을 세워 치켜들었다.

"그자의 사문이며 내력에 대해서는 전혀 알려진 바가 없다. 젊은 나이인데도 독특한 백발을 지닌 것과 이름이 백인성이라는 것밖에는……."

사옥빈은 빙글 허리를 틀며 백인성을 향해 수도를 내려쳤다. 그녀의 손끝을 통해 새하얀 빙옥강기가 발출되었다.

콰아앙!

백인성이 눕혀져 있었던 탁자가 산산조각이 났고, 그 여파로 창문이 박살 났으며 천장 일부가 붕괴되었다. 그러나 탁자가 조각나고 바닥까지 내려앉았지만 사람의 육신이 터진 흔적은 전혀 보이지 않았다.

백인성은 비단 휘장이 둘러진 벽을 등진 채 내려섰다.

"이거 손님 접대가 너무 야박하군그래. 차 한 잔 내주지 않고 사람을 황천으로 보내려 하는 거요?"

예운교는 비로소 백인성이 출중한 무공의 소유자임을 깨닫게 되었다.

'아, 이 사람은 의도적으로 환락유선에 접근해 왔단 말인가?'

사옥빈은 벽에 걸려 있는 검을 섭물진기로 끌어들였다.

"백인성! 네가 바로 와룡성수였더냐?"

백인성은 의아한 표정으로 눈썹을 가볍게 치켜떴다.

"와룡성수……?"

"제왕성주가 너를 위해 친히 주어준 별호다. 물론 이내 묻힐 별호이기도 하지."

"그 말은 나를 이곳에서 죽이겠다는 거요?"

"당연하다. 본 문으로 들어온 사내치고 여태 살아 나간 자가 없다. 너도 예외일 수 없어."

사옥빈의 서슬 퍼런 살기에도 불구하고 백인성은 귓등으로 흘려들었다.

그는 예운교를 돌아보며 구원을 청했다.

"예 소저, 당신 때문에 내가 죽게 생겼소. 어쩌면 좋겠소?"

예운교는 자신이 농락당했다는 생각에 지그시 입술을 깨

물었다.

"분명 혼향최심제에 중독되었는데…….."

그러자 사옥빈이 코웃음을 쳤다.

"훗, 놈의 별호가 왜 와룡성수이겠느냐? 놈은 반생반사의 시독을 해소하고 무음탈혼표에 적중된 청향군주를 회생시킨 뛰어난 의술의 소유자이다. 혼향최심제 따위로 쓰러질 놈이 아니지."

예운교는 얼굴이 화끈 달아올랐다.

'아, 그것도 모르고 저 사람의 품에 안겨 내 속내를 모두 털어놓았다니…….'

사옥빈은 주변을 향해 빙옥강기를 발출했다.

퍼— 퍼펑!

요란한 폭음과 함께 접견실의 벽이 모두 무너지고 지붕이 날아갔다. 접견실은 더 이상 외부와 차단된 실내가 아니었다.

앞서의 폭음으로 인해 비상사태가 발동되었는지 환요문의 칠십여 제자가 모두 몰려와 주변을 에워쌌다.

백인성은 주변의 위협은 아랑곳하지 않은 채 사옥빈을 향해 물었다.

"이곳은 뭐하는 문파요?"

"본 문은 환요문이며 내가 문주 사옥빈이다. 네가 아무리 반생반사를 제압한 고수라 해도 교활하게 본 궁을 침입한 이상 살려 보내줄 수 없다."

"사 문주, 환요문이 사내들을 무단으로 납치하는 행위로 인해 많은 사람들이 고통을 겪었소. 지금이라도 늦지 않았으니 납치해 온 사람들을 풀어주고 환요문을 해체하시오. 그것이 여태껏 저지른 악행에 대한 속죄요."

사옥빈은 싸늘한 웃음을 흘렸다.

"호호, 네가 무슨 정의의 사도라도 된단 말이냐? 난 본 문을 강하게 키위기 위해서라면 어떤 조치이든 마다하지 않을 것이다."

"정도를 택하지 않고 사악함으로 가득한 문파에 과연 어떤 제자가 충심을 바칠 수 있겠소? 이는 사 문주의 개인적인 욕심일 뿐이오."

백인성은 포위망을 형성하고 있는 환요문 제자들을 쓸어보았다.

"만일 저들에게 자유로운 선택권이 주어진다면 과연 몇 명이나 환요문에 남아 있으려 하겠소?"

"닥쳐라! 본 문의 제자 중 누구도 나를 따르지 않는 제자가 없다."

"안타깝군. 사욕에 물든 사람은 그런 착각에 빠져 진실을 알지 못하지."

"흥, 착각이 아님을 분명하게 보여주겠다."

사옥빈은 예운교에게 턱짓을 해보였다.

"놈을 제압하라! 놈을 무릎 꿇린 후 과연 그때도 헛바닥을 나불댈 수 있는지 보겠다."

예운교가 갈등에 젖어 잠시 주저하자 사옥빈의 눈에 쌍심지가 돋았다.

"운교야! 네가 감히 내 명을 거역하겠다는 것이냐?"

"아닙니다. 문주님의 명을 받들겠습니다."

검을 뽑아 든 예운교가 백인성과 마주 섰다.

백인성은 예운교의 눈빛을 통해 그녀가 원치 않는 싸움에 나섰음을 간파했다.

'이 여인은 개심의 여지가 있다.'

그는 입술조차 움직이지 않는 심어전성을 전개했다.

[예 소저는 가급적 나서지 마시오. 내가 환요문주를 제압한 후 자유롭게 각자 떠날 수 있도록 조치해 주겠소.]

가뜩이나 싸울 의욕이 없던 예운교는 백인성의 회유에 더 맥이 빠졌다.

그러자 사옥빈이 표독스럽게 외쳤다.

"운교! 네 목이 먼저 날아가고 싶으냐?"

사옥빈의 재촉에 예운교는 어쩔 수 없이 검을 내질렀다.

쐐애액!

검극이 화려한 검화를 뿌리며 백인성의 가슴으로 파고들었다. 본심은 원치 않아도 사옥빈이 지켜보고 있는 상황이라 예운교로서는 최선을 다하지 않을 수 없었다.

현란한 검화가 피어오르며 백인성의 요혈로 파고들었다.

백인성은 슬쩍 몸을 피하면서 검지와 중지 두 손가락을 뻗어 예운교의 검을 봉쇄했다.

"아⋯⋯!"

검이 봉쇄된 예운교는 공력을 끌어올려 검을 뽑아내려 했지만 마치 철석에 박힌 듯 꿈쩍도 하지 않았다.

이를 본 사옥빈은 예운교를 의심했다.

"이년이 감히 외간 놈과 작당을 해?"

사옥빈은 예운교의 목을 향해 다짜고짜 검을 휘둘렀다. 이에 예운교의 검을 빼앗아 쥔 백인성이 사옥빈의 살초를 저지했다.

차앙!

자신의 검이 저지되자 사옥빈에 눈에 독기가 뿜어졌다.

"네놈이 운교를 보호하는 것을 보니 너희 연놈끼리 작당한 게 분명하구나!"

"사 문주, 어찌 제자를 해치는 패륜을 저지르려는 것이오?"

"사문을 배신한 반도는 죽어 마땅하다!"

사옥빈은 주변의 제자들을 향해 발작적으로 외쳤다.

"이놈은 내가 맡겠다! 너희는 더러운 반도 예운교를 죽여라!"

환요문 제자들은 평소 예운교를 존중했기에 난감한 표정으로 서로를 바라보았다. 문주의 명을 거역하자니 자신들 역시 반도로 몰리게 될 것이고, 그렇다고 예운교에게 살식을 펼치자니 마음이 내키지 않았다.

사옥빈은 백인성을 향해 검을 휘두르면서 악에 받쳐 명을 내렸다.

"어서 운교를 죽여라! 어서!"

한데 이때였다.

땡— 땡땡—!

요란한 경종 소리가 다급하게 울려 퍼졌다. 외곽 순찰대에서 발동한 경종은 외부의 침입을 의미했다. 갑작스러운 경보에 환요문 제자들은 모두 당황함을 금치 못했다.

사옥빈은 급히 검을 거두고 물러섰다.

"이놈, 도주할 생각 마라!"

외부의 침입자를 상대하는 것이 우선이기에 사옥빈은 여인 무사들에게 출전을 지시했다.

"침입자부터 격퇴한다!"

사옥빈이 앞서 달려나가자 환요문 제자들은 일사불란하게 그녀의 뒤를 따랐다. 소문주인 예운교와 대적하기는 껄끄러웠지만 외부의 침입자라면 반드시 격퇴시켜야 하기에 그녀들의 마음가짐도 달랐다.

백인성은 예운교에게 검을 돌려주었다.

"어찌 된 일이오?"

예운교는 졸지에 백인성과 한통속이 되었기에 처지가 난

감했다.

"본 문이 침입을 당하기는 처음입니다. 환요문의 제자로서 소녀도 나서야 합니다."

"그럴 필요없소. 설사 외부의 적을 격퇴한다 해도 사 문주는 당신을 용서치 않을 것이오."

예운교는 어찌할 바를 몰라 눈물을 글썽였다.

"공자께서는 어찌 소녀를 이렇듯 힘들게 만드시는 겁니까?"

"본래 어둠을 깨고 나오는 데는 아픔이 따르게 마련이오. 예 소저의 심성이 맑고 깨끗하니 환요문 같은 사파에는 어울리지 않소."

"소녀는… 정말이지… 공자가 원망스럽습니다."

"그 원망이 감동으로 바뀌기를 바라겠소."

백인성은 무너진 잔해를 넘어 밖으로 나섰다.

"어찌 된 상황인지 한번 봅시다."

예운교는 묵묵히 백인성의 뒤를 따랐다.

'아, 이제 난 환요문을 떠날 수밖에 없는 처지가 되었구나!'

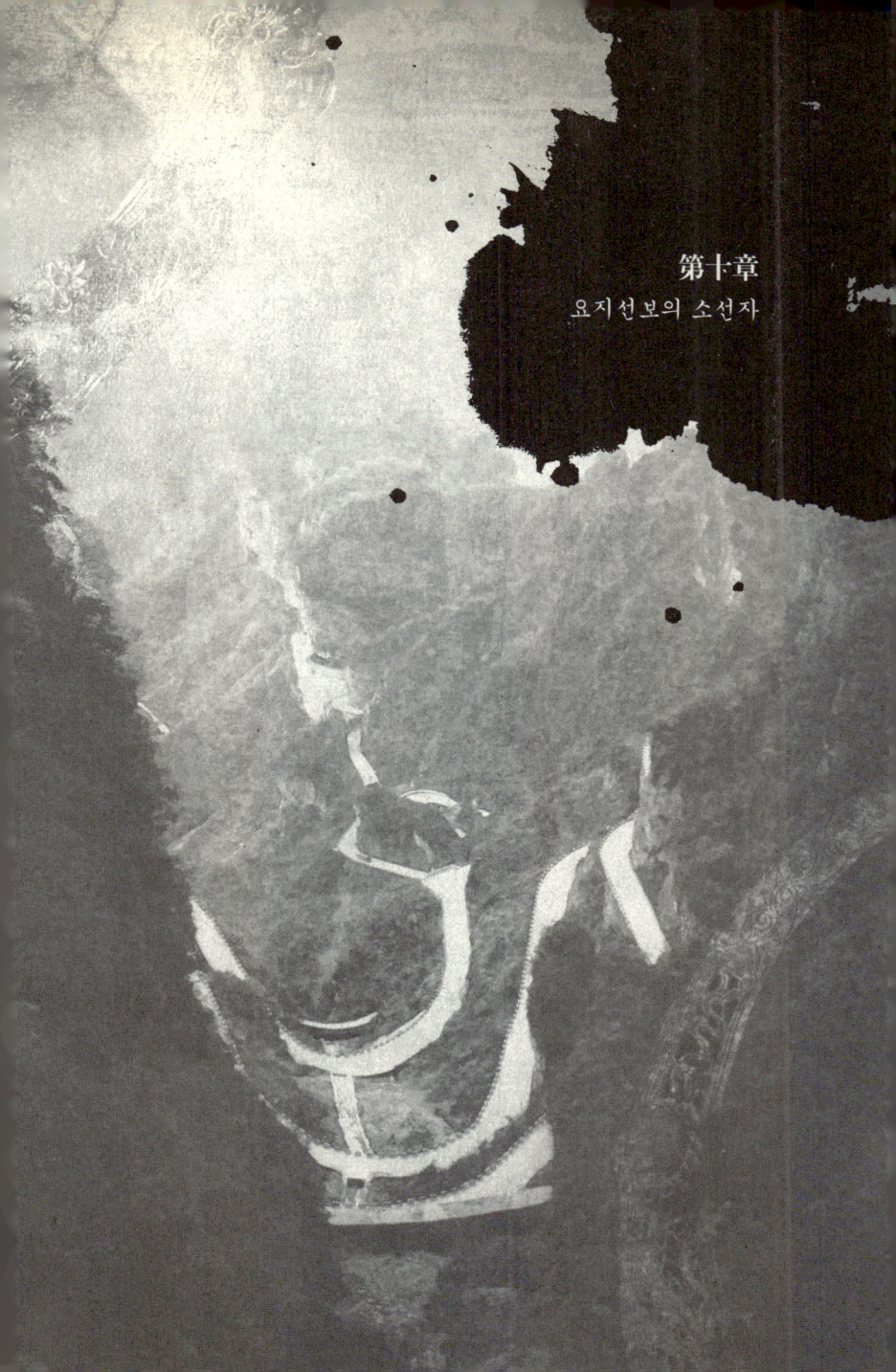

第十章
요지선보의 소선자

차차창!

잔디가 깔려 있는 연무장에서 한바탕 전투가 벌어지고 있었다.

침입자들은 많지 않았다. 대략 스무 명 정도인데 모두 여인으로 구성된 검수들이었다. 여인 검수들은 모두 머리를 궁장으로 틀어 올렸고 붉은 무복에 검은 피풍의를 두르고 있었다.

"아아악!"

"으악!"

처절한 비명 속에 환요문 제자들이 속속 핏물 속에 쓰러지고 있었다. 침공을 펼쳐 온 여인 검수들의 무공은 하나같이 뛰어났기에 환요문 제자들은 당최 상대가 되지 못했다.

백인성 앞에서 기세가 등등하던 사옥빈은 두 여인을 마주한 상황에서는 크게 위축돼 있었다.

가슴에 검을 품고 있는 삼십대 여인은 사옥빈과 면식이 있는 사이인지 호되게 꾸짖었다.

"더러운 계집! 선보를 배신한 것도 사지가 찢길 중죄인데 이런 추잡한 집단을 만들어 선자님의 고귀한 명성에 누를 끼친단 말이냐?"

사옥빈의 얼굴에 핏기가 가시며 안쓰러울 만큼 해쓱해졌다.

"이곳을 어떻게……?"

그러자 유난히 얼굴이 흰 여인이 매섭게 질책했다.

"사부님의 명을 받아 오랜 세월 네년을 추적해 왔다. 반도는 결코 용납할 수 없는 게 선보의 지엄한 문규임을 모르느냐?"

여인은 이십대 초반 정도의 젊은 나이임에도 불구하고 한기가 풀풀 풍겨질 만큼 싸늘했다.

다소 푸른 눈망울과 금빛 머리카락이 이색적으로 세상에 드문 절색이지만 안색이 지나치게 차가워 그 아름다움이 크게 퇴색해 보였다.

사옥빈은 금발미녀의 차디찬 눈빛에 심장이 얼어붙을 것만 같았다.

"너는……?"

그러자 가슴에 검을 품고 있는 여인이 대뜸 말을 끊었다.

"말 삼가라! 선보의 후계자이신 빙화소선(氷花小仙)이시다."

사옥빈은 빙화소선이 선보의 후계자 신분이라는 말에 내심 절망했다.

'아, 요지선보의 후예가 직접 나섰다면 내가 살아남기 어렵겠구나!'

요지선보(瑤池仙堡).

무림에서 가장 신비로운 세 개의 문파를 천외삼비문이라 한다. 하지만 요지선보에 비하면 삼비문은 오히려 한 수 아래이다.

이 갑자 전 여선(女仙) 이항아(李姮娥)가 창건한 문파가 바로 요지선보였다. 이항아가 우화등선한 이후에도 요지선보는 선도를 고수하면서 제자들의 출타를 통제했고 외부인의 방문도 엄격하게 제한했다.

이런 연유로 요지선보는 천하사대금역 중 첫 번째로 금역이 되었다.

금마총은 구대천마가 던져진 이후 금역으로 공포되었으니 요진선보에 비해 그 연혁이 짧다. 대악인곡과 대자객림은 최근에야 금역으로 명명되었으니 요지선보는 모든 금역 중 으뜸이랄 수 있었다.

그러한 요지선보가 환요문을 침공한 연유는 사옥빈의 숨겨진 내력 때문이었다.

사옥빈은 주변 상황을 살펴보았다.

여인 검수들의 손속이 얼마나 냉혹한지 환요문 제자들이

벌써 스무 명 넘게 목숨을 잃고 있었다.

'그래, 결국 본 문의 소재가 발각되었으니 싸울 수밖에.'

죽음을 각오한 사옥빈이 당당하게 말을 받았다.

"선보가 어디 사람이 살 곳이더냐? 나는 보다 사람답게 살고 싶었다. 당장 죽는다 해도… 난 후회가 없다."

빙화소선은 허리춤의 검을 쥐었다.

"그럼 죽어라."

번― 쩍!

믿을 수 없을 만큼 빠른 쾌검식.

사옥빈은 급히 물러서며 검을 휘둘러 막아냈다.

차앙……!

가까스로 쾌검을 막아낸 사옥빈은 절로 공포에 젖었다. 목에서 서늘함을 느껴 손으로 문지르자 붉은 피가 묻어 나왔다. 만일 그녀의 방어가 조금만 늦었다면 대번에 목이 날아갔을 것이다.

빙화소선은 투명한 빙옥검을 쥐고 있었다. 검에서 절로 뿜어지는 새하얀 한기에 주변의 풀이 허옇게 변색되었다.

"제법이구나, 무국(武菊)."

무국은 사옥빈의 과거 이름이다.

단단히 작심한 사옥빈은 혼신의 진기를 검에 운집했다.

"선자께는 송구하지만 고분고분 죽지는 않겠다."

"그래, 최대한 발버둥이라도 쳐라. 쉽게 죽으면 너무 싱거

우니까."

"어린 계집이 벌써부터 감성이 말살됐구나. 하지만 너 역시 나처럼 후회할 날이 있을 것이다."

"혀가 길구나!"

빙화소선은 손목을 틀어 쾌검을 발출했다.

번— 쩍!

사옥빈은 아찔한 광휘에 시야가 어지러웠다. 급히 물러선 그녀는 정면 대결을 회피한 채 반격의 기회를 노렸다.

한편 연무장에 이른 백인성은 여인 검수들의 일방적인 살육에 표정이 굳어졌다.

"너무 잔인하군."

환요문 제자들이 비록 음사(淫邪)했지만 이렇듯 도륙을 당할 만큼 악녀라고는 생각되지 않았다. 여인 검수들이 아무리 의를 내세워 환요문 제자들을 징계한다고 해도 눈앞의 참상은 너무나 가혹했다.

백인성은 섭물진기로 바닥의 검을 끌어들였다.

"예 소저는 나서지 마시오."

장내로 뛰어든 백인성은 여인 검수들의 매서운 공세를 차례로 막아냈다.

차— 차창!

백인성과 검을 부딪친 여인 검수들은 엄청난 반탄력에 밀려 속속 튕겨져 나갔다. 약간의 내상마저 당한 여인 검수들은 믿을 수 없는 눈빛을 발하며 바싹 경직되었다.

덕분에 환요문 제자들은 참혹한 몰살의 위기에서 겨우 벗어날 수 있었다. 환요문 제자들은 감히 맞설 엄두를 내지 못하고 예운교 뒤로 물러섰다.

자신을 징계하러 온 사람에게 오히려 구함을 받았으니 참으로 생각지 못한 반전이었다.

화란이 조심스레 예운교에게 물었다.

"소문주님, 저자는 대체 누구 편입니까?"

예운교는 나직이 한숨을 내쉬었다.

"백 공자는 누구의 편도 아니다. 굳이 분류하자면 정도를 고수하려는 의협이라 할 수 있지."

화란은 백인성과 겨루고 있는 여인 검수들을 쓸어보며 잔뜩 두려운 표정을 지었다.

"저들이 그 무시무시한 요지선보의 제자들입니까?"

"그런 것 같구나. 세상에 알려진 것보다 훨씬 냉혹하고 강해."

"무림의 일에 좀처럼 관여하지 않는 요지선부가 왜 본 문을 침공한 것입니까?"

"나도 확실히는 모르겠다. 아마도 문주님의 내력과 연관이 있는 것 같구나."

화란은 요지선보의 여인 검수들을 상대하고 있는 백인성에게 시선을 고정시켰다.

"저자가… 아니, 백 공자가 요지선보의 제자들을 물리치면 저희를 살려줄까요?"

"그럴 수도 있겠지. 제왕성주가 와룡성수라는 별호를 하사할 정도면 의협이며 군자일 것이다. 너희가 살기를 원한다면 백 공자를 응원해야 할 거야."

예운교는 빙화소선의 공격을 받아 쩔쩔매고 있는 사옥빈 쪽을 힐끗 보았다.

'대체 문주가 요지선보와 무슨 연관이 있기에 이런 침공을 받게 된 것일까?'

도의상 문주인 사옥빈을 지원해야 했지만 굳이 나서지 말라는 백인성의 권유를 따르고 싶었다. 이미 환요문의 반도로 낙인찍힌 몸이다 보니 투지가 사라졌기에 싸울 마음도 없었다.

빙화소선은 여인 검수들이 속속 검을 놓치고 밀려나자 가슴에 검을 품고 있는 여인을 돌아보았다.

"매설(梅雪), 저자를 죽여요!"

"예, 소선자."

매설로 호명된 여인은 부공술을 펼쳐 지면 위를 미끄러졌다.

백인성은 여인 검수들 사이를 헤집으며 검을 휘둘렀다.

차— 차창!

잇단 금속성과 함께 여인 검수들이 모두 한쪽으로 밀려났다. 대부분 검을 떨어뜨린 상태였다.

여인 검수들은 모두 충격에 젖고 말았다. 요지선보의 제자로서 자부심이 대단했던 만큼 패배의 충격도 상당했다. 더군다나 제대로 겨뤄보지도 못한 채 병기를 잃고 내상까지 당했기에 현실을 인정하기가 힘들었다.

여인 검수들이 패퇴하자 매설이 내려섰다.

"넌 누구이기에 감히 선보의 일에 개입하는 것이냐?"

"선보라면… 요지선보를 말하는 거요?"

"그렇다."

"이런, 내가 큰 실수를 했군."

백인성은 멋쩍은 미소를 띠며 검을 늘어뜨렸다.

요지선보의 창건 조사가 우화등선한 여선이기에 백인성도 요지선보에 대해서는 사부를 통해 들은 바가 있었다. 여선 이항아는 그의 사부와도 면식이 있는 사이라 백인성은 요지선보 제자들에 대한 적개심을 다소 누그러뜨렸다.

"선부의 여선들인지 몰랐소."

백인성이 사과했지만 매설은 품고 있는 검을 내리며 손잡이를 쥐었다. 스무 명에 달하는 여인 검수를 간단히 물리친 상대의 경이로운 무공을 똑똑히 보았기에 매설은 잔뜩 경각심을 높였다.

"네 이름을 밝혀라."

"나는 백인성이라 하오."

"백인성, 선보와 맞선 이상 어떤 변명도 용납되지 않는다. 너는 이제 선보의 적이 되었다."

"여선의 방명은 어찌 되오?"

"난 매설이다."

"매 여선, 변명이 용납되지 않는다니 굳이 변명은 하지 않겠소. 선보가 불의를 저지르지 않는다고 들었지만 지금의 살육은 도저히 묵과할 수가 없었소. 설사 여인 검수들이 선보의 제자임을 알았더라도 결과는 마찬가지였을 거요."

백인성의 어조는 차분하면서 당당했다.

매설은 희미하게 고개를 끄덕였다.

"그렇겠지. 스무 명이나 되는 선보 제자를 격패시킨 너의 무공이라면 누구를 두려워하겠느냐? 하지만 나서지 않았어야 옳다."

순간적으로 매설의 신형이 연기처럼 스러졌다.

전설적인 이형환위 수법은 아니었다. 이형환위라면 그 흐름이 전혀 간파되지 않는데 백인성은 상방 측면으로 이동하는 매설의 움직임을 정확히 읽을 수 있었다.

번— 쩍!

강력한 검기가 빛살처럼 사선을 그리며 백인성을 향해 내리꽂혔다. 통상 쾌검식은 빠르기는 해도 그 위력에 한계가 있는데 매설의 쾌검식에는 강기가 실려 있어 위력 또한 엄청났다.

백인성은 천천히 검을 치켜들었다. 아주 느린 듯하면서도 단순한 동작이었지만 매설의 쾌검이 대번에 차단되었다.

차앙……!

두 자루 검이 교차하면서 웅웅거리는 검 울음이 급속도로 확산되었다.

매설은 허공을 딛고 선 채 재차 검기를 쏟아냈다. 이번에는 쾌검이 아닌 환검이었다. 수십 개의 검기가 쏟아지는 화살처럼 백인성의 전신 요혈로 파고들었다.

"멋진 수법이군."

백인성은 한 발을 축으로 빙글 회전하면서 검을 내리그었다. 마치 선학이 날개를 펴고 춤을 추는 듯 우아한 검무였다.

퍼퍼펑—!

수십 개의 검기가 삽시간에 소멸되었다.

매설은 내심 크게 놀라며 뒤로 미끄러졌다. 그녀는 본능적인 두려움에 젖었다.

'아, 선보의 독문 절기인 천예선무검법(天藝仙武劍法)이 이렇듯 속절없이 무산될 줄이야.'

이때 처절한 비명 소리가 허공으로 메아리쳤다.

"아악!"

빙화소선의 빙옥검이 사옥빈의 가슴을 관통했다. 등을 통해 비집고 나온 검극에서 핏방울이 똑똑 흘러내렸다.

이를 본 예운교와 환요문 제자들은 마치 자신의 가슴이 뚫린 듯 충격과 공포에 젖었다.

빙화소선이 검을 뽑자 사옥빈은 털썩 주저앉았다. 심장을 한 치 빗겨서 찔렸기에 즉사는 모면했지만 이미 회생이 어려운 상태였다.

빙화소선은 사옥빈을 직시하며 냉랭하게 내뱉었다.

"반도 무국은 들어라. 너희 숨통을 한 번에 끊지 않은 것은 마지막으로 네게 속죄할 기회를 주기 위함이다. 선보를 배신한 너의 죄를 인정하느냐?"

가슴을 움켜쥔 사옥빈은 처연한 눈빛으로 빙화소선을 바라보았다.

"내 입에서… 무슨 소리를 듣고 싶은 것이냐? 그냥 죽여라."

"독한 것. 네가 세운 환요문이 참혹하게 괴멸하는 광경을 끝까지 지켜보아라."

빙화소선은 순간적으로 움직여 매설 옆으로 내려섰다.

매설은 백인성이 자신의 기량으로 도저히 적수가 아님을 인정했기에 옆으로 물러섰다.

"송구합니다, 소선자. 속하의 무공으로 제압할 수가 없었습니다."

빙화소선은 보석처럼 푸른 눈망울을 지녔지만 동공에서 뿜어지는 눈빛은 화살촉처럼 날카로웠다.

"저자는 누구죠?"

"이름을 백인성이라 했습니다. 어떻게 환요문에 있는지 몰라도 선보의 일에 개입한 이상 용인할 수 없습니다."

"당연하지요."

빙화소선은 꼿꼿이 선 상태로 미끄러져 백인성과 마주 섰다.

"나는 선보의 소선자인 나미랍(那美蠟)이다. 선보의 제자들을 격패시킬 정도면 능히 절세급이라 할 수 있지. 사문은 어찌 되느냐?"

"나 여선, 이국적인 용모가 정말 아름답소."

백인성이 찬사를 보냈지만 나미랍은 이를 수치로 생각했다.

"수작 부리지 말고 사문을 밝혀라."

"환요문주가 어떤 죄를 지었는지 몰라도 이미 문주가 죽음을 목전에 두고 있으니 원한을 해소하는 게 어떻겠소?"

"무국 하나 죽는 것으로 해결될 수 없다. 반도가 세운 추잡한 환요문 또한 궤멸되어야 한다."

"환요문주가 죽으면 자연 해체되지 않겠소?"

"내가 원하는 것은 환요문 제자들의 몰살이다!"

나미랍의 냉혹한 공언에 백인성이 정색했다.

"선도를 추구하는 요지선보가 어찌 그런 참혹한 도륙을 감행하려는 것이오?"

"네가 환요문의 악명에 대해 모르는 것이냐?"

"세상에 죄인 아닌 사람이 어찌 있겠소? 환요문 제자들을 몰살하겠다는 선보의 냉혹한 방침은 절대 용인할 수 없소."

"그럼 너도 죽어야겠군."

나미랍은 손목을 번득였다.

번— 쩍!

아찔한 광휘와 함께 연속적으로 쾌검이 발출되었다. 통상 쾌검은 상당한 집중력을 요구하기에 연이은 전개가 어렵다고 알려졌는데 나미랍의 쾌검은 그런 상식을 넘어섰다.

세 줄기 쾌검은 백인성의 목과 가슴, 단전으로 동시에 날아들었다.

이런 공격을 처음 받아온 백인성은 대응이 쉽지 않았다.

'까다로운 쾌검이군.'

순간 그의 신형이 어른거렸다. 세 줄기 검기가 동시에 통과했지만 베인 것은 백인성의 잔상이었다.

나미랍의 눈매가 가늘어졌다.

"이형환위?"

도문의 전설적인 신법을 대번에 간파한 그녀 역시 이형환위를 구사해 백인성을 따라잡았다.

아찔한 광휘와 함께 재차 쾌검이 날아들자 백인성은 내심 놀라움을 금치 못했다.

'과연 선보의 제자답구나.'

백인성은 태극무벽을 구사해 나미랍의 쾌검을 막아냈다.

차— 차창!

쾌검이 무산되자 나미랍은 짤막한 기합을 토하며 검기를 발출했다. 차디찬 기운을 지닌 빙옥검에서 뿜어지는 검기는 극음지기를 내포하고 있어 허연 빙무가 뿌옇게 허공을 뒤덮었다.

'굉장해. 마냥 방어만 할 수가 없겠어.'

태극진기를 운기한 백인성은 빙글 회전하며 검기를 뿜어냈다. 부챗살 같은 검기가 꼬리를 물고 이어지면서 빙무 속으로 파고들었다.

"흥, 제법!"

나미랍은 백인성의 반격에 다소 놀랐지만 애써 무시했다.

퍼— 퍼펑!

잇단 폭음이 터지며 무수한 검기의 파편이 사위로 비산되었다.

엄청난 격돌에 예운교는 환요문 제자들과 함께 이십 장 밖으로 물러섰고, 요지선보의 여인 무사들 역시 멀찍이 비켜섰다.

백인성과 나미랍의 대결은 워낙 빠른 속도로 움직이는 와중에 전개되고 있어서 이를 제대로 간파할 수 있는 사람은 없었다.

예운교는 손바닥이 축축하게 땀으로 젖어드는 긴장감에 젖었다.

'요지선보의 절기는 역시 신비로워. 하지만 백 공자의 무공 또한 절세적이다. 만일 백 공자가 우리를 지켜주지 못하면 몰살을 면치 못한다.'

나미랍은 검법 대결로는 승부가 나지 않자 왼손에 난화섬수(蘭花閃手)를 운기했다.

빙옥검을 회수한 나미랍은 수강을 내려쳤다.

"차앗!"

은은한 우렛소리와 함께 섬광이 번뜩였다. 난화섬수는 요지선보의 독문 절기로 엄청난 파괴력을 지녔다. 게다가 쾌검처럼 빠른 수법이기에 이를 감당하기는 쉽지 않다.

거대한 섬광이 내리꽂히는 듯한 공세에 백인성은 숨이 막히는 듯한 압박감을 느꼈다.

'손속이 너무 독하군. 한 번쯤 선보의 자부심을 꺾어줄 필요가 있겠다.'

백인성은 태극진기를 운집해 장심에 주입시켰다. 장심에서 붉고 푸른 기운이 피어오르며 선명한 태극 도형을 형성했다.

"조심하시오!"

장심을 통해 태극인이 뿜어지는 순간 허공에 거대한 태극 도형이 형성되었다. 태극 도형은 맹렬한 소용돌이를 일으키며 난화섬수와 충돌했다.

콰아앙!

하늘도 놀라고 땅이 뒤집힐 어마어마한 격돌.

지반이 폭발하며 자욱한 흙먼지가 피어올랐고, 강기의 여파가 파문처럼 번지며 주변을 휩쓸었다.

십 장 밖 전각이 대번에 주저앉았고, 아름드리 거목들이 뿌리째 뽑혀 날아갔다. 조경을 위해 조성된 가산의 바위들마저 가루로 변해 내려앉았다.

예운교는 급히 물러서며 외쳤다.

"어서 물러서!"

환요문 제자들이 서둘러 피신했지만 일부는 사나운 돌풍에 휘말려 바닥으로 처박혔고, 일부는 강기의 파편에 상당한 내상을 당했다. 요지선보 여인 무사들 역시 부상자가 속출하는 피해를 면치 못했다.

"으음……!"

답답한 신음과 함께 나미랍이 뒤로 튕겨졌다. 그녀는 끓어오르는 기혈을 애써 억누르며 환요문 밖으로 날아갔다.

"귀환한다!"

내상을 당한 치욕적인 모습을 보일 수 없기에 퇴각을 명한 것이다.

매설은 경이와 두려움에 젖은 눈빛으로 백인성을 주시했다.

바닥으로 내려선 백인성은 안색이 약간 창백할 뿐 내상의 기미가 느껴지지 않았다.

'이럴 수가! 소선자가 패하다니!'

매설은 침통한 모습으로 여인 무사들을 대동해 환요문을 빠져나갔다.

요지선보 참패!

이는 요지선보 창건 이래 처음 있는 치욕적인 사건이었다.

『와룡성수』 제2권에 계속…

秘龍潛虎

비룡잠호

오채지 新무협 판타지 소설

Book Publishing CHUNGEORAM

유행이 아닌 자유추구 -
WWW. chungeoram.com

장강삼협
長江三峽

조돈형 新무협 판타지 소설

『궁귀검신』, 『마도십병』, 『운룡쟁천』의
작가 **조돈형**
그가 장강의 사나이들과 함께 돌아왔다!

굽이쳐 흐르는 거대한 장강의 흐름 속에서
선혈처럼 피어나 유성처럼 지는 사내들의 향취!

장강삼협(長江三峽)!

하늘 아래 누구보다 올곧았던 아버지의 시신을 이끌고
고향으로 돌아온 유대웅을 기다리고 있던 것은
천오백 년의 시공을 뛰어넘은 패왕(霸王)의 무(武)와 검(劍)!

패왕칠검(霸王七劍)과 팔뢰진천(八雷振天)의 무위 아래
천하제일검(天下第一劍)으로 우뚝 설 한 소년의 일대기!

장강의 수류는 대륙을 가로질러
이윽고 역사가 된다!

Book Publishing CHUNGEORAM

유행이 아닌 자유추구
www.chungeoram.com

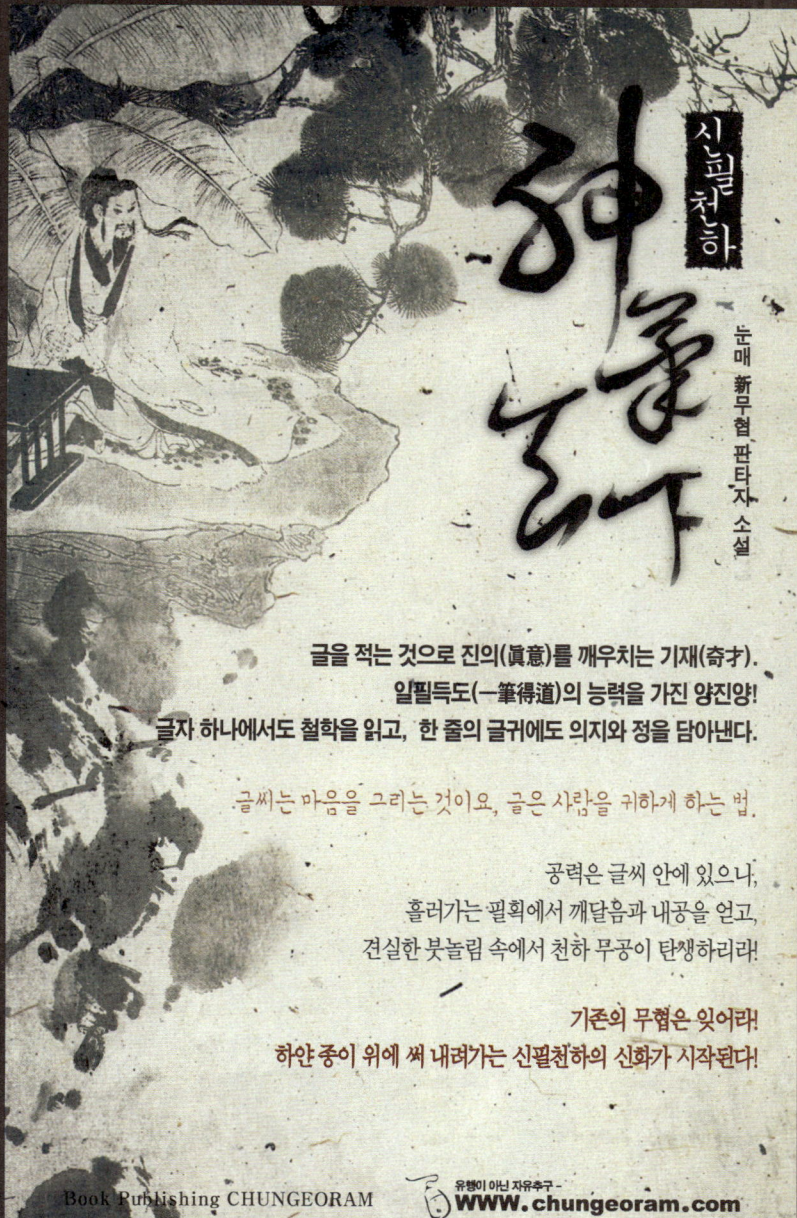

신필천하

神筆

눈매 新무협 판타지 소설

글을 적는 것으로 진의(眞意)를 깨우치는 기재(奇才).
일필득도(一筆得道)의 능력을 가진 양진양!
글자 하나에서도 철학을 읽고, 한 줄의 글귀에도 의지와 정을 담아낸다.

글씨는 마음을 그리는 것이요, 글은 사람을 귀하게 하는 법.

공력은 글씨 안에 있으니,
흘러가는 필획에서 깨달음과 내공을 얻고,
견실한 붓놀림 속에서 천하 무공이 탄생하리라!

기존의 무협은 잊어라!
하얀 종이 위에 써 내려가는 신필천하의 신화가 시작된다!

Book Publishing CHUNGEORAM

유행이 아닌 자유추구 —
WWW. chungeoram.com

김현석 현대 판타지 소설

전능의
팔찌

THE OMNIPOTENT
BRACELET

「신화창조」의 작가 김현석이 그려내는
새로운 판타지 세상이 현대에 도래한다!

삼류대학 수학과 출신, 김현수
낙하산을 타고 국내 굴지의 대기업 천지건설(주)에 입사하다!

상사의 등살에 못 견뎌 떠난 산행에서, 대마법사 멀린과의 인연이 이어지고……

어떻게 잡은 직장인데 그만둘 수 있으랴!

전능의 팔찌가 현수를 승승장구의 길로 이끈다!

통쾌함과 즐거움을 버무린 색다른 재미!
지.구. 유.일.의 마법사 김현수의 성공신화 창조기!

Book Publishing CHUNGEORAM

유행이 아닌 자유추구 -
WWW.chungeoram.com